한국고전시가선

임형택 · 고미숙 엮음

창비

한국고전시가선

책머리에

신라의 향가, 고려의 속요, 조선조에 단가의 시조와 장가의 가사로 분화되면서 발전한 국시(國詩)——고전시가의 전통은 한결같이 가창의 형식이었다. 일찍이 균여(均如) 향가 10수를 전하는 기록에서 "시는 한어로 구성하고 노래는 우리말로 배열한다(詩構唐辭 歌排鄕語)"고 지적했듯 시는 동아시아 한자 문화권의 보편적 문학으로서의 한시형식을 공용한 데 반해서 가창의 형식은 우리 고유의 언어를 사용했던 것이다. 입으로 부르는 것인만큼 정감이 직접 통하는 구두어어를 활용하는 편이 짓는 자나 부르는 자 함께 좋았던 때문이다.

우리 시가의 리듬은 본디 민요에서 유래하였다. 그 리듬 속에 노동과 휴식, 삶의 기쁨과 고달픔, 사랑과 이별, 인생에 대한 사색과 번뇌, 자연과 국토산하에 대한 친화 심미를 모두 진솔하게 담아놓았다. 뿐 아니라, 인정세태를 파해치고 익살스럽게 그리는가 하면 사회의 갈등과 현실의 부조리를 폭로하고 비웃기도 하였다. 고전시가는 민족 생활의 반영이요 민족정서 그 자체이니, 곧 민족의 리듬이다. 근대 이전의 우리 문학사는 한문학이 주류를 형성하여 전개되었다. 그런 가운데 시가문학은 한가닥 맑은 물줄기처럼 흘러왔다. 산문적 국문양식은 17세기 이후 비로소 성립한 것이다. 한문학 유산을 한국 문학사에서 도외시하려는 태도는 옳지 않지만 거기서는 느낄 수 없는 맛과 찾아보기 어려운 멋이 시가의 전통에는 오롯이 간직되어 있다. 만약 시가의 이 유구한 전통이 없었다고 한다면 문학사는 얼마나 허전하고 볼품이 없었을까. 고전시가의 문학사적 위상은 물론, 민족어

광맥으로서, 민족생활사의 정화로서 또한 값진 것이다.

　20세기에 현대시가 출현함으로써 고전시가 형식은 임종을 고했다. 모든 있었던 것들은 바람처럼 밀려나고 가치관이 온통 뒤바뀐 '근대적 세계' 속에서 민족 고유의 전통이라고 해서 그대로 유지될 수 없었던 것은 불가피한 상황이었다. 비록 그렇더라도 시가전통은 현대시의 기반적 의미를 지녔으며, 이 땅에서 삶을 이어온 대다수 사람들의 마음 깊숙이 잠재해 있는 것으로 여겨진다. 시가작품을 접하게 되면 가슴에 닿는 무엇을 느끼는 것이 한국인 일반의 정서가 아닌가 싶다.

　우리의 시가문학을 한자리에서 손쉽게 읽어볼 수 있도록 엮은 것이 이 책이다. 대상이 위로 신라의 향가로부터 아래로 금세기의 잡가에 이르는 1500년의 긴 시간대에 여러 형식의 다양한 내용으로 이루어져 있다. 시대를 내려올수록 질량면에서 방만하고 잡다해서 취사선택의 어려움이 따랐다. 이처럼 역대의 시가작품을 통틀어 한 권의 책으로 묶어냄에 편자로서 특히 유의한 점이 있다. 첫째, 거시적으로는 고전시가를 체계적으로 조망할 수 있고 미시적으로는 각 장르의 진수를 음미할 수 있도록 의도한 것이다. 둘째, 고전시가의 아름다움과 다채로움을 골고루 보여주되 서민의 애환이 생생하고 역사현실에 민감하게 대응한 면모를 부각시키고자 하였다. 이런 까닭에 사설시조와 잡가에 상당한 비중을 두고 민요도 포함시켰으며, 「덴동어미 화전가」라는 썩 긴 작품을 대담하게 수록한 것이다. 아무튼 지면의 제한으로 골랐다가는 아쉽게 빼기도 했다.

　이 책이 우리 국민이면 누구나, 이역에 나가 사는 동포들까지
즐겨 읽는 '민족교양서'로 구실을 할 수 있으면 하는 것이 엮은
이의 소망이다. 그래서 주를 되도록 친절히 달았고 현대표기로
바꾸었다. 하지만 고어의 감칠맛과 원 리듬이 깨지지 않도록
각별히 주의하였다. 책을 마무리짓는 즈음 다시 보니 부족한
부분이 눈에 들어온다. 독자 여러분의 애정어린 질정을 바란다.
끝으로 다듬고 고치는 일로 도와준 창작과비평사 장철문씨의
노고에 깊이 감사 드린다.

1997년 11월

엮은이

차 례

일러두기

1. 향가는 양주동『고가연구』(일조각 1965) 홍기문『향가 해석』(조선민주주
   의인민공화국 1965) 김완진『향가 해독법연구』(서울대출판부 1980)의 해
   독을 바탕으로 현대적 감각에 맞게 바꾸었다.

2. 고려속요와 경기체가의 주석은『고려가요의 어석연구』(박병채, 이우출
   판사 1984)『새로 고친 고려가요의 어석연구』(박병채, 국학자료원 1994)
   『여요전주』(양주동, 을유문화사 1947)를 참고하였다.

3. 시조와 사설시조는『청구영언』(진본)『악학습령』『해동가요』(주씨본)
   『가곡원류』(국악원본) 등을 1차 자료로 삼았고, 여기에 실리지 않은
   작품은 기타 가집과 문집을 참고하였다.

4. 가사와 잡가는『한국잡가전집』(정재호 편, 계명문화사 1984)『주해 악부
   (樂府)』(정재호 · 김흥규 · 전경욱 주해, 고대민족문화연구소 1992)를 참고하
   였다.

5. 민요는 고정옥『조선민요연구』(수선사 1947) 임동권『한국민요집』(집문
   당 1980) 조동일『서사민요연구』(계명대출판부 1970)를 참고하였다.

6. 작자미상인 경우는 특별히 표시하지 않았다.

7. 시조와 사설시조는 편의상 주제별로 분류하여 실었다.

8. 현대어 표기를 원칙으로 하되 사어나 방언, 속어는 살렸다.

9. 한자는 괄호 안에 쓰는 것을 원칙으로 하되 원문이 한자인 경우라도
   불필요한 경우는 쓰지 않았으며, 원문에 한자 표기가 없더라도 필요한
   경우는 써넣었다.

향가

서동요(薯童謠)

선화공주(善花公主)님은
남 몰래 정을 통해두고
서동(薯童)방을
밤에 몰래 안고 간다

■ **관련기록**　백제 제30대 무왕(武王)의 이름은 장(璋)이디.
무왕의 어머니는 과부였다. 그녀는 서울 남쪽 못가에 집을 짓고
흘로 살디기 그 못의 용과 정을 통하여 무왕 장을 낳있다.
　무왕의 어릴 때 이름은 서동(薯童)으로 그의 재능이며 도량은
넓고 깊어 헤아리기 어려웠다. 항상 마를 캐어 팔아 생활했기
때문에 사람들이 그의 이름을 서동이라고 부른 것이다.
　서동은 신라 진평왕(眞平王)의 셋째공주 선화가 빼어난 미인
이라는 소문을 듣고, 머리를 깎고 신라의 서울로 왔다. 그가 서
울의 마을 아이들에게 마를 나누어 먹이니, 아이들이 모두 그를
친근하게 따랐다. 서동은 마침내 한 편의 동요를 지은 뒤 마을
의 아이들을 꾀어, 그 노래를 부르고 다니게 했다. (…)
　동요는 서울의 곳곳에 퍼져 드디어 대궐에까지 알려졌다. 백
관들은 선화공주의 부정한 행실을 극력 탄핵하여 공주를 먼 시
골로 귀양보내도록 하였다. 공주가 유배의 길을 떠날 때 왕후는
순금 한 말을 노자로 주었다.
　선화공주가 유배지로 가는 길에 서동이 도중에 나타나 공주

를 맞았다. 그리고는 앞으로 공주를 모시어 호위해 가겠다고 하였다. 공주는 그가 어디서 온 누구인지를 알지 못하면서도 어쩐지 미덥고 즐거웠다. 이리하여 서동은 공주를 수행하게 되었고, 둘은 몰래 정을 통하게 되었다. 그런 뒤에야 공주는 서동이란 이름을 알고서 그 동요가 사실로 실현되었음을 알았다.

<『삼국유사(三國遺事)』 기이(紀異) 제2편 '무왕' 조>

풍요(風謠)

오다 오다 오다
오다 서러운 이 많아라
서러운 중생의 무리여
공덕 닦으러 오다

■ **관련기록** 석(釋, 스님에 대한 존칭) 양지(良志)는 그 조상과 고향이 알려지지 않았다. 단지 선덕왕(善德王)대에 그 자취를 세상에 드러냈을 뿐이다. (…)

그가 영묘사의 장륙존상(丈六尊像)을 소조(塑造)할 때 마음을 고요히 하여 삼매(三昧)의 경지에 드는 태도로써 그 질료를 이기고 주무르는 방법을 삼았다. 그래서 온 성안의 남녀들이 다투어 진흙을 날라주었다. 그때 부른 풍요는 이러하다. (…)

이 민요는 지금도 그 지방(경주지방) 사람들이 방아를 찧을 때나 역사(役事)를 할 때에 부르고 있는데 이것은 아마 그때에 남녀들이 진흙을 나르던 데에서 비롯되었을 것이다.
　　<『삼국유사』 의해(義解) 제5편 '양지사석(良志使錫)' 조>

헌화가(獻花歌)

자줏빛 바위 가에
잡고 있는 암소 놓게 하시고
나를 아니 부끄러워하시면
꽃을 꺾어 바치오리다

■ **관련기록**　성덕왕(聖德土) 시설 순정공(純貞公)이 강릉 대수로 임명되어 그곳으로 부임해가는 도중이었다. 바닷가에서 행차를 멈추고 점심자리를 벌였다. 그 곁에는 바다를 면해 병풍처럼 둘러친 석벽이 있어 높이가 천길이나 되었는데, 그 위에는 철쭉꽃이 활짝 탐스럽게 피어 있었다. 공의 부인 수로가 그 꽃을 보고 종자들에게 물어보았다.

"저 꽃을 꺾어다 줄 사람 누구 없는가?"

종자들은 그 석벽 위는 도저히 사람의 발자취가 이르지 못할 곳이라 하여 모두들 난색을 지으며 수로부인의 요구에 응하지 않았다.

그때 마침 한 노인이 암소를 끌고 그 곁을 지나다가 수로부인의 말을 듣고서 천길 석벽 위로 올라가 그 철쭉꽃을 꺾어왔다. 그리고는 노래를 지어 읊으며 부인에게 꽃을 바쳤다.

그 노인이 어떤 사람인지는 알 수 없다. (…) 노인의 헌화가
는 다음과 같다. (…)

<『삼국유사』 기이 제2편 ‘수로부인’ 조>

도솔가(兜率歌)

월명사(月明師)

오늘 이에 산화가(散花歌)[1] 부를 제
뿌린 꽃아, 너는
곧은 마음의 명(命)을 따라
미륵좌주(彌勒座主) 모셔라!

1) 산화가: 불교 예식가의 일종.

■ **관련기록** 경덕왕(景德王) 즉위 19년(760) 4월 초하룻날 두
개의 태양이 나란히 나타나 열흘 동안이나 없어지지 않았다. 일
관(日官)이 진언하기를 인연 있는 승려가 산화공덕(散花功德, 꽃
을 뿌려 부처님께 공양하여 공덕을 닦는 것)을 하면 그 재앙이 물러
나리라고 했다. 이에 왕은 조원전(朝元殿)에다 정결히 단을 설치
하고 청양루(靑陽樓)에 행차하여 인연 있는 중을 기다렸다.

그때 월명사란 이가 들 남쪽 길을 가고 있었는데, 왕은 사람
을 시켜 불러오게 했다. 그리고 단을 열고 기도문을 짓도록 명
했다. 월명사는 왕의 명을 사양하며 말했다.

16

"승은 단지 국선의 무리에 속해 있으므로 그저 향가나 알 뿐
범성(梵聲, 불교의 찬불가인 범패)에는 익숙하지 못하나이다."
"그대가 이미 인연 있는 승려로 뽑혔으니 비록 향가를 쓰더라
도 좋소."
월명사는 이에 「도솔가」를 지어 바쳤다. (…)
지금 세속에 이것을 가리켜 「산화가」라고 하나 잘못이다. 의
당히 「도솔가」라고 해야 할 것이다. 「산화가」는 따로 있으나 글
이 번다하여 여기에 싣지 않는다. 「도솔가」를 지어 부른 뒤 태양
의 변괴가 곧 사라졌다. 왕은 월명사를 가상히 여겨 좋은 차 한
봉지와 수정 염주 108개를 하사했다.

<『삼국유사』 감통(感通) 제7편 '월명사 도솔가' 조>

모죽지랑가(慕竹旨郎歌)

득오(得烏)

간 봄 돌아오지 못하리니
살아 계시지 못하여 울먹이는 이 시름
전각(殿閣)[1]을 밝히오신
모습이 해가 갈수록 시들어가도다
눈을 돌이키지[2] 않고서야 그대를
어찌 만나볼 수 있으리
낭(郎)이여, 그리는 마음이 찾아가는 길

1) 전각: 궁전.

2) 눈을 돌이키지: 죽지랑이 있는 피안의 세계를 바라본다는 뜻.

다복쑥 골짜기에서 잘 밤 있으리

■ **관련기록** 제32대 효소왕(孝昭王) 때에 죽지랑이 거느리는 낭도 가운데 급간(級干, 신라의 관등 제9위) 득오라는 이가 있어 화랑도의 명부에 이름이 올라 있었다. 그는 날마다 충실하게 출근했는데, 한번은 열흘 동안 나타나지 않았다. 죽지랑은 득오의 어머니를 불러 아들이 어디에 가 있는가를 물어보았다. 그 어머니가 말하기를,

"당전(幢典, 신라의 군직명으로 부대장)인 모량부(牟梁部)의 아간(阿干, 신라의 관등 제6위) 익선(益宣)이 내 아들을 부산성(富山城)의 창고지기로 임명했으므로 급히 달려가느라 낭에게 하직을 고할 틈이 없었노라"고 했다.

이 말을 듣고 죽지랑은 당신의 아들이 만약 사사로운 일로 갔다면 찾아볼 필요가 없겠으나 공적인 일로 갔다니 마땅히 찾아가 대접해야 한다고 말하고는 떡 한 함지와 술 한 항아리를 노복(奴僕)들에게 들려 득오를 찾아나섰다. 낭도 137명도 역시 의장을 갖추고 그를 시종했다. 죽지랑 일행은 부산성에 도착하여 문지기에게 득오가 지금 어디에 있는지 물었다. 문지기는 득오가 지금 익선의 밭에서 예에 따라 노역에 종사하고 있다고 알려주었다. 죽지랑은 그리로 가서 득오를 만나 가져온 술과 떡으로 그를 먹였다. 그리고는 익선더러 득오에게 휴가를 주어 자기와 함께 돌아갈 수 있도록 해달라고 청했다. 익선은 죽지랑의 소청을 굳이 허락해주지 않았다.

그때 간진(侃珍)이란 사리(使吏, 수송 임무를 띤 관리)가 추화군(推火郡) 능절(能節)의 벼 30석을 거두어 성 안으로 수송해가다가 이 일을 알았다. 간진은 죽지랑의 선비를 중히 여기는 품격을 내심 찬미하는 한편, 익선의 사람됨이 어둡고 막힌 것을 더럽게 여겼다. 이에 그는 가지고 가던 30석의 벼를 익선에게 주

면서 곁들여 죽지랑의 청을 도왔다. 그래도 익선은 허락하지 않았다. 간진은 다시 사지(舍知, 신라 관등 13위) 진절(珍節)의 말과 안장을 주었다. 그제서야 익선은 허락했다.

조정의 화주(花主, 화랑단을 관장하던 관직)가 이 사실을 듣고 사자를 보내어 익선을 잡아다가 그 추악함을 씻어주려 했다. 익선이 달아나 종적을 감춰버리자 그 맏아들을 잡아갔다. 때는 바로 11월, 극심하게 추운 날인데, 그 아들을 성안의 못에서 목욕을 시켰더니 얼어죽고 말았다. 왕이 익선의 일을 듣고서 명령을 내려 모량리 사람으로서 관직에 종사하는 자들을 모두 몰아내어 다시 관공서에 몸을 붙이지 못하게 하고, 아울러 중이 되는 것도 금하여, 만약 중이 된다 해도 절에는 어울려 들어가지 못하게 했다. (…)

처음에 득오가 죽지랑을 사모하여 읊은 노래가 있다. (…)
<『삼국유사』 기이 제2편 '효소왕대 죽지랑' 조>

처용가(處容歌)

처용(處容)

서라벌 밝은 달에
밤들이[1] 노닐다가
들어와 자리를 보니
다리가 넷이어라

1) 밤들이: 밤이 늦도록

둘은 내 것인데
둘은 뉘 것인고
본디 내 것이다마는
빼앗긴 것을 어찌하리오

■ **관련기록** 제49대 헌강왕(憲康王) 때에 신라는 서울을 비롯
하여 시골에 이르기까지 주택과 담장이 잇달아 있었고, 초가집
은 한 채도 없었다. 거리엔 항상 음악이 흘렀고 봄, 여름, 가을,
겨울의 사철 기후는 순조롭기만 했다.

이렇게 나라 안이 두루 태평하자 왕은 어느 한때를 타서 신하
들을 데리고 개운포(開雲浦, 오늘날의 울산지방) 바닷가로 놀이를
나갔다. 놀이를 마치고 서울로 행차를 돌리는 길에 왕 일행은
물가에서 쉬고 있었다. 그때 갑자기 구름과 안개가 자욱해져 나
아갈 길조차 잃어버리게 되었다. 왕은 괴이히 여겨 좌우의 신하
들에게 물었다. 일관이 왕의 물음에 답했다.

"이것은 동해의 용이 부린 조화입니다. 뭔가 좋은 일을 베푸
시어 풀어주어야겠습니다."

이에 왕은 당해 관원에게 명하여 동해의 용을 위해 그 근경에
다 절을 지어주게 했다. 왕의 명령이 내려지자 구름이 개고 안
개가 사라졌다. 그래서 그곳을 개운포라 이름 지었다. 그리고
동해의 용은 크게 기뻐하면서 일곱 아들을 데리고 왕의 수레 앞
에 나타나 왕의 덕을 찬양하며 춤추고 노래하였다.

그 일곱 아들 중의 한 아들이 왕을 따라 서울에 들어와 정사
를 보좌했는데, 이름을 처용이라 했다. 왕은 미녀 한 사람을 그
의 아내로 짝지어주어 그의 마음을 잡아두고자 했다. 그리고 또
그에게 급간(級干)의 직위를 내렸다.

처용의 아내는 무척 아름다웠기 때문에 역신(疫神)이 그녀를

흠모하였다. 역신은 사람으로 화하여 밤중에 처용의 집으로 그녀를 찾아왔다. 그리고는 처용의 아내와 함께 몰래 잠자리에 들었다.

처용이 외출했다가 집으로 돌아와 보니, 잠자리에 두 사람이 누워 있는 것이었다. 처용은 노래를 지어 부르고 춤을 추면서 그 자리를 물러나왔다. 그 노래는 이러한 것이었다. (…)

처용이 물러나자, 그 역신은 모습을 나타내어 처용 앞에 무릎을 꿇고 말했다.

"제가 공의 아내를 사모해오다가 오늘 밤 범했던 것입니다. 그런데도 공은 성난 기색 하나 나타내지 않으시니 참으로 감동하여 아름답게 여기는 바입니다. 맹세코 이 후로는 공의 모습을 그린 화상만 보아도 그 문에 들어가지 않겠습니다."

이 일로 해서 나라 사람들은 문간에다 처용의 얼굴을 그려 붙여 사악한 귀신을 물리치고 경사스러운 복을 맞아들이게 되었다.

<『삼국유사』 기이 제2편 '처용랑 망해사' 조>

혜성가(彗星歌)

융천사(融天師)

옛날 동해 물가
건달파(乾達婆)[1]가 노닐던 성(城)을 바라보고

1) 건달파: 인도 수미산 남쪽 금강굴에 살면서 향만 먹고 공중에 날아다녔다는 신. 건달파의 성이란 공중누각 혹은 신기루를 뜻함.

왜군이 왔다!
봉화를 든 변방이 있어라
세 화랑 산(山) 구경 오심을 듣고
달도 잦아들려 하는데,
길 밝히는 별 바라보고,
혜성이여! 사뢴 사람이 있구나
아아, 달은 흘러가버렸더라
이와 어울릴 무슨 혜성이 있었으리.

■ **관련기록** 제5 거열랑(居烈郎), 제6 실처랑(實處郎, 돌처랑이라고도 함), 제7 보동랑(寶同郎), 이 세 화랑이 거느린 낭도들이 풍악산(금강산)으로 놀러 나가려고 했다. 그 즈음 혜성이 나타나 심대성(心大星, 이십팔 수宿 가운데 중심이 되는 별)을 범했다. 세 화랑과 낭도들은 당혹스러워 풍악에의 유람을 중지하려고 했다. 그때 융천사가 노래를 지어 불렀다.

그러자 혜성의 변괴는 즉시 사라지고, 침범해오던 왜구들도 제 나라로 돌아가버려 도리어 경복(慶福)을 이루었다. 진평대왕은 기뻐하며 화랑과 그 낭도들을 풍악으로 보내어 놀게 했다. 노래는 이러하다. (…)
<『삼국유사』 감통 제7편 '융천사 혜성가 진평왕대' 조>

원가(怨歌)*

* 이 노래는 마지막 두 구가 유
실된 채 전해지고 있다.

신충(信忠)

한참 무성한 잣나무
가을이 되어도 이울지 않으니
너를 어찌 잊으랴 하신
우러르던 그 낯이 변하실 줄이야
달 그림자 내린 연못가
흐르는 물결에 모래가 일렁이듯
모습이야 바라보지만
세상 모든 것 여읜 처지여!

■ **관련기록** 효성왕(孝成王)이 아직 등극하기 전, 현량한 선
비 신충과 함께 대궐 뜰에 있는 잣나무 아래에서 곧잘 바둑을
두곤 했다. 어느날 신충에게 말했다.
"후일 등극하는 날에 내가 만일 그대를 잊는다면 이 잣나무와
같으리라."
신충은 일어나 절을 했다. 두어 달 뒤에 효성왕은 즉위했다.
그리고 공신들에게 상금과 벼슬을 내렸다. 그런데 왕은 신충을
잊어버리고 차례에 넣지 않았다. 신충은 원망에 잠겨 시가(詩

歌)를 지어 그 잣나무에다 붙였다. 그러자 싱싱하던 그 잣나무
가 갑자기 누렇게 말라버렸다. 왕은 이상스러워 사람을 시켜 조
사하게 했다. 신충이 써붙인 시가를 발견하여 바쳤더니 왕은 놀
라며,

"온갖 정사에 분망하느라 하마터면 친족을 저버릴 뻔했구
나!"

하고 신충을 불러 작록(爵祿)을 주었다. 그러자 그 잣나무가
되살아났다. 노래는 이러하다. (…) 이로 말미암아 신충은 양조
(兩朝)에 걸쳐 대단한 총애를 받았다.

<『삼국유사』 피은(避隱) 제8편 '신충괘관(信忠掛冠)' 조>

안민가(安民歌)

충담사(忠談師)

임금은 아비요
신하는 사랑하는 어미요
백성은 어리석은 아이로다 하실진대
백성이 사랑을 알리라
꾸물거리며 살아가는 인민(人民),
이들을 먹여 다스릴러라
이 땅을 버리고 어디로 가리 할진대
나라가 보전(保全)될 줄을 알리라

아아, 임금답게 신하답게 백성답게 할지면,
나라가 태평하오리다

■ **관련기록** 경덕왕(景德王)이 나라를 다스리기 24년, 오악
삼산(五岳三山)의 신들이 가끔 궁전의 뜰에 현신하여 모이곤 했
다. 어느 삼월 삼짇날 왕은 귀정문(歸正門) 누각 위에 나와 좌우
의 신하들을 둘러보며 말했다.

"누가 길에서 영복승(榮服僧, 위엄이 있는 스님) 한 분을 모셔오
겠는가?"

그때 마침 위의(威儀)가 깨끗한 한 대덕(大德)이 거리를 걸어
가고 있었다. 신하들이 보고는 데리고 와서 왕에게 접견시켰다.
왕은 그 중을 보고 나서 말했다.

"내가 말하는 영승이 아니다. 물리치게 하라."

다시 한 중이 있어 납의(衲衣)를 입고 앵통(櫻筒)을 둘러메고
남쪽에서 오고 있었다. 왕은 반가운 마음으로 바라보다가 그를
누각 위로 영접했다. 그가 둘러멘 통 속을 살펴보았더니 차 끓
이는 데 필요한 기구들만 들어 있을 뿐이었다. 왕은 물었다.

"그대는 누구인가?"

"충담이옵니다."

"어디서 오는 길인가?"

충담은 대답했다.

"저는 해마다 3월 3일과 9월 9일이면 남산 삼화령에 계시는
미륵세존께 차를 끓여 드리는데 지금도 바로 차를 드리고 돌아
오는 길이옵니다."

왕은 물었다.

"나에게도 차를 한 잔 줄 게 있겠소?"

충담은 곧 차를 끓여 바쳤다. 차맛이 범상하지 않았고 그릇
속에서 이상한 향기가 진하게 풍겼다. 경덕왕은 또 말을 걸었

다.

"내가 일찍이 들으니 대사가 기파랑을 찬미하는 사뇌가(詞腦歌)를 지었는데 그 뜻이 매우 높다고들 하던데 정말 그러하오?"

"그러하옵니다."

"그러면 나를 위해 백성을 다스려 편안하게 하는 노래를 지어 주오."

충담은 그 즉시 명을 받들어 「안민가」를 노래하여 올렸다.

왕은 아름다이 여기고 충담에게 왕사(王師)의 직위를 내렸다. 그러나 충담사는 굳이 사양하고 그 직위를 받지 않았다.

「안민가」는 다음과 같다. (…)

충담사의 「찬기파랑가」는 이러한 것이다. (이 책 28면 「찬기파랑가」 참조)

<『삼국유사』 기이 제2편 '경덕왕 충담사 표훈대덕' 조>

우적가(遇賊歌)

영재(永才)

내 마음의
형해(形骸)를 벗어나려던 날
멀리 □□ 지나치고
이제는 숨어서 가고 있네
오직 그릇된 파계승(破戒僧)[1]이여,

1) 파계승: 도적의 무리를 가리킴.

26

놀라게 한들 다시 또 돌아가리

이 칼을 맞는다면

좋은 날이 오리니,

아아, 요만한 선업(善業)[2]으로야

극락에는 아직 턱도 없습니다.

■ **관련기록** 석(釋) 영재는 성품이 익살스럽고 활달하여 사물에 구애되지 않았으며 향가에 능했다. 만년에 남악(南岳)으로 은둔하러 가는데, 대현령(大峴嶺)에 이르러 60여 명의 도적떼와 마주쳤다.

도적들은 영재를 해치려고 했다. 그러나 영재는 도적들의 칼날 앞에서 조금도 두려워하는 기색 없이 화평한 얼굴로 태연히 대했으므로 도적들은 하도 이상스러워 그 이름을 물으니 영재라고 답했다. 도적들은 평소에 그의 이름을 들어온 터라 그에게 명하여 노래를 짓게 했다. 영재는 다음과 같은 노래를 지어 불렀다. 그 노랫말은 이러하다. (…)

도적들은 그 뜻에 감동되어 비단 두 필을 주자 영재는 웃으면서 먼저 사례하고, 이렇게 말했다.

"재물이 지옥으로 떨어지는 근본임을 느껴 장차 심산궁곡으로 숨어 일생을 보내려고 하는데 어찌 감히 이것을 받겠는가!"

그리고는 비단을 땅에 던졌다. 도적들은 또 영재의 그 말에 감동되어 모두 지녔던 칼이며 창을 내던졌다. 그리고 삭발하여 영재의 무리가 되어 함께 지리산에 숨어 다시는 세상에 나오지 않았다. 영재의 나이 거의 90세였으니 원성왕(元聖王) 때의 일이었다.

<『삼국유사』 피은 제8편 '영재우적(永才遇賊)' 조>

찬기파랑가(讚耆婆郎歌)

충담사(忠談師)

흐느끼며 바라보매
이슬 밝힌 달이
흰 구름 따라 떠간 언저리
모래 가르며 흐르는 물가에
기랑의 모습이로다, 수풀이여
일오(逸鳥)[1]의 냇가 자갈벌에서
낭(郎)이 지니시던
마음의 끝을 좇고 있노라
아아, 잣나무 가지 높아
눈이라도 덮지 못할 고깔[2]이여

1) 일오: 지명(地名).

2) 고깔: 높은 지조를 상징함.

■ **관련기록** 이 책 25면 「안민가」 '관련기록' 참조.

제망매가(祭亡妹歌)

월명사

삶과 죽음의 길은
예 있으매 머뭇거리고
나는 간다는 말도
못다 이르고 어찌 가나닛고.
어느 가을 이른 바람에
이에 저에 떨어질 잎처럼
한 가지에 나고
가는 곳 모르온저
아아, 미타찰(彌陀刹)[1]에서 만날 나
도(道) 닦아 기다리겠노라

1) 미타찰: 아미타 부처님이 계
시는 서방정토.

■ **관련기록** 월명은 또 일찍이 죽은 누이를 위해 재를 올릴 때, 향가를 지어 제사 지낸 적이 있었다. 그때도 갑자기 광풍이 일어 지전(紙錢)을 날려 서쪽을 향해 사라졌다. 다음이 그 노래이다. (…)
월명은 항상 사천왕사(四天王寺)에 거주하고 있었는데, 피리

를 잘 불었다. 한번은 달밤에 그 절 문앞의 한길을 거닐며 피리
를 불었더니 달이 그 운행을 멈춘 적이 있었다. 그래서 그 길을
월명리(月明里)라 이름했다. 월명사 역시 이로써 유명해졌다. 월
명사는 바로 능준대사(能俊大師)의 제자다.

신라 사람들 가운데 향가를 숭상하는 이가 많았으니 향가란
대개 『시경(詩經)』의 송(頌)과 같은 종류의 것이다. 때문에 능히
천지귀신을 감동시킨 경우가 한둘이 아니었다.

<『삼국유사』 감통 제7편 '월명사 도솔가' 조>

원왕생가(願往生歌)

광덕(廣德)

달하, 이제
서방(西方)까지 가셔서
무량수불(無量壽佛) 전(前)에
일러다가 사뢰소서
다짐 깊으신 부처님을 우러르며
두 손 곧추 모아
원왕생, 원왕생(願往生 願往生)[1]
그리는 이 있다고 사뢰소서
아아, 이 몸 남겨두고
사십팔대원(四十八大願)[2] 이루실까

1) 원왕생: 극락왕생하기를 원
한다는 말.
2) 사십팔대원: 아미타불이 법
장비구(法藏比丘)였을 때 세
운 48가지의 소원.

■ **관련기록** 문무왕(文武王) 시절, 광덕(廣德)과 엄장(嚴莊)이라는 두 사문(沙門)이 있었다. 둘은 우정이 매우 돈독한 사이였다. 그들은 먼저 극락으로 돌아가는 사람은 서로 꼭 알리자고 늘 다짐했다. 광덕은 분황사 서쪽 마을에 은거하여 신 삼는 것을 생업으로 하며 아내를 데리고 살았고, 엄장은 남악에 암자를 짓고 대규모로 밭갈이를 하면서 지냈다.

어느날 해그림자가 붉은 빛을 띠고 소나무 그늘이 고요히 저물어갈 무렵 엄장은 창밖에서 들려오는 소리를 들었다. 소리는 이렇게 알렸다.

"나는 이제 서방(西方)으로 가네. 그대는 평안히 머물다 속히 나를 따라오도록 하게."

엄장이 문을 밀고 나가 살펴보니 멀리 구름 밖에서 하늘의 음악소리가 들려오고 광명이 땅에 뻗쳐 있었다. 이튿날 엄장이 광덕의 거처로 찾아가보았더니, 과연 광덕은 죽어 있었다. 이에 그의 아내와 함께 유해를 거두어 장사를 지냈다. 일을 마치고 엄장은 광덕의 아내에게 말했다.

"남편은 이미 갔으니 나와 같이 사는 것이 어떻소?"

광덕의 아내는 좋다고 대답했다. 드디어 엄장은 자기의 거처로 돌아가지 않고 광덕의 집에 머물렀다. 밤이 되어 잠자리에 들 즈음 엄장은 광덕의 아내에게 잠자리를 요구했다. 광덕의 아내는 혐오 섞인 웃음을 띠며 말했다.

"스님이 극락을 구하는 것은 물고기를 구한다면서 나무에 올라가는 격이라 할 만하오."

엄장은 놀랍고 이상히 여기며 말했다.

"광덕이 이미 그러고도 극락에 갔거늘 낸들 안될 게 뭐 있소?"

광덕의 아내는 차분히 말했다.

"그분과 나는 10여년을 동거했지만 일찍이 하룻밤도 잠자리를 같이 한 적이 없소. 하물며 더러운 짓을 범했을라고요? 그분은 매일 밤 몸을 단정히 하고 정좌해서는 한결같이 아미타불의 명호(名號)를 염송하기도 하고 또는 십육관(十六觀, 극락세계에 왕생하는 문호가 된다는 16종의 관문)을 짓기도 했으며 관이 이미 원숙해진 뒤 밝은 달이 창에 들어오면 그 달빛에 올라 때때로 그 위에서 가부좌하기도 했소. 정성을 다하기 이와 같았으니 비록 서방정토로 가지 않으려 한들 어디로 가겠소? 대개 천리를 가려는 자는 그 첫걸음으로 재어볼 수 있나니 이제 스님의 관(觀)은 동방으로 가는 것이라고 말할 수 있을지언정 서방으로 간다고는 할 수 없는 일입니다."

엄장은 부끄러워 물러나왔다. 그리고 곧 원효법사의 거처로 나아가 득도의 요체를 간절히 구했다. 원효법사는 정관법(淨觀法)을 지어 지도했다. 엄장은 이에 스스로를 깨끗이 하고 뉘우쳐 자책하며 일념으로 관을 닦아 역시 서방으로 갔다. 정관법은 원효법사 본전(本傳)과 『해동승전(海東僧傳)』 속에 있다.

광덕의 아내는 바로 분황사의 노비로 십구응신(十九應身, 중생을 교화하기 위한 관음보살의 19종의 모습)의 하나였다. 광덕은 일찍이 이와 같은 노래를 읊었다. (…)

<『삼국유사』 감통 제7편 '광덕 엄장' 조>

도천수관음가(禱千手觀音歌)

희명(希明)

무릎을 낮추며
두 손바닥 모아
천수관음(千手觀音) 전(前)에
기구(祈求)의 말씀 드리노라
천 개의 손, 천 개의 눈을
한 손을 놓아, 한 눈을 덜어
두 눈 감은 나에게
하나나마 주어 그윽히 고쳐주소서 매달리누나
아아, 나에게 베풀어주신다면
그 자비심 얼마나 크시리오!

■ **관련기록** 경덕왕 시절, 한기리(漢岐里)에 사는 여인 희명의 아이가 출생한 지 5년이 되자 갑자기 눈이 멀게 되었다. 어느 날 희명이 아이를 안고 분황사(芬皇寺)의 좌전(左殿) 북쪽 벽에 그린 천수대비(千手大悲, 천 개의 손과 천 개의 눈을 가진 관음보살) 화상 앞에 나아가 아이를 시켜 노래를 지어 빌게 했더니 마침내

아이가 광명을 되찾았다.
　그 노래는 이러하다. (…)
　＜『삼국유사』 탑상 제4편 ‘분황사 천수대비 맹아득안’ 조＞

고려속요

고려속요

정읍사(井邑詞)*

달하[1], 높이곰[2] 돋으샤

어기야 머리곰[3] 비춰오시라

어기야 어강됴리

아으 다롱디리

저재 녀러신고요[4]?

어기야

진 데[5]를 디디올셰라

어기야 어강됴리

어느이다 노코시라[6]

어기야 내 가는 데 점그랄셰라[7]

어기야 어강됴리

아으 다롱디리

1) 달하: 달님이시여.
2) 높이곰: 높이높이.
3) 머리곰: 멀리멀리.
4) 저재 녀러신고요: 저자에 가
   계신가요.
5) 진 데: 위험한 곳. 또는 유혹
   이 있는 곳.
6) 어느이다 노코시라: 어느 곳
   에나 놓으십시오.
7) 점그랄셰라: 저물어질까 걱
   정스럽다.

■ **관련기록** 정읍은 전주의 속현(屬縣)이다. 이 현 사람이 행
상을 떠나 오래 돌아오지 않으므로, 그 아내가 산 위에 올라 바
라보았다. 남편이 밤길을 오다가 해를 입지나 않을까 염려하여,
진흙의 더러움에 의탁하여 이 노래를 불렀다. 등점(登岾)에 망
부석(望夫石)이 있다고 전해진다.

<『고려사(高麗史)』 권 71 악지(樂志) 2>

가시리

가시리 가시리잇고 나난
버리고 가시리잇고 나난
위 증즐가 태평성대(大平盛代)

날러는 어찌 살라 하고
버리고 가시리잇고 나난
위 증즐가 태평성대

잡사와 두어리마나난[1]
선하면[2] 아니 올세라
위 증즐가 태평성대

설운 님 보내옵나니 나난
가시난 닷[3] 도셔오소서[4] 나난
위 증즐가 태평성대

1) 잡사와 두어리마나난: 붙잡
   아 두고 싶지마는.
2) 선하면: 토라지면.

3) 가시난 닷: 가시자마자.
4) 도셔오소서: 돌아오소서.

서경별곡(西京別曲)

서경(西京)[1]이 아즐가
서경이 서울이지마는
위 두어렁셩 두어렁셩 다링디리
닷곤 데[2] 아즐가
닷곤 데 소성경[3] 고외마른[4]
위 두어렁셩 두어렁셩 다링디리
여해므론[5] 아즐가
여해므론 길쌈베 버리시고
위 두어렁셩 두어렁셩 다링디리
괴시란데[6] 아즐가
괴시란데 우러곰[7] 좇니노이다[8]
위 두어렁셩 두어렁셩 다링디리

구슬이 아즐가
구슬이 바위에 디신달[9]
위 두어렁셩 두어렁셩 다링디리
긴힛단[10] 아즐가
긴힛단 그츠리잇가[11] 나난
위 두어렁셩 두어렁셩 다링디리
즈믄 해[12]를 아즐가

1) 서경: 지금의 평양.

2) 닷곤 데: 닦은 곳.
3) 소성경: 작은 서울.
4) 고외마른: 사랑하지마는.

5) 여해므론: 이별하기보다는.

6) 괴시란데: 사랑해주신다면.
7) 우러곰: 울면서.
8) 좇니노이다: 따르겠습니다.

9) 디신달: 떨어진들.

10) 긴힛단: 끈이야.
11) 그츠리잇가: 끊어지겠습니까?

12) 즈믄 해를: 천 년을.

즈믄 해를 외오곰 녀신달[13]
위 두어렁셩 두어렁셩 다링디리
신(信)잇단 아즐가
신(信)잇단 그츠리잇가 나난
위 두어렁셩 두어렁셩 다링디리

대동강(大同江) 아즐가
대동강 너븐디[14] 몰라서
위 두어렁셩 두어렁셩 다링디리
배 내어 아즐가
배 내어 놓았느냐, 사공아
위 두어렁셩 두어렁셩 다링디리
네 각시 아즐가
네 각시 럼난디[15] 몰라서
위 두어렁셩 두어렁셩 다링디리
널 배에[16] 아즐가
널 배에 연즌다[17] 사공아
위 두어렁셩 두어렁셩 다링디리
대동강 아즐가
대동강 건너편 꽃을
위 두어렁셩 두어렁셩 다링디리
배 타들면 아즐가
배 타들면 꺾으리이다 나난
위 두어렁셩 두어렁셩 다링디리

13) 외오곰 녀신달: 외로이 살아
간들.

14) 너븐디: 넓은 줄.

15) 럼난디: 음란한 줄.

16) 널 배에: 가는 배에.

17) 연즌다: 태웠느냐?

정석가(鄭石歌)

딩아 돌하[1] 당금(當今)에 계샹이다[2]

딩아 돌하 당금에 계샹이다

선왕성대(先王聖代)에 노니아와지이다

삭삭기[3] 세모래[4] 별헤[5] 나난

삭삭기 세모래 별헤 나난

구운 밤 닷되를 심고이다

그 밤이 움이 돋아 싹 나거시아[6]

그 밤이 움이 돋아 싹 나거시아

유덕(有德)하신 님을 여의아와지이다

옥(玉)으로 연꽃을 사교이다[7]

옥으로 연꽃을 사교이다

바위 위에 접주(接柱)하요이다

그 꽃이 삼동(三同)[8]이 피거시아

그 꽃이 삼동이 피거시아

유덕하신 님을 여의아와지이다

무쇠로 철릭[9]을 말아[10] 나난

무쇠로 철릭을 말아 나난

1) 딩아 돌하: 쇠〔鄭〕와 돌〔石〕로 된 악기에서 나는 소리.
2) 계샹이다: 계십니다.
3) 삭삭기: 바삭바삭한.
4) 세모래: 가는 모래.
5) 별헤: 벼랑 가에.
6) 나거시아: 돋아나야.
7) 사교이다: 새깁니다.
8) 삼동: 세 아름.
9) 철릭: 융복(戎服), 즉 옛 군복의 일종.
10) 말아: 마름질하여.

철사로 주름 바고이다[11]
그 옷이 다 헐어시아
그 옷이 다 헐어시아
유덕하신 님을 여의아와지이다

무쇠로 한[12] 소를 지어다가
무쇠로 한 소를 지어다가
철수산(鐵樹山)에 놓으이다
그 소가 철초(鐵草)를 먹어야
그 소가 철초를 먹어야
유덕하신 님을 여의아와지이다

구슬이 바위에 디신달
구슬이 바위에 디신달
긴힛단 그츠리잇가
즈믄 해를 외오곰 녀신달
즈믄 해를 외오곰 녀신달
신(信)잇단 그츠리잇가

만전춘별사(滿殿春別詞)

얼음 위에 댓닢자리 보아 님과 나와 얼어죽을망정
얼음 위에 댓닢자리 보아 님과 나와 얼어죽을망정

11) 바고이다: 박습니다.

12) 한: 큰.

정(情) 둔 오늘 밤 더디 새오시라 더디 새오시라

경경(耿耿) 고침상(孤枕上)[1]에 어느 잠이 오리오
서창(西窓)을 열어하니 도화(桃花)가 발(發)하도다
도화는 시름없어 소춘풍(笑春風)[2]하도다 소춘풍하도다

넋이라도 님을 한데[3] 녀닛 경(景)[4] 여겼더니
넋이라도 님을 한데 녀닛 경(景) 여겼더니
벼기더시니[5] 뉘러시니잇가 뉘러시니잇가

올하[6] 올하 아련[7] 비올하
여울은 어디 두고 소(沼)에 자러 오느냐?
소콧[8] 얼면 여울도 좋으니 여울도 좋으니

남산(南山)에 자리 보아 옥산(玉山)을 베고 누워
금수산(錦繡山) 이불 안에 사향(麝香)각시[9]를 안아 누워
남산에 자리 보아 옥산을 베고 누워
금수산 이불 안에 사향각시를 안아 누워
약(藥) 든 가슴을 맞추옵사이다 맞추옵사이다

아소 님하
원대평생(遠代平生)에 여읠 줄 모르옵세

1) 경경 고침상: 근심에 싸여 있는 외로운 잠자리.

2) 소춘풍: 봄바람을 희롱하다.

3) 님을 한데: 님과 함께.
4) 녀닛 경: 지내겠다고.
5) 벼기더시니: 우기시던 이가. 또는 어기신 이가.

6) 올하: 오리야.
7) 아련: 어리석은.

8) 소곳: 소마저.

9) 사향각시: 사향은 사향노루의 향낭(香囊)에서 채취되는 흑갈색 가루. 최음제. 사향각시는 사향이 든 주머니.

쌍화점(雙花店)

쌍화점(雙花店)[1]에 쌍화 사러 가고신댄
회회(回回)아비[2] 내 손목을 쥐여이다
이 말씀이 이 점(店) 밖에 나명들명[3]
다로러거디러
조그마한 새끼광대 네 말이라 하리라
더러둥셩 다리러디러 다리러디러 다로러거디러 다로러
그 자리에 나도 자러 가리라
위 위 다로러거디러 다로러
그 잔 데같이[4] 젊거츠니[5] 없다

삼장사(三藏寺)에 불 혀러[6] 가고신댄
그 절 사주(寺主)가 내 손목을 쥐여이다
이 말씀이 이 절 밖에 나명들명
다로러거디러
조그마한 새끼상좌(上座) 네 말이라 하리라
더러둥셩 다리러디러 다리러디러 다로러거디러 다로러
그 자리에 나도 자러 가리라
위 위 다로러거디러 다로러
그 잔 데같이 젊거츠니 없다

1) 쌍화점: 만두가게.
2) 회회아비: 아라비아 상인인
   듯.
3) 나명들명: 들락날락하면.
4) 그 잔 데같이: 그곳같이. 혹
   은 그 잠자리같이.
5) 젊거츠니: 지저분하고 거친
   곳.
6) 혀러: 켜러.

"

두레우물에 물을 길러 가고신댄
우물 용(龍)이 내 손목을 쥐여이다
이 말씀이 이 우물 밖에 나명들명
다로러거디러
조그마한 두레박아 네 말이라 하리라
더러둥셩 다리러디러 다리러디러 다로러거디러 다로러
그 자리에 나도 자러 가리라
위 위 다로러거디러 다로러
그 잔 데같이 졂거츠니 없다

술 팔 집에 술을 사러 가고신댄
그 집 아비 내 손목을 쥐여이다
이 말씀이 이 집 밖에 나명들명
다로러거디러
조그마한 싀구박아[6] 네 말이라 하리라
더러둥셩 다리러디러 다리러디러 다로러거디러 다로러
그 자리에 나도 자러 가리라
위 위 다로러거디러 다로러
그 잔 데같이 졂거츠니 없다

이상곡(履霜曲)

비 오다가 개어 아 눈이 내린 날에

6) 싀구박아: 술바가지야.

서린[1] 석석사리[2] 좁다란 굽은 길에
다롱디우셔 마득사리 마득너즈세 너우지
잠 따간 내 님을 여겨
깃단 열명길에[3] 자러 오리잇가
죵죵 벽력(霹靂) 생(生) 함타무간(陷墮無間)[4]
고대셔[5] 스러질 내 몸이
죵 벽력(霹靂) 아 생(生) 함타무간(陷墮無間)
고대셔 스러질 내 몸이
내 님 두고 년뫼를[6] 걸어두리
이러쳐 저러쳐
이러쳐 저러쳐 기약(期約)이잇가
아소 님하, 한데 녀졋[7]기약이외다

1) 서린: 얽히고 설킨.

2) 석석사리: 나무숲을 가리키
   는 듯.

3) 깃단 열명길에: 이 어스름 새
   벽길에.

4) 죵죵 벽력 생 함타무간: 때로
   벼락이 쳐서 지옥에 떨어질.

5) 고대셔: 곧바로.

6) 년뫼를: 미상.

7) 녀졋: 지내자는.

정과정곡(鄭瓜亭曲)

정서(鄭敍)

내 님을 그리워하여 우니다니
산(山) 접동새 난 이슷하요이다[1]
아니시며 거츠르신달[2] 아으
잔월효성(殘月曉星)[3]이 알으시리이다
넋이라도 님은 한데 녀져라[4] 아으

1) 이슷하요이다: 비슷합니다.

2) 거츠르신달: 거짓인 줄을.

3) 잔월효성: 새벽녘의 달과 별.

4) 녀져라: 지내고 싶어라.

벼기더시니[5] 뉘러시니잇가
과(過)도 허물도 천만(千萬) 업소이다
말힛 마리신저[6]
살읏븐저[7] 아으
님이 나를 하마 잊으시니잇가?
아소 님하, 도람[8] 들으샤 괴오소서

동동(動動)

더(德)일랑 곰배[1]에 받잡고[2]
복(福)일랑 님배[3]에 받잡고
넉이여 목이라 호날
나아라 오소이다
아으 동동다리

정월 나릿물은
아으 어저 녹저 하는데
누리 가운데 나곤
몸하, 호올로 녈셔
아으 동동다리

이월 보름에
아으 높이 현[4] 등(燈)불 다호라[5]

만인(萬人) 비춰실 즛[6]이샷다
아으 동동다리

삼월 나며 개(開)한
아으 만춘(滿春) 달래꽃이여
남이 부롤[7] 즛을 지녀 나샷다
아으 동동다리

사월 아니 잊어
아으 오실셔, 꾀꼬리새여
무슴다[8] 녹사(錄事)[9]님은
옛 나를 잊고 계신가?
아으 동동다리

오월 오일에
아으 수릿날 아침 약(藥)은
즈믄 해를 장존(長存)하실
약이라 받잡노이다
아으 동동다리

유월 보름에
아으 별헤[10] 버린 빗 다호라
돌아보실 님을
조금 좇니노이다
아으 동동다리

6) 즛: 모습.

7) 부롤: 부러워할.

8) 무슴다: 무슨 일로.
9) 녹사(錄事): 벼슬의 일종.

10) 별헤: 벼랑에.

칠월 보름에
아으 백종(百種) 배(排)하여 두고[11]
님을 한데 녀고자
원(願)을 비옵나이다
아으 동동다리

팔월 보름은
아으 가배(嘉俳)[12] 날이마란
님을 뫼셔 녀곤[13]
오늘이 가배(嘉俳)샷다
아으 동동다리

구월 구일에
아으 약(藥)이라 먹는
황화(黃化) 꽃이 안에 드니
새서 가만하여라[14]
아으 동동다리

시월에
아으 저미연 바랏[15] 다호라
꺾어버리신 후에
지니실 한 분이 없으샷다
아으 동동다리

십일월 봉당 자리에
아으 한삼(汗衫) 덮어 누워

11) 배하여 두고: 제수를 차려놓고.

12) 가배: 한가위.

13) 뫼셔 녀곤: 모시고 지내야.

14) 새서 가만하여라: 향기가 퍼져 은은하여라.

15) 바랏: 보리수.

슬할 살아온저[16]
고운 님 스싀옴[17] 녈셔
아으 동동다리

십이월 분디나무[18]로 깎은
아으 나알 반(盤)에 저[19] 다호라
님의 앞에 들어 얼이노니[20]
손이 가져다 무르압노이다
아으 동동다리

청산별곡(靑山別曲)

살어리 살어리랏다
청산에 살어리랏다
머루랑 다래랑 먹고
청산에 살어리랏다
얄리 얄리 얄랑셩 얄라리 얄라

울어라 울어라 새여
자고 일어나 울어라 새여
널라와[1] 시름 한[2] 나도
자고 일어나 우니노라
얄리 얄리 얄라셩 얄라리 얄라

16) 슬할 살아온저: 슬픔이 되살
　　아나네.
17) 스싀옴: 여의고.
18) 분디나무: 산초과에 딸린 낙
　　엽관목. 여름철에 담록색 꽃
　　이 피고 열매는 겨울에 익는
　　다.
19) 저: 젓가락.
20) 얼이노니: 올리노니.

1) 널라와: 너보다.
2) 한: 많은.

가던 새[3] 가던 새 본다
물 아래 가던 새 본다
잉무든[4] 장글란[5] 가지고
물 아래 가던 새 본다
얄리 얄리 얄라셩 얄라리 얄라

이링공 저링공하여[6]
낮일랑 지내와손저[7]
올 이도 갈 이도 없는
밤은 또 어찌 호리라
얄리 얄리 얄라셩 얄라리 얄라

어디라 던지던 돌코
누리라 맞히던 돌코
믜리도[8] 괴리도 없이
맞아서 우니노라
얄리 얄리 얄라셩 얄라리 얄라

살어리 살어리랏다
바다에 살어리랏다
나마자기[9] 구조개랑 먹고
바다에 살어리랏다
얄리 얄리 얄라셩 얄라리 얄라

가다가 가다가 듣노라

3) 가던 새: 갈던 사래. 사래는 밭이랑.

4) 잉무든: 이끼 묻은.
5) 장글란: 쟁기를.

6) 이링공 저링공하여: 이럭저럭하여.
7) 지내와손저: 지내왔구나.

8) 믜리도: 미워할 이도.

9) 나마자기: 나문재. 해변가에 나는 일년초 식물.

에정지[10] 가다가 듣노라
사슴이 짒대[11]에 올라서
해금(奚琴)을 혀거를[12] 듣노라
얄리 얄리 얄라셩 얄라리 얄라

가다니[13] 배부른 독에
설진[14] 강수[15]를 빚어라
조롱꽃[16] 누룩이 매워
잡사와니 내 어찌하리잇고
얄리 얄리 얄라셩 얄라리 얄라

10) 에정지: 미상.
11) 짒대: 장대.
12) 혀거를: 켜는 것을.

13) 가다니: 가다 보니.
14) 설진: 진한.
15) 강수: 강한 술.
16) 조롱꽃: 조롱박꽃.

사모곡(思母曲)

호미도 날이언마라난
낫같이 들 리도 없으니이다
아버님도 어이어신마라난[1]
위 덩더둥셩
어머님같이 괴실 리[2] 없어라
아소 님하
어머님같이 괴실 리 없어라

1) 어이어신마라난: 어버이시지
   마는.

2) 괴실 리: 사랑하실 리.

상저가(相杵歌)

듥기동[1] 방아나 찧어 히얘[2]
게우즌[3] 밥이나 지어 히얘
아버님 어머님께 받잡고 히야해
남거시든 내 먹으리 히야해 히야해

1) 듥기동: 방아찧는 소리.
2) 히얘: '히야해'와 함께 흥을
   돋우는 여음구.
3) 게우즌: 거치른.

유구곡(維鳩曲)*

비두로기 새[1]는
비두로기 새는
울음을 우로되
버곡댱[2]이야
난 좋아
버곡댱이야
난 좋아

* 예종이 지었다는 「벌곡조」가
  이 노래라고 주장하는 학설이
  있다.

1) 비두로기 새: 비둘기.

2) 버곡댱: 뻐꾸기.

경기체가

한림별곡(翰林別曲)

한림제유(翰林諸儒)

원순문(元淳文)[1] 인로시(仁老詩)[2] 공로사륙(公老四六)[3]
이정언(李正言)[4] 진한림(陳翰林)[5] 쌍운주필(雙韻走筆)[6]
충기대책(冲基對策)[7] 광균경의(光鈞經義)[8] 양경시부(良鏡
詩賦)[9]
위 시장(試場) 경(景)[10] 그 어떠하니잇고
금학사(琴學士)[11]의 옥순문생(玉笋門生)[12] 금학사의 옥순
문생
위 날조차 몇 분이닛고

당한서(唐漢書)[13] 장노자(莊老子)[14] 한유문집(韓柳文集)[15]
이두집(李杜集)[16] 난대집(蘭臺集)[17] 백낙천집(白樂天集)[18]
모시상서(毛詩尙書)[19] 주역춘추(周易春秋)[20] 주대예기(周
戴禮記)[21]
위 주(註)조차 내 외올[22] 경(景) 그 어떠하니잇고
태평광기(大平廣記)[23] 사백여권(四百餘卷) 태평광기 사백
여권
위 역람(歷覽)[24] 경(景) 그 어떠하니잇고

1) 원순문: 유원순(兪元淳), 즉
   유승단(兪升旦)의 문장.
2) 인로시: 이인로(李仁老)의
   시.
3) 공노사륙: 이공로(李公老)의
   사륙문.
4) 이정언: 이규보(李奎報).
5) 진한림: 진화(陳澕)
6) 쌍운주필: 쌍운은 서로 운을
   맞추어 시를 짓는 일. 주필은
   글을 날래게 짓는 일.
7) 충기대책: 유충기(劉冲基)의
   대책문.
8) 광균경의: 민광균(閔光鈞)의
   경의. 경의는 경서를 해독하
   는 일.
9) 양경시부: 김양경(金良鏡),
   즉 김인경(金仁鏡)의 시부.
10) 시장 경: 시험장의 광경.
11) 금학사: 금의(琴儀).
12) 옥순문생: 죽순같이 쭉쭉 뻗
    어가는 문하생들.
13) 당한서: 당서(唐書)와 한서
    (漢書).
14) 장노자: 장자와 노자.

진경서(眞卿書) 비백서(飛白書) 행서초서(行書草書)[25]

전류서(篆籀書) 과두서(蝌蚪書)[26] 우서남서(虞書南書)[27]

양수필(羊鬚筆)[28] 서수필(鼠鬚筆)[29] 비껴 들어

위 찍는 경(景) 그 어떠하니잇고

오생유생(吳生劉生)[30] 양선생(兩先生)의 오생유생 양선생의

위 주필(走筆) 경(景) 그 어떠하니잇고

황금주(黃金酒) 백자주(栢子酒) 송주예주(松酒醴酒)

죽엽주(竹葉酒) 이화주(梨花酒) 오가피주(五加皮酒)

앵무잔(鸚鵡盞) 호박배(琥珀盃)에 가득 부어

위 권상(勸上)[31] 경(景) 그 어떠하니잇고

유령도잠(劉伶陶潛)[32] 양선옹(兩仙翁)의 유령도잠 양선옹의

위 취(醉)한 경(景) 그 어떠하니잇고

홍모란(紅牧丹) 백모란(白牧丹) 정홍모란(丁紅牧丹)

홍작약(紅芍藥) 백작약(白芍藥) 정홍작약(丁紅芍藥)

어류옥매(御柳玉梅) 황자장미(黃紫薔薇) 지지동백(芷芝冬栢)

위 간발(間發)[33] 경(景) 그 어떠하니잇고

합죽[34]도화(合竹桃花) 고온 두 분 합죽도화 고온 두 분

위 상영(相暎)[35] 경(景) 그 어떠하니잇고

아양금(阿陽琴) 문탁적(文卓笛) 종무중금(宗武中琴)

15) 한유문집: 한유(韓愈)와 유종원(柳宗元)의 문집.

16) 이두집: 이백과 두보의 시집.

17) 난대집: 한나라 때 난대영사(蘭臺令使)들의 시문집.

18) 백낙천집: 백거이(白居易)의 문집.

19) 모시상서: 모시는 시경(詩經). 상서는 서경(書經).

20) 주역춘추: 주역과 춘추.

21) 주대예기: 유가 경전의 하나.

22) 내 외올: 늘 외우는.

23) 태평광기: 송나라 때 전설기 문집(傳說奇聞集).

24) 역람: 두루 읽는.

25) 진경서 비백서 행서 초서: 모두 서체의 일종.

26) 전류서 과두서: 중국 고대 문자의 일종.

27) 우서남서: 서(書)는 세(世)의 오기인 듯. 우세남은 당나라 때의 명필로 그의 글씨는 서법의 모범이 되었다.

28) 양수필: 양의 털로 만든 붓.

29) 서수필: 쥐의 털로 만든 붓.

30) 오생유생: 오선생과 유선생. 당대의 이름난 명필로 추정.

31) 권상: 잔 올리는.

32) 유령도잠: 유령과 도잠. 유령은 진나라 때 죽림칠현의 하나. 도잠은 도연명.

33) 간발: 사이사이 피어난.

34) 합죽: 합환죽(合歡竹).

35) 상영: 서로 비추는.

대어향(帶御香) 옥기향(玉肌香)[36] 쌍가얏고
금선[37]비파(金善琵琶) 종지[38]해금(宗智嵇琴) 설원[39]장고
(薛原杖鼓)
위 과야(過夜)[40] 경(景) 그 어떠하니잇고
일지홍(一枝紅)[41]의 비낀 적취(笛吹) 일지홍의 비낀 적취
위 듣고야 잠들어지라

봉래산(蓬萊山) 방장산(方丈山) 영주삼산(瀛洲三山)
차삼산(此三山)[42] 홍루각(紅樓閣) 작약선자(婥妁仙子)[43]
녹발액자(綠髮額子)[44] 금수장리(錦繡帳裏)[45] 주렴반권(珠
簾半捲)[46]
위 등망오호(登望五湖)[47] 경(景) 그 어떠하니잇고
녹양녹죽(綠楊綠竹) 재정빈(栽亭畔)[48]에 녹양녹죽 재정반
에
위 전황앵(囀黃鶯)[49] 반갑두세라

당당당(唐唐唐)[50] 당추자(唐楸子)[51] 조협(皂莢)나무[52]
홍(紅)실로 홍(紅)그네 매요이다
혀고시라[53] 밀오시라 정소년(鄭少年)하
위 내 가는 데 남 갈세라
삭옥섬섬(削玉纖纖)[54] 쌍수(雙手)길에 삭옥섬섬 쌍수길
에
위 휴수동유(携手同遊)[55] 경(景) 그 어떠하니잇고

36) 대어향 옥기향: 당시 가야금 연주로 이름난 기생들.
37) 금선: 비파의 명인.
38) 종지: 해금의 명인.
39) 설원: 장고의 명인.
40) 과야: 밤을 지새는.
41) 일지홍: 피리에 뛰어난 기생.
42) 삼산: 봉래산·방장산·영주산을 이름. 신선이 산다는 산.
43) 작약선자: 아름답고 고운 선녀.
44) 녹발액자: 아름다운 여인의 윤기 나는 검은 머리.
45) 금수장리: 비단 장막 속.
46) 주렴반권: 주렴을 반쯤 걷어 놓고.
47) 등망오호: 높은 데서 오호(五湖)를 바라봄.
48) 재정반: 심어진 정자가에.
49) 진황엥: 지지귀는 꾀꼬리.
50) 당당당: 음보를 맞추기 위해 당추자의 첫음을 이은 것.
51) 당추자: 호도나무.
52) 조협나무: 쥐엄나무.
53) 혀고시라: 당기시라.
54) 삭옥섬섬: 옥 같은 두 손길.
55) 휴수동유: 손을 잡고 함께 노는 것.

상대별곡(霜臺別曲)

권 근(權近)

화산남(華山南) 한수북(漢水北) 천년승지(千年勝地)
광통교(廣通橋) 운종가(雲鍾街) 건너 들어
낙락장송(落落長松) 정정고백(亭亭古栢) 추상오부(秋霜烏府)[1]
위 만고청풍(萬古淸風) 경(景) 그 어떠하니잇고
영웅호걸(英雄豪傑) 일시인재(一時人才) 영웅호걸 일시인재
위 날조차[2] 몇 분이닛고

계기명(鷄旣鳴) 천욕효(天欲曉) 자맥장제(紫陌長堤)[3]
대사헌(大司憲)[4] 노집의(老執義)[5] 대장어사(臺長御史)[6]
가학참난(駕鶴驂鸞) 전가후옹(前呵後擁) 벽제좌우(辟除左右)[7]
위 상대(上臺) 경(景) 그 어떠하니잇고
씩씩한저 풍헌소사(風憲所司) 씩씩한저 풍헌소사
위 진기퇴강(振起頹綱)[8] 경(景) 그 어떠하니잇고

1) 추상오부: 추상 같은 사헌부. 사헌부는 조선시대 삼사(三司)의 하나.
2) 날조차: 나와 더불어.
3) 계기명 천욕효 자맥장제: 닭이 울고 아침이 밝아오는 서울의 큰 길을.
4) 대사헌: 사헌부의 종2품 벼슬.
5) 노집의: 사헌부에 속하는 종3품 벼슬.
6) 대장어사: 감찰어사.
7) 가학참난 전가후옹 벽제좌우: 학 타고 난새를 곁말 삼아 가면, 앞에서 꾸짖고 뒤에서 옹위하여 좌우를 물리치며.
8) 진기퇴강: 무너진 기강을 일으켜세우는.

각방배(各房拜) 예필후(禮畢後) 대청제좌(大廳齊坐)[9]

정기도(正其道) 명기의(明其義) 참작고금(參酌古今)

시정득실(時政得失) 민간이해(民間利害) 구폐조조(救弊條條)[10]

위 장상(狀上)[11] 경(景) 그 어떠하니잇고

군명신직(君明臣直) 태평성대(大平盛代) 군명신직 태평성대

위 종간여류(從諫如流)[12] 경(景) 그 어떠하니잇고

원의후(圓議後) 공사필(公事畢) 방주유사(房主有司)

탈의관(脫衣冠) 호선생(呼先生)[13] 섞어 앉아

팽룡포봉(烹龍炮鳳) 황금예주(黃金醴酒) 만루대잔(滿鏤臺盞)[14]

위 권상(勸上) 경(景) 그 어떠하니잇고

즐거온저 선생감찰(先生監察) 즐거온저 선생감찰

위 취(醉)한 경(景) 그 어떠하니잇고

초택성음(楚澤醒吟)[15]이야 너는 좋으냐

녹문[16]장왕(鹿門長往)이야 너는 좋으냐

명량상우(明良相遇)[17] 하청성대(河淸盛代)에

총마회집(驄馬會集)[18]이야 난 좋더이다.

9) 각방배 예필후 대청제좌: 각방에 인사 드리는 예를 마친 후 대청에 모두 앉아.

10) 구폐조조: 폐단을 고친 법 조항들.

11) 장상: 문서를 올리는.

12) 종간여류: 간언(諫言)을 좇음이 마치 흐르는 물과 같음.

13) 탈의관 호선생: 의관을 벗고 선생을 불러. 선생은 전임 선배를 뜻함.

14) 팽룡포봉 황금예주 만루대잔: 용봉을 삶아 놓고 황금예주를 누대잔에 가득 부어.

15) 초택성음: 초나라 대부 굴원이 참소를 당하여 멱라수에서 「어부사」를 읊조리던 일.

16) 녹문: 호북성에 있는 산으로, 당나라 때 맹호연이 은둔하였던 곳.

17) 명량상우: 명군과 양신이 서로 만남.

18) 총마회집: 청총마 타고 모여드는 일.

소악부

오관산(五冠山)

나무토막으로 자그마한 당닭을 깎아　　　　　　　　　木頭雕作小唐雞

젓가락으로 집어다 벽에 앉히고서　　　　　　　　　　筋子拈來壁上栖

이 새가 꼬끼오 울어 때를 알리면　　　　　　　　　　此鳥膠膠報時節

어머님 얼굴 비로소 지는 해처럼 늙으시라　　　　　　慈顔始似日平西

■ **관련기록**　오관산은 효자인 문충(文忠)이 지은 것이다. 충은 오관산 밑에 살면서 어머니를 지극히 정성스럽게 섬겼다. 그의 집은 경도(京都)에서 심십 리나 떨어져 있었는데, 어머니를 봉양하기 위해 벼슬살이를 하느라고 아침에 나갔다가 저물어서야 돌아오곤 하였으나 아침 저녁의 보살핌을 조금도 게을리 하지 않았다. 자기 어머니가 늙는 것을 개탄하여 이 노래를 지었는데, 이제현(李齊賢)이 시를 지어 이 노래를 풀이하였다.
<『고려사(高麗史)』 권71 악지(樂志) 2>

월정화(月精花)

재삼 정중히 거미에게 부탁하노니　　　　　　　　　　再三珍重請蜘蛛

앞길 머리에 그물을 쳐두었다가   須越前街結網圍
멋대로 등지고 날아가는 저 꽃 위의 나비를   得意背飛花上蝶
붙잡아 매어두고 제 허물을 뉘우치게 해다오   願令粘住省愆違

■ **관련기록** 월정화는 진주 기생이었다. 사록(司錄) 벼슬을 하
던 위제만(魏齊萬)이 그 기생한테 미혹되어 부인을 근심과 분노로
죽게 만들었다. 진주읍 사람들이 이를 슬퍼하여 부인이 살아 있을
때 사랑하고 아껴주지 않은 일을 가지고 위제만의 미혹됨을 풍자
한 것이다.
<『고려사』 권71 악지2>

거사련(居士戀)

까치는 울타리 가 꽃가지에서 울고   鵲兒籬際噪花枝
거미는 상머리에서 줄을 늘이누나   蟢子床頭引網絲
우리 님 머잖아 오시려나   余美歸來應未遠
마음이 먼저 사람에게 알리는 게지   精神早已報人知

■ **관련기록** 행역(行役) 떠난 사람의 처가 이 노래를 지었는데
까치와 거미를 빌려 자기 남편이 돌아오기를 고대하는 뜻을 붙인
것이다. 이제현이 시를 지어 이 노래를 풀이하였다.
<『고려사』 권71 악지2>

사리화(沙里花)

저 참새들아 어디서 날아왔다 날아가느냐   黃雀何方來去飛
애써 지은 일년 농사 아랑곳 않네   一年農事不曾知
늙은 홀아비 혼자 갈고 매고 했거늘   鰥翁獨自耕芸了
밭의 곡식을 모조리 먹어치우느냐   耗盡田中禾黍爲

■ **관련기록** 부세(賦稅)기 괴중하고 토호들이 친탈을 일삼아 백성들은 곤궁에 빠지고 재물을 손실당하므로 이 노래를 지어 참새가 곡식을 쪼아먹는다는 말로써 원망하였다. 이제현이 시를 지어 이 노래를 풀이하였다.

<『고려사』 권 71 악지 2>

장암(長巖)

연연하여 맴도는 새야, 너 어쩌자고   拘拘有雀爾奚爲
그물에 걸렸구나 참새 새끼   觸着網羅黃口兒
눈동자가 본디 무엇하러 달렸는데   眼孔元來在何許

가련하게도 그물에 걸려들었느냐, 어리석은 참새   可憐觸網雀兒癡

■ **관련기록** 평장사(平章事) 두영철(杜英哲)이 일찍이 장암으로
귀양 갔는데 그곳에서 한 노인과 친하게 되었다. 그후 그가 소환
되어 돌아갈 때 그 노인은 그에게 구차스럽게 벼슬자리를 탐내지
말라고 경계하였고 두영철도 그 말을 받아들였다. 그러나 후일 관
직이 올라서 평장사에 이르렀다가 과연 또 죄과에 빠져 귀양 가게
되어 그곳을 지나갈 때 그 노인이 전송하면서 이 노래를 지어 그
를 나무랐다 한다. 이제현이 시를 지어 이 노래를 풀이하였다.
<『고려사』 권71 악지2>

제위보(濟危寶)

빨래하던 개울가 수양버들 옆에서   浣沙溪上傍垂楊
내 손 잡고 마음 나누던 백마 탄 낭군   執手論心白馬郎
석달 내내 장마가 진다 해도   縱有連簷三月雨
손끝에 남은 향기야 차마 씻을까보냐   指頭何忍洗餘香

■ **관련기록** 어떤 여인이 죄를 짓고 도형(徒刑)을 받아 제위보
에서 일하게 되었다. 그러던 중 어떤 사람에게 손을 잡혔는데, 그
수치를 씻을 길이 없으므로 이 노래를 지어 스스로를 원망하였다.
이제현이 시를 지어 이 노래를 풀이하였다.
<『고려사』 권71 악지2>

안동자청(安東紫靑)

빨간 실, 초록 실, 그리고 파란 실   紅絲綠絲與靑絲
이 모든 잡색 실을 쓸까보냐   安用諸般雜色爲
내 마음대로 물들일 수 있으니   我欲染時隨意染
하야디하얀 실이 내게는 제일 좋아라.   素絲於我最相宜

■ **관련기록** 여성은 몸으로 한 남편을 섬기는데 한번 징조를 잃
으면 모든 사람들이 천하게 여긴다. 그런 까닭에 이 노래를 지어
홍색, 녹색, 청색, 백색 실을 반복적으로 언급하여 죽을지언정 정
조를 지킨다는 뜻을 비유한 것이다.

<『고려사』 권71 악지2>

정인(情人)

정다운 님 만나고 싶은 뜻 있거들랑   情人相見意如存
황룡사 문앞으로 오시라   須到黃龍佛寺門
눈같이 맑은 자태 보지 못하더라도   氷雪容顔雖未覩

그 음성만은 들을 수 있으리   聲音仿佛尙能聞

흑운교(黑雲橋)

검은 구름다리 끊으면 도리어 위태롭고   黑雲橋亦斷還危
은하수 물결은 고요할 때 일어난다네   銀漢潮生浪靜時
이 캄캄한 깊은 밤중에   如此昏昏深夜裏
진흙탕 거리 어디라고 가려느냐?   街頭泥滑欲何之

악장

신도가(新都歌)

정도전(鄭道傳)

예는[1] 양주(楊州) 고을이여
지위[2]에 신도형승(新都形勝)이샷다
개국성왕(開國聖王)이 성대(聖代)를 니르어샷다[3]
잣다온저[4] 당금경(當今景) 잣다온서
성수만년(聖壽萬年)하샤 만민(萬民)의 함락(咸樂)[5]이샷다
아으 다롱디리
앞은 한강수(漢江水)여 뒤는 삼각산(三角山)이여
덕중(德重)하신 강산(江山) 즈음에 만세(萬歲)를 누리소서

1) 예는: 옛날에는.
2) 지위: 경계.
3) 니르어샷다: 이루어놓으셨구나.
4) 잣다온저: 도성답구나.
5) 함락: 다같이 즐거워함.

감군은(感君恩)

사해(四海) 바다 깊이는 닻줄로 자히리어니와[1]
님의 덕택(德澤) 깊이는 어느 줄로 자히리잇고
항복무강(享福無疆)하샤 만세(萬歲)를 누리소서

1) 자히리어니와: 잴 수 있겠지만.

향복무강하샤 만세를 누리소서
일간명월(一竿明月)[2]이 역군은(亦君恩)이샷다[3]

태산(泰山)이 높다컨마는 하늘에 못미치거니와
님의 높으신 은(恩)과 덕(德)과는 하늘같이 높으샷다
향복무강하샤 만세를 누리소서
향복무강하샤 만세를 누리소서
일간명월이 역군은이샷다

사해 넓다란 바다는 주즙(舟楫)[4]이면 건너리어니와
님의 넓으신 은택(恩澤)을 차생(此生)에 갚사오릿가
향복무강하샤 만세를 누리소서
향복무강하샤 만세를 누리소서
일간명월이 역군은이샷다

일편단심(一片丹心)뿐을 하늘하, 알으소서
백골미분(白骨麋粉)[5]인들 단심(丹心)이야 가새리잇가[6]
향복무강하샤 만세를 누리소서
향복무강하샤 만세를 누리소서
일간명월이 역군은이샷다

2) 일간명월: 달빛 아래 낚시하는 일.
3) 역군은이샷다: 이 또한 임금님의 은혜이시도다.
4) 주즙: 배와 노.
5) 백골미분: 백골이 가루가 됨.
6) 가새리잇가: 없어지겠습니까?

용비어천가(龍飛御天歌)

해동(海東)[1] 육룡(六龍)[2]이 날으샤
일마다 천복(天福)이시니
고성(古聖)이 동부(同符)하시니[3]
海東六龍飛 莫非天所扶 古聖同符　　　　　　　　　<제1장>

뿌리 깊은 나무는 바람에 아니 뮐새[4], 꽃 좋고 여름 하나니[5]
샘이 깊은 물은 가물에 아니 그칠새, 내가 되어 바다로 가느니
根深之木 風亦不扤 有灼其華 有蕡其實
源遠之水 旱亦不渴 流斯爲川 于海必達　　　　　　<제2장>

적인(狄人) 사이에 가샤 적인이 갈외거늘[6] 기산(岐山)[7] 옮으심도 하늘 뜻이시니
야인(野人) 사이에 가샤 야인이 갈외거늘 덕원(德源)[8] 옮으심도 하늘 뜻이시니
狄人與處 狄人于侵 岐山之遷 實維天心
野人與處 野人不禮 德源之徙 實是天啓　　　　　　<제4장>

사해(四海)를 년글[9] 주리요 가람에 배 없거늘 얼리시고

1) 해동: 우리나라를 이름.
2) 육룡: 목조, 익조, 도조, 환조, 태조, 태종 등 조선 왕조의 6대조.
3) 고성이 동부하시니: 중국의 옛 성군들의 사적과 일치하시니.
4) 뮐새: 흔들리므로.
5) 여름 하나니: 열매가 많으니.
6) 갈외거늘: 대적하거늘.
7) 기산: 중국 섬서성에 있는 산.
8) 덕원: 함경도에 있는 부(府).
9) 년글: 누구를.

또 녹이시니

　삼한(三韓)을 남을 주리요 바다에 배 없거늘 여토시고[10]
또 깊이시니

　　維彼四海 肯他人錫 河無舟矣 旣氷又釋

　　維此三韓 肯他人任 海無舟矣 旣淺又深　　　　＜제20장＞

　뒤에는 모진 도적 앞에는 어두운 길에 없던 번개를 하늘
이 밝히시니

　뒤에는 모진 짐승 앞에는 깊은 못에 엷은 얼음을 하늘이
굳히시니

　　後有猾賊 前有暗程 有爗之電 天爲之明

　　後有猛獸 前有深淵 有薄之氷 天爲之堅　　　　＜제30장＞

　굴헝[11]에 말을 지내샤 도적이 다 돌아가니 반(半)길 높인
들 넌기[12] 지나리잇가

　석벽(石壁)에 말을 올리샤 도적을 다 잡으시니 몇번 튀운
들[13] 남이 오르리잇가

　　深巷過馬 賊皆回去 雖半身高 誰得能度

　　絶壁躍馬 賊以悉獲 雖百騰奮 誰得能陟　　　　＜제48장＞

　강가에 자거늘 밀물이 사흘이로되 나간 후에야 잠기니이
다

　섬 안에 자실 제 한비[14]가 사흘이로되 비인 후에야 잠기
니이다

　　宿于江沙 不潮三日 迨其出矣 江沙迺沒

　　宿于島嶼 大雨三日 迨其空矣 島嶼迺沒　　　　＜제67장＞

작은[15] 선비를 보시고 어좌(御座)에서 일어나시니 경유지심(敬儒之心)이 어떠하신가

늙은 선비를 보시고 예모(禮貌)로 꿇으시니 우문지덕(右文之德)이 어떠하신가

引見小儒 御座遽起 敬儒之心 云如何已

接見老儒 禮貌以跪 右文之德 云如何已　　　　　　　<제82장>

말 위에서 대범[16]을 한 손으로 치시며 싸우는 한 소[17]를 두 손에 잡으시니

다리에 떨어질 말을 넌지시 치키시니 성인(聖人) 신력(神力)을 어이 다 사뢰리

馬上大虎　手格之 方鬪巨牛 兩手執之

橋外隕馬 薄言挈之 聖人神力 奚罄說之　　　　　　<제87장>

말 위에 병(病)이 깊어 산척(山脊)[18]에 못 오르거늘 군자(君子)를 그리사 금잔을 부으려 하시니

말이 살을 맞아 마구에 들어오거늘 성종(聖宗)을 모셔 구천(九泉)[19]에 가려 하시니

我馬孔瘏 于岡靡陟 言念君子 金罍欲酌

我馬帶矢 于廐猝來 願陪聖宗 九泉同歸　　　　　<제109장>

천세(千世) 위에 미리 정(定)하신 한수북(漢水北)에 누인개국(累仁開國)[20]하샤 복년(卜年)이 가이 없으시니

성신(聖神)이 이으셔도 경천근민(敬天勤民)하셔야 더욱 굳으시리이다

15) 작은: 젊은.

16) 대범: 큰 호랑이.
17) 한 소: 큰 소.

18) 산척: 산마루.

19) 구천: 저승.

20) 누인개국: 어진 덕을 쌓아 나라를 세움.

임금하 알으소서 낙수(洛水)에 산행(山行)가 있어 하나빌
믿으니잇가[21]

千世默定漢水北 累仁開國 卜年無彊

子子孫孫 聖神雖繼 敬天勤民 迺益永世

嗚呼 嗣王監此 洛表遊畋 皇祖其恃   <125장>

21) 낙수에 산행가 있어 하나빌
　　믿으니잇가: 하나라의 태강
　　왕이 할아버지인 우왕의 덕
　　만 믿고 낙수 밖으로 사냥을
　　나가 100일이 지나도 돌아
　　오지 않다가 폐위당한 사실
　　을 가리킴.

시조

백설이 잦아진 골에

이색(李穡)

백설이 잦아진[1] 골에 구름이 머흐레라[2]
반가운 매화는 어느 곳에 피었는고
석양에 호올로 서서 갈 곳 몰라 하노라

태종(太宗) / 하여가(何如歌)

이런들 어떠하며 저런들 어떠하리
만수산(萬壽山)[3] 드렁칡이 얽혀진들 그 어떠하리
우리도 이같이 얽혀서 백년까지 누리리라

정몽주(鄭夢周) / 단심가

이 몸이 죽어 죽어 일백번 고쳐 죽어
백골이 진토(塵土) 되어 넋이라도 있고 없고
님 향한 일편단심(一片丹心)이야 가실 줄이 있으랴

원천석(元天錫)

홍망이 유수(有數)하니[4] 만월대[5]도 추초(秋草)로다
오백년 도업(都業)이 목적(牧笛)에 부쳤으니[6]
석양에 지나는 객(客)이 눈물겨워 하노라

정도전(鄭道傳)

선인교(仙人橋)[7] 내린 물이 자하동(紫霞洞)[8]에 흘러드니
반천년(半千年) 왕업(王業)이 물소리뿐이로다
아이야 고국흥망(故國興亡)을 물어 무엇 하리오

김종서(金宗瑞)

삭풍[9]은 나무 끝에 불고 명월(明月)은 눈 속에 찬데
만리변성(萬里邊城)[10]에 일장검(一長劍) 짚고 서서
긴 파람[11] 큰 한 소리에 거칠 것이 없어라

남이(南怡)

장검(長劍)을 빼어 들고 백두산에 올라보니

4) 흥망이 유수하니: 흥하고 망
   하는 것이 다 운이 있으니.
5) 만월대: 고려시대의 궁터.
6) 목적에 부쳤으니: 목동의 피
   리소리에 실려 사라지니.

7) 선인교: 개성 자하동에 있는
   다리.
8) 자하동: 개성 송악산 기슭에
   있는 고을 이름.

9) 삭풍: 북풍.
10) 변성: 변방. 여기서는 김종
    서가 지키던 육진.
11) 파람: 휘파람.

대명천지(大明天地)에 성진(腥塵)[12]이 잠겼어라
언제나 남북풍진(南北風塵)[13]을 헤쳐볼까 하노라

박팽년(朴彭年)

까마귀 눈비 맞아 희는 듯 검노매라
야광명월(夜光明月)이 밤인들 어두우랴
님 향한 일편단심이야 고칠 줄이 있으랴

이개(李塏)

방 안에 혔는[14] 촛불 눌과 이별하였관대
겉으로 눈물 지고 속 타는 줄 모르는고
저 촛불 날과 같아서 속 타는 줄 모르도다

성삼문(成三問)

이 몸이 죽어 가서 무엇이 될꼬 하니
봉래산(蓬萊山)[15] 제일봉에 낙락장송(落落長松)[16] 되어 있어
백설이 만건곤(滿乾坤)[17]할 제 독야청청(獨也靑靑)[18]하리라

---

12) 성진: 전란으로 인한 혼란.
13) 남북풍진: 남만과 북적, 즉 오랑캐들의 침략으로 인한 혼란.
14) 혀다: 켜다.
15) 봉래산: 금강산.
16) 낙락장송: 가지를 쭉쭉 뻗은 큰 소나무.
17) 만건곤: 천지에 가득 참.
18) 독야청청: 홀로 푸르고 푸르다.

유응부(兪應孚)

간밤에 불던 바람 눈 서리[19] 치단 말가
낙락장송[20]이 다 기울어 가노매라
하물며 못다 핀 꽃이야 일러 무엇 하리오

19) 눈 서리: 세조의 계유정난을
   암시.
20) 낙락장송: 지조를 지키던 신
   하를 암시.

왕방연(王邦衍)

천만리 머나먼 길에 고운 님 여의옵고
내 마음 둘 데 없어 냇가에 앉았으니
저 물도 내 안 같아서 울어 밤길 예놋다[21]

21) 예놋다: 가도다.

조식(曺植)

삼동(三冬)에 베옷 입고 암혈(岩穴)에 눈비 맞아
구름 낀 볕뉘[22]도 쬔 적이 없건마는
서산에 해 진다[23] 하니 눈물겨워 하노라

22) 볕뉘: 햇빛. 여기서는 임금
   의 은혜를 암시.
23) 해 진다: 임금이 돌아가신
   것을 비유함.

이순신(李舜臣)

한산섬 달 밝은 밤에 수루(戍樓)[24]에 혼자 앉아

24) 수루: 적군의 동정을 망보기
   위해 성 위에 만든 누각.

84

큰 칼 옆에 차고 깊은 시름 하는 적에
어디서 일성호가(一聲胡茄)[25]는 나의 애를 끊나니

김덕령(金德齡)

춘산(春山)에 불이 나니 못다 핀 꽃 다 붙는다
저 뫼 저 불은 끌 물이나 있거니와
이 몸에 내[26] 없는 불이 나니 끌 물 없어 하노라

신흠(申欽)

냇가의 해오라비 무슨 일 서 있느냐
무심한 저 고기를 여어[27] 무엇 하려느냐
두어라 한 물에 있거니 여어 무엇 하리오

신흠

어릴사[28] 저 붕조(鵬鳥)[29]야 웃노라 저 붕조야
구만리 장천(長天)에 무슨 일로 올라갔느냐
굴헝[30]에 뱁새 참새는 못내 즐겨하누나

인평대군(麟坪大君)

소원(小園) 백화총(百花叢)[31]에 노니는 나비들아
향내를 좋게 여겨 가지마다 앉지 마라
석양에 숨굳은[32] 거미는 그물 걸고 기다린다

김상헌(金尙憲)

가노라 삼각산아 다시 보자 한강수야
고국산천을 떠나고자 하랴마는
시절이 하 수상하니 올동말동하여라

효종(孝宗)

청석령(靑石嶺) 지났느냐 초하구(草河溝)[33] 어디메오
호풍(胡風)도 참도 찰사 궂은 비는 무슨 일고
뉘라서 내 행색 그려내어 님 계신 데 드릴꼬

벽상(壁上)에 칼이 울고 흉중에 피가 뛴다
살 오른 두 팔뚝이 밤낮에 들먹인다
시절아 너 돌아오거든 왔소 말을 하여라

31) 소원 백화총: 온갖 꽃이 만
발한 작은 규모의 정원.

32) 숨굳은: 숨죽인.

33) 청석령, 초하구: 청석령은
황해도, 초하구는 압록강 너
머에 있는 지명인 듯.

🐯 나온다 금일이야

김구(金絿)

나온다 금일(今日)이야 즐겁도다 오늘이야
고왕금래(古往今來)에 유(類) 없은[1] 금일이여
매일이 오늘 같으면 무슨 성이 가시리

1) 유 없은: 비할 데 없는.

김구

오리의 짧은 다리 학의 다리 되도록애
검은 까마귀 해오라비 되도록애
향복무강(享福無彊)하샤 억만세(億萬歲)를 누리소서

송순(宋純)

풍상(風霜)이 섞어 친 날에 갓 피인 황국화(黃國花)를
금분(金盆)에 가득 담아 옥당(玉堂)[2]에 보내오니
도리(桃李)[3]야 꽃인 체 마라 님의 뜻을 알괘라

2) 옥당: 홍문관.
3) 도리: 복사꽃과 오얏꽃.

정철(鄭澈)

내 마음 베어내어 저 달을 만들고자
구만리 장천에 번듯이 걸려 있어
고운 님 계신 곳에 가 비추어나 보리라

이항복(李恒福)

철령(鐵嶺)[4] 높은 봉에 쉬어 넘는 저 구름아
고신(孤臣) 원루(寃淚)를 비 삼아 띄워다가
님 계신 구중심처(九重深處)[5]에 뿌려볼까 하노라

이정보(李鼎輔)

삼복(三伏) 끓는 날에 땀 흘리며 기음 맬 제
신고(辛苦)한 이 거동을 그 뉘라서 그려다가
님 계신 구중궁궐(九重宮闕)에 들여 뵐까 하노라

가을 하늘 비 갠 빛을 드는 칼로 말아내어
금침(金針) 오색실로 수놓아 옷을 지어
님 계신 구중궁궐에 드리오려 하노라

4) 철령: 강원도 회양과 함경남
　　도 안변 사이에 있는 큰 재.

5) 구중심처: 아홉겹으로 둘러
　　싸인 깊은 곳. 대궐을 말함.

한 손에 가시를 들고

우탁(禹倬)

춘산(春山)에 눈 녹이는 바람 건듯 불고 간 데 없다
저근듯[1] 빌어다가 머리 위에 불리고저
귀밑에 해묵은 서리를 녹여볼까 하노라

1) 저근듯: 잠깐 동안.

우탁

한 손에 가시를 들고 또 한 손에 막대 들고
늙는 길 가시로 막고 오는 백발 막대로 치렸더니
백발이 제 먼저 알고 지름길로 오더라

김창흡(金昌翕)

녹양(綠楊) 춘삼월을 잡아매어 둘 것이면
센 머리 뽑아내어 찬찬 동여 두렷마는
올해도 그리 못하고 그저 놓아 보내도다

이정보

각씨(閣氏)네 꽃을 보소 피는 듯 이우나니
얼굴이 옥 같은들 청춘을 매었을까
늙은 후 문전(門前)이 영락(零落)하면[2] 뉘우칠까 하노라

2) 문전이 영락하면: 찾아오는
   이가 없으면.

이정진(李廷藎)

늙어 좋은 일이 백에서 한 일도 없네
쏘던 활 못 쏘고 먹던 술도 못 먹괘라
각씨네 유미(有味)한 것도 쓴 외[3] 보듯 하여라

3) 외: 오이.

청산에 눈이 오니 산 빛이 옥(玉)이로다
저 푸른 빛은 봄비에서 나려니와
세상에 희고도 못 검을 손 백발인가 하노라

마음아 너는 어이 매양에 젊었는가
내 늙을 제면 넨들 아니 늙을쏘냐
아마도 너 쫓아다니다가 남 웃길까 하노라

굼벵이 매암이 되어

양사언(楊士彦)

태산(泰山)이 높다 하되 하늘 아래 뫼이로다
오르고 또 오르면 못 오를 리 없건마는
사람이 제 아니 오르고 뫼를 높다 하더라

정철

남진[1] 죽고 우는 눈물 두 젖에 내리흘러
젖맛이 짜다 하고 자식은 보채거든
저 놈아 어느 안으로 계집 되라 하느냐

1) 남진: 남편.

정훈(鄭勳)

뒷뫼에 뭉친 구름 앞들에 퍼졌구나
바람 불지 비 올지 눈이 올지 서리 올지
우리는 하늘 뜻 모르니 어찌할 줄 모르노라

김성기 (金聖器)

굴레 벗은 천리마를 뉘라서 잡아다가
조죽2) 삶은 콩에 살지게 먹여둔들
본성(本性)이 외양3)하거니 있을 줄이 있으랴

김천택 (金天澤)

주문(朱門)4)에 벗님네야 고거사마(高車駟馬)5) 좋다 마소
토끼 죽은 후면 개마저 삶기이나니6)
우리는 영욕(榮辱)을 모르니 두려운 일 없어라

김천택

장검(長劍)을 빼어들고 다시 앉아 헤아리니
흉중에 먹은 뜻이 한단보(邯鄲步)7) 되였고야
두어라 이 또한 명(命)이어니 일러 무엇하리오

김수장 (金壽長)

환욕(宦欲)8)에 취한 분네 앞길 생각하소

2) 조죽: 겨와 콩을 섞어 만든
죽.
3) 외양: 거칠고 자유분방함.

4) 주문: 고관대작의 집.
5) 고거사마: 네 필의 말이 끄는
수레.
6) 토끼 ~ 삶기이나니: 토사구
팽(兎死狗烹). 적을 멸한 뒤에
는 공을 세운 신하도 버린다
는 말.

7) 한단보: 연나라 소년이 조나
라의 서울 한단에서 그곳 사
람들의 걸음걸이를 흉내내려
다 배우기도 전에 연나라로
돌아왔기에 처음 걸음걸이도
잊고 기어돌아왔다는 고사.

8) 환욕: 벼슬에 대한 욕심.

옷 벗은 어린아이 양지쪽만 여겼다가
서산에 해 넘어가거든 어찌하자 하는가

　　이정보

강호(江湖)에 노는 고기 즐긴다고 부러워 마라
어부 돌아간 후 엿는[9] 이 백로로다
종일을 뜨락 잠기락 한가한 때 없어라

9) 엿는: 노리는.

　　이정보

묻노라 부나비야 네 뜻을 내 몰라라
한 나비 죽은 후에 또 한 나비 따라오니
아무리 푸새엣[10] 짐승인들 너 죽을 줄 모르느냐

10) 푸새엣: 보잘것없는.

　　이정보

어리거든[11] 채 어리거나 미치거든 채 미치거나
어린 듯 미친 듯 아는 듯 모르는 듯
이런가 저런가 하니 아무란 줄 몰라라

11) 어리거든: 어리석거든.

까마귀 검으나 다나[12] 해오라비 희나 다나

12) 검으나 다나: 검든지 말든지.

황새 다리 기나 다나 오리 다리 짧으나 다나
세상에 흑백장단(黑白長短)은 나는 몰라 하노라

굼벵이 매암이[13] 되어 나래 돋아 날아올라
높으나 높은 남게[14] 소리는 좋거니와
그 위에 거미줄 있으니 그를 조심하여라

가만히 웃자 하니 소인(小人)의 행실이오
허허쳐 웃자 하니 남 요란히 여길세라
웃음도 시비(是非) 많으니 잠깐 참아보리라

말하기 좋다 하고 남의 말을 말 것이
남의 말 내 하면 남도 내 말 하는 것이
말로써 말이 많으니 말 모름이 좋아라

흉중에 먹은 뜻을 속절없이 못 이루고
반세(半世) 홍진(紅塵)에 남의 웃음 된저이고
두어라 시호시호(時乎時乎)[15]니 한(恨)할 줄이 있으랴

13) 매암이: 매미.
14) 남게: 나무에.

15) 시호시호: 모든 일은 때가
있다는 의미.

강호에 봄이 드니

맹사성(孟思誠) / 강호사시가(江湖四時歌)

강호(江湖)에 봄이 드니 미친 흥이 절로 난다
탁료계변(濁醪溪邊)[1]에 금린어(錦鱗魚)[2] 안주로다
이 몸이 한가하옴도 역군은(亦君恩)이샷다

강호에 여름이 드니 초당(草堂)에 일이 없다
유신(有信)한 강파(江波)[3]는 보내느니 바람이로다
이 몸이 서늘하옴도 역군은이샷다

강호에 가을이 드니 고기마다 살져 있다
소정(小艇)[4]에 그물 실어 흘리 띄워 던져두고
이 몸이 소일하옴도 역군은이샷다

강호에 겨울이 드니 눈 깊이 자히 남다[5]
삿갓 비껴 쓰고 누역[6]으로 옷을 삼아
이 몸이 춥지 아니하옴도 역군은이샷다

1) 탁료계변: 막걸리를 마시며 시냇가에서 노는 것.
2) 금린어: 쏘가리.
3) 유신한 강파: 미더운 강물결.
4) 소정: 작은 배.
5) 자히 남다: 한 자가 넘는다.
6) 누역: 도롱이.

황희(黃喜)

대초(大棗) 볼[7] 붉은 골에 밤은 어이 뜻드르며[8]
벼 뷘 그루[9]에 게는 어이 나리는고
술 익자 체장사 돌아가니 아니 먹고 어이리

7) 대초 볼: 대추의 겉 표면을 사람의 뺨에 빗댄 것.
8) 뜻드르며: 떨어지며.
9) 그루: 추수하고 난 벼의 밑동.

월산대군(月山大君)

추강(秋江)에 밤이 드니 물결이 차노매라
낚시 들이치니 고기 아니 무노매라
무심한 달빛만 싣고 빈 배 저어 오노라

김굉필(金宏弼)

삿갓에 도롱이 입고 세우[10]중(細雨中)에 호미 메고
산전(山田)을 흩매다가[11] 녹음(綠陰)에 누웠으니
목동이 우양(牛洋)[12]을 몰아다가 잠든 나를 깨우도다

10) 세우: 가느다란 비.
11) 흩매다가: 마음 내키는 대로 매다가.
12) 우양: 소와 양.

이현보(李賢輔) / 효빈가(效嚬歌)*

귀거래(歸去來)[13] 귀거래 하되 말뿐이오 갈 이 없네

* 효빈가라는 명칭은 도연명의 귀거래사를 본떠서 지었다는 의미이다.
13) 귀거래: 돌아가리라. 도연명의 '귀거래사'에서 따온 말.

96

전원(田園)이 장무(將蕪)[14]하니 아니 가고 어찌할꼬
초당(草堂)에 청풍명월(淸風明月)이 나명들명 기다리노니

이현보 / 어부단가(漁夫短歌)

이 중에 시름 없으니 어부(漁父)의 생애로다
일엽편주(一葉片舟)[15]를 만경파(萬頃波)[16]에 띄워두고
인세(人世)를 다 잊었거니 날 가는 줄을 알까

굽어보면 천심녹수(千尋綠水)[17] 돌아보니 만첩청산[18]
십장홍진(十丈紅塵)[19]이 얼마나 가렸는고
강호에 월백(月白)하거든 더욱 무심하여라

청하(靑荷)[20]에 밥을 싸고 녹류(綠柳)에 고기 꿰어
노적화총(蘆荻花叢)[21]에 배 매어두고
일반(一般) 청의미(淸意味)[22]를 어느 분이 아실까

산두(山頭)에 한운(閑雲)이 기(起)하고 수중(水中)에 백
구(白鷗)는 비(飛)라
무심코 다정한 이 이 두 것이로다
일생에 시름을 잊고 너를 좇아 놀리라

장안(長安)을 돌아보니 북궐(北闕)[23]이 천리로다
어주(漁舟)[24]에 누웠은들 잊은 적이 있으랴
두어라 내 시름 아니라 제세현(濟世賢)[25]이 없으랴

14) 장무: 잡초가 우거질 것이라
는 의미.

15) 일엽편주: 한 조각 작은 배.
16) 만경파: 넓은 바다의 물결.

17) 천심녹수: 천길 푸른 물.
18) 만첩청산: 첩첩이 쌓인 푸른
산.
19) 십장홍진: 열길이나 되는 속
세의 티끌.

20) 청하: 푸른 연잎.
21) 노적화총: 갈대와 억새풀.
22) 일반 청의미: 자연의 참된
의미.

23) 북궐: 대궐.
24) 어주: 고깃배.
25) 제세현: 세상을 구제할 현명
한 선비.

조식

두류산(頭流山)[26] 양단수(兩端水)[27]를 예 듣고 이제 보니
도화(桃花) 뜬 맑은 물에 산영(山影)[28]조차 잠겼어라
아이야 무릉(武陵)이 어디메오 나는 옌가 하노라

권호문(權好文) / 한거십팔곡(閒居十八曲)(부분)

사(四)

강호에 노자 하니 성주(聖主)를 저버리겠고
성주를 섬기자 하니 소락(所樂)[29]에 어긋나네
호올로 기로(岐路)[30]에 서서 갈 데 몰라 하노라

성혼(成渾)

말 없는 청산이오 태(態) 없는[31] 유수로다
값 없는 청풍(淸風)과 임자 없는 명월이로다
이 중에 일 없는 내 몸이 분별 없이[32] 늙으리라

26) 두류산: 지리산의 다른 이름.
27) 양단수: 물줄기가 둘로 나뉘어 흐르는 물.
28) 산영: 산 그림자.

29) 소락: 강호에서 성리학적 도를 추구하는 것.
30) 기로: 갈림길.

31) 태 없는: 자태 없는.

32) 분별 없이: 별 욕심 없이.

한호(韓濩)

짚 방석 내지 마라 낙엽엔들 못 앉으랴
솔불 혀지 마라 어제 진 달 돋아온다
아이야 박주산채(薄酒山菜)일망정 없다 말고 내어라

김장생(金長生)

십년을 경영(經營)하여 초려(草廬) 한간 지어 내니
반간은 청풍(淸風)이오 반간은 명월(明月)이라
강산(江山)을 들일 데 없으니 둘러두고 보리라

조존성(趙存性) / 호아곡(呼兒曲)

아이야 도롱 삿갓 차려라 동간(東澗)[33]에 비 지거다
기나긴 낚대에 미늘[34] 없는 낚시 매어
저 고기 놀라지 마라 내 흥 겨워 하노라

신흠

산촌에 눈이 오니 돌길이 묻혔어라

33) 동간: 동쪽 골짜기에 있는
  시냇물.
34) 미늘: 낚시 끝의 안쪽에 만
  든 작은 갈고리.

시비(柴扉)[35]를 여지 마라 날 찾을 이 뉘 있으리
밤중만 일편명월(一片明月)이 그 벗인가 하노라

조찬한(趙纘韓)

빈천(貧賤)을 팔려 하고 권문(權門)[36]에 들어가니
침 없는[37] 흥정을 뉘 먼저 하자 하리
강산과 풍월을 달라 하니 그는 그리 못하리

윤선도(尹善道) / 산중신곡(山中新曲)(부분)

만흥(漫興) 일(一)
보리밥 풋나물을 알맞초[38] 먹은 후에
바위끝 물가에 슬카지[39] 노니노라
그남은 여남은 일이야 부러울 줄 있으랴

만흥 삼(三)
잔 들고 혼자 앉아 먼 뫼를 바라보니
그리던 님이 오다 반가움이 이러하랴
말씀도 웃음도 아녀도 못내 좋아하노라

야심요(夜深謠)
바람 분다 지게[40] 닫아라 밤 들었다 불 앗아라[41]
벼개에 히즈려[42] 슬카지 쉬어보자

35) 시비: 사립문.

36) 권문: 벼슬이 높고 권세가 있는 가문.
37) 침 없는: 덤이 없는.

38) 알맞초: 알맞게.
39) 슬카지: 실컷.

40) 지게: 지게문.
41) 불 앗아라: 불을 꺼라.
42) 히즈려: 기대어.

아이야 새어오거든 내 잠 와 깨워다오

윤선도 / 어부사시사(漁父四時詞)(부분)

　　춘(春) 일(一)
앞내에 안개 걷히고 뒷뫼에 해 비친다
　배 떠라 배 떠라
밤물은 거의 지고 낮물이 밀어온다
　지국총(至匊悤) 지국총(至匊悤) 어사와(於思臥)[43]
강촌(江村) 온갖 꽃이 먼 빛이 더욱 좋다

　　춘 사(四)
우는 것이 뻐꾸긴가 푸른 것이 버들숲가
　이어라 이어라
어촌 두어 집이 내 속에[44] 나락들락
　지국총 지국총 어사와
맑아한 깊은 소에[45] 온갖 고기 뛰노는다

　　하(夏) 일(一)
궂은비 멎어가고 시냇물이 맑아온다
　배 떠라 배 떠라
낚대를 둘러메니 깊은 흥을 금(禁) 못하리
　지국총 지국총 어사와
연강첩장(烟江疊嶂)[46]은 뉘라서 그려낸고

43) 지국총 지국총 어사와: 흥을
　돋우는 소리.

44) 내 속에: 이내 속에.

45) 소에: 연못에.

46) 연강첩장: 노을진 강과 첩첩
　이 둘러쌓인 산.

하 이(二)

연잎에 밥 싸두고 반찬일랑 장만 마라

　닻 들어라 닻 들어라

청약립(靑篛笠)[47]은 써 있노라 녹사의(綠蓑衣)[48] 가져오냐

　지국총 지국총 어사와

무심한 백구는 내 좇는가 제 좇는가

추(秋) 일(一)

물외(物外)에 좋은 일이 어부 생애 아니러냐

　배 떠라 배 떠라

어옹(漁翁)을 웃지 마라 그림마다 그렸더라

　지국총 지국총 어사와

사시흥(四時興)이 한가지나 추강(秋江)이 으뜸이라

추 이(二)

수국(水國)에 가을이 드니 고기마다 살져 있다

　닻 들어라 닻 들어라

만경징파(萬頃澄波)[49]에 슬카지 용여(容與)하자[50]

　지국총 지국총 어사와

인간을 돌아보니 머도록[51] 더욱 좋다

동(冬) 사(四)

간밤에 눈 갠 후에 경물(景物)[52]이 달랐고야

　이어라 이어라

앞에는 만경유리(萬頃琉璃)[53] 뒤에는 천첩옥산(千疊玉山)[54]

47) 청약립: 대삿갓.
48) 녹사의: 도롱이.

49) 만경징파: 드넓은 맑은 물.
50) 용여하자: 한가하게 마음껏
　　즐기자.
51) 머도록: 멀수록.

52) 경물: 경치.

53) 만경유리: 유리처럼 아름답
　　고 투명한 겨울 바다.
54) 천첩옥산: 겹겹이 솟은, 눈
　　덮인 아름다운 산.

　　지국총 지국총 어사와
선곈(仙界)가 불곈(佛界)가 인간이 아니로다

　　　동 십(十)
어와 저물어간다 연식(宴息)[55]이 마땅하도다
　　배 붙여라 배 붙여라
가는 눈 뿌린 길 붉은 꽃 흩어진 데 흥치며 걸어가서
　　지국총 지국총 어사와
설월(雪月)이 서봉(西峯)에 넘도록 송창(松窓)에 빗겨 있자

　　송시열(宋時烈)

청산도 절로 절로 녹수(綠水)라도 절로 절로
산 절로 절로 수 절로 절로 산수간에 나도 절로 절로
그 중에 절로 자란 몸이 늙기도 절로 절로 늙으리라

　　김천택

서검(書劍)[56]을 못 이루고 쓸데없는 몸이 되어
오십(五十) 춘광(春光)을 해옴 없이 지냈구나
두어라 어느곳 청산이야 날 꺼릴 줄 있으랴

55) 연식: 편안히 쉼.

56) 서검: 문과 무. 곧 입신양명
을 의미.

안민영(安玟英) / 매화사(梅花詞)

이(二)

어리고 성근 매화 너를 믿지 않았더니
눈 기약[57] 능히 지켜 두세 송이 피었구나
촉(燭) 잡고 가까이 사랑할 제 암향부동(暗香浮動)[58]하더라

삼(三)

빙자옥질(氷姿玉質)[59]이여 눈 속에 네로구나
가만히 향기 놓아 황혼월(黃昏月)을 기약하니
아마도 아치고절(雅致高節)[60]은 너뿐인가 하노라

낙엽이 말 발에 지니 잎잎이 추성(秋聲)이라
풍백(風伯)[61]이 비[62] 되어 다 쓸어버리도다
두어라 기구산로(崎嶇山路)[63]를 덮어둔들 어떠리

57) 눈 기약: 눈으로 한 약속.
58) 암향부동: 매화 향기가 그윽하게 퍼짐.
59) 빙자옥질: 매화의 아름다운 자태.
60) 아치고절: 매화의 고고한 절개.
61) 풍백: 바람을 맡은 신.
62) 비: 빗자루.
63) 기구산로: 험한 산길.

고인도 날 못 보고

이현보／농암가(聾巖歌)

농암(聾巖)[1]에 올라 보니 노안(老眼)이 유명(猶明)[2]이로다
인사(人事)가 변한들 산천이야 가실쏘냐
암전(岩前)에 모수모구(某水某丘)[3]가 어제 본 듯 하여라

1) 농암: 경북 예안군 분천리 분강(汾江) 가에 있음. 이현보의 호이기도 함.
2) 유명: 오히려 더 밝아짐.
3) 모수모구: 아무 물과 아무 산.

이황(李滉)／도산십이곡(陶山十二曲)

언지(言志)

이런들 어떠하며 저런들 어떠하료
초야우생(草野愚生)[4]이 이렇다 어떠하료
하물며 천석고황(泉石膏肓)[5]을 고쳐 무엇하료

4) 초야우생: 깊은 산골에 묻혀 사는 어리석은 사람.
5) 천석고황: 천석은 아름다운 자연. 고황은 고치기 어려운 불치의 병. 따라서 세속에 물들지 않고 자연을 벗하며 살고자 하는 마음.

연하(煙霞)로 집을 삼고 풍월(風月)로 벗을 삼아
태평성대(太平聖代)에 병으로 늙어가네
이 중에 바라는 일은 허물이나 없고자

순풍(淳風)[6]이 죽다 하니 진실로 거짓말이
인성(人性)이 어질다 하니 진실로 옳은 말이

6) 순풍: 예부터 내려오는 순박한 풍속.

천하에 허다영재(許多英才)를 속여 말씀할까

유란(幽蘭)[7]이 재곡(在谷)[8]하니 자연이 듣기 좋아
백운(白雲)이 재산(在山)하니 자연이 보기 좋아
이 중에 피미일인(彼美一人)[9]을 더욱 잊지 못하네

산전(山前)에 유대(有臺)[10]하고 대하(臺下)에 유수(有水)로다
떼 많은 갈매기는 오명가명 하거든
어떻다 교교백구(皎皎白駒)[11]는 멀리 마음 하는고[12]

춘풍(春風)에 화만산(花滿山)하고 추야(秋夜)에 월만대(月滿臺)라
사시가흥(四時佳興)[13]이 사람과 한가지라
하물며 어약연비(魚躍鳶飛)[14] 운영천광(雲影天光)[15]이야 어느 끝이 있으리

언학(言學)
천운대(天雲臺) 돌아 들어 완락재(玩樂齋)[16] 소쇄(瀟灑)[17]한데
만권(萬卷) 생애로 낙사(樂事)가 무궁하여라
이 중에 왕래풍류(往來風流)를 일러 무엇할꼬

뇌정(雷霆)이 파산(破山)하여도 농자(聾者)[18]는 못 듣나니
백일(白日)이 중천(中天)하여도 고자(瞽者)[19]는 못 보나니
우리는 이목총명[20]남자(耳目聰明男子)로 농고(聾瞽) 같지

7) 유란: 그윽한 난.
8) 재곡: 골짜기에 있음.
9) 피미일인: 저 아름다운 미인. 이상적인 군주를 상징하고 있음.
10) 유대: 도산서원(陶山書院)의 천운대(天雲臺)를 말함.
11) 교교백구: 현자가 타던 희디 흰 망아지.
12) 멀리 마음 하는고: 멀리 가고자 한다는 뜻.
13) 사시가흥: 네 계절의 아름다운 흥취.
14) 어약연비: 고기는 뛰고 솔개는 난다는 말로 『시경(詩經)』의 한 대목. 천지자연의 오묘한 이치를 말함.
15) 운영천광: 구름의 그림자와 하늘빛으로, 만물이 천성(天性)을 얻어 조화를 이룬 상태를 뜻함.
16) 완락재: 도산서원에 있는 서재.
17) 소쇄: 물을 뿌린 듯이 깨끗한 상태.
18) 농자: 귀머거리.
19) 고자: 소경.
20) 이목총명: 학문을 닦아 눈과 귀가 밝은 상태를 뜻함.

말으리

고인(古人)도 날 못 보고 나도 고인 못 뵈
고인을 못 봐도 녀던[21] 길 앞에 있네
녀던 길 앞에 있거든 아니 녀고 어쩔고

당시(當時)에 녀던 길을 몇해를 버려두고
어디 가 다니다가 이제야 돌아온고
이제야 돌아오나니 넌 데 마음 말으리

청산은 어찌하여 만고에 푸르르며
유수(流水)는 어찌하여 주야에 그치지 않는고
우리도 그치지 마라 만고상정(萬古常靑)하리라

우부(愚夫)도 알며 하거니 그 아니 쉬운가
성인(聖人)도 못다 하시니 그 아니 어려운가
쉽거나 어렵거나 중에 늙는 줄을 몰라라

이이(李珥) / 고산구곡가(高山九曲歌)

고산(高山) 구곡담(九曲潭)을 사람이 모르더니
주모복거(誅茅卜居)[22]하니 벗님네 다 오신다
어즈버 무이(武夷)[23]를 상상하고 학주자(學朱子)[24]를 하
리라

21) 녀던: 갔던.

22) 주모복거: 띠풀을 베어 집을
짓고 살아감.
23) 무이: 중국 복건성에 있는
산의 이름. 주자가 이 산에
있는 구곡담의 풍경을 담아
「무이구곡가」를 지었음.
24) 학주자: 주자의 학문을 배
움.

일곡(一曲)은 어디메오 관암(冠岩)에 해 비친다
평무(平蕪)[25]에 내 걷히니 원산(遠山)이 그림이로다
송간(松間)에 녹준(綠樽)[26]을 놓고 벗 오는 양 보노라

이곡(二曲)은 어디메오 화암(花岩)에 춘만(春晚)커다
벽파(碧波)에 꽃을 띄워 야외(野外)로 보내노라
사람이 승지(勝地)[27]를 모르니 알게 한들 어떠리

삼곡(三曲)은 어디메오 취병(翠屏)[28]에 잎 퍼졌다
녹수(綠樹)에 산조(山鳥)는 하상기음(下上其音)[29]하는 적에
반송(盤松)[30]이 바람을 받으니 여름 경(景)이 없어라

사곡(四曲)은 어디메오 송애(松崖)[31]에 해 넘었다
담심암영(潭心岩影)[32]은 온갖 빛이 잠겼도다
임천(林泉)이 깊도록 좋으니 흥을 겨워 하노라

오곡(五曲)은 어디메오 은병(隱屏)[33]이 보기 좋다
수변정사(水邊精舍)[34]는 소쇄(瀟灑)함도 가이 없다
이중에 강학(講學)[35]도 하려니와 영월음풍(詠月吟風) 하
리라

육곡(六曲)은 어디메오 조협(釣峽)[36]에 물이 넓다
나와 고기와 뉘야 더욱 즐기는고
황혼에 낚대를 메고 대월귀(帶月歸)[37]를 하노라

칠곡(七曲)은 어디메오 풍암(楓岩)[38]에 추색(秋色) 좋다

25) 평무: 잡초가 우거진 들판.
26) 녹준: 술잔.
27) 승지: 빼어난 경치.
28) 취병: 푸른 병풍 같은 절벽.
29) 하상기음: 아래 위에서 지저
    귐.
30) 반송: 키가 작고 옆으로 퍼
    진 소나무.
31) 송애: 소나무로 덮인 절벽.
32) 담심암영: 못 가운데 비친
    바위 그림자.
33) 은병: 눈에 잘 띄이지 않는
    절벽.
34) 수변정사: 냇가에 있는 서
    당.
35) 강학: 학문을 가르침.
36) 조협: 낚시질하기 좋은 골짜
    기.
37) 대월귀: 달빛을 받으며 돌아
    옴.
38) 풍암: 단풍이 든 바위.

청상(淸霜)[39] 엷게 치니 절벽이 금수(錦繡)로다
한암(寒岩)에 혼자 앉아서 집을 잊고 있노라

팔곡(八曲)은 어디메오 금탄(琴灘)[40]에 달이 밝다
옥진금휘(玉軫金徽)[41]로 수삼곡(數三曲)을 노는 말이[42]
고조(古調)를 알 이 없으니 혼자 즐겨 하노라

구곡(九曲)은 어디메오 문산(文山)[43]에 세모(歲暮)커다[44]
기암괴석(奇巖怪石)이 눈 속에 묻혔어라
유인(遊人)[45]은 오지 아니하고 볼 것 없다 하더라

윤선도 / 오우가(五友歌)

내 벗이 몇이냐 하니 수석(水石)과 송죽(松竹)이라
동산에 달 오르니 그 더욱 반갑구나
두어라 이 다섯 밖에 또 더하여 무엇하리

구름 빛이 좋다 하나 검기를 자로 한다
바람 소리 맑다 하나 그칠 적이 하노매라
좋고도 그칠 뉘[46] 없기는 물뿐인가 하노라

꽃은 무슨 일로 피면서 쉬이 지고
풀은 어이하여 푸르는 듯 누르나니
아마도 변치 아닐 손 바위뿐인가 하노라

---

39) 청상: 맑은 서리.

40) 금탄: 거문고를 타듯이 물소리가 흥겹게 들리는 여울목.

41) 옥진금휘: 아주 좋은 거문고.

42) 노는 말이: 노래하니.

43) 문산: 기암괴석이 뒤섞여 무늬를 이루고 있는 곳.

44) 세모커다: 한 해가 저무는구나.

45) 유인: 노니는 사람. 여기서는 세상 사람을 뜻함.

46) 뉘: 때.

더우면 꽃 피고 추우면 잎 지거늘
솔아 너는 어찌 눈서리를 모르느냐
구천(九泉)[47]에 뿌리 곧은 줄을 그로 하여 아노라

47) 구천: 깊은 땅속.

나무도 아닌 것이 풀도 아닌 것이
곧기는 뉘 시기며[48] 속은 어이 비었느냐
저렇게 사시(四時)에 푸르니 그를 좋아하노라

48) 시기며: 시켰으며.

작은 것이 높이 떠서 만물을 다 비춰니
밤중의 광명이이 너만한 이 또 있느냐
보고도 말 아니 하니 내 벗인가 하노라

베잠방이 호미 메고

강익(姜翼)

지란(芝蘭)[1]을 가꾸려 하여 호미를 둘러메고
전원을 돌아보니 반이 넘게 형극(荊棘)[2]이다
아이야 이 기음 못다 매어 해 저물까 하노라

1) 지란: 지초와 난초.
2) 형극: 가시덤불.

정철 / 훈민가(訓民歌)(부분)

오늘도 다 새거다 호미 메고 가쟈스라
내 논 다 매거든 네 논 좀 매어주마
오는 길에 뽕 따다가 누에 먹여보쟈스라

김득연(金得研) / 산중잡곡(山中雜曲)(부분)

집 뒤에 자차리[3] 뜯고 문 앞에 맑은 샘물 길어
기장밥 익게 짓고 산채갱(山菜羹)[4] 무르게 삶아
조석(朝夕)에 풍미(風味)가 족함도 내 분인가 하노라

3) 자차리: 고사리.
4) 산채갱: 산나물로 지은 국.

김광욱(金光煜) / 율리유곡(栗里遺曲)(부분)

질가마[5] 조히[6] 씻고 바위 아래 샘물 길어
팥죽 달게 쑤고 절이김치 꺼내니
세상에 이 두 맛이야 남이 알까 하노라

윤선도 / 산중신곡(부분)

하우요(夏雨謠)
비 오는데 들에 가랴 사립 닫고 소 먹여라
마히[7] 매양이랴 쟁기 연장 다스려라
쉬다가 개는 날 보아 사래 긴 밭 갈아라

이휘일(李徽逸) / 전가팔곡(田家八曲)(부분)

삼(三)
여름날 더운 적에 단 땅이[8] 불이로다
밭고랑 매자 하니 땀 흘러 땅에 듣네
어사와 입립신고(粒粒辛苦)[9] 어느 분이 아실꼬

칠(七)
보리밥 지어 담고 도트랏 갱[10]을 하여

5) 질가마: 흙으로 구워 만든 가
　마솥.
6) 조히: 깨끗이.

7) 마히: 장마가.

8) 단 땅이: 달궈진 땅이.

9) 입립신고: 곡식의 낱알마다
　에 맺힌 농부들의 수고로움.

10) 도트랏 갱: 명아주 국.

배 곯는 농부들을 진시(趁時)[11]에 먹여스라
아이야 한 그릇 올려라 친(親)히 맛 봐 보내리라

11) 진시에: 제때에.

남구만(南九萬)

동창(東窓)이 밝았느냐 노고지리 우지진다
소 칠 아이는 여태 아니 일었느냐
재 넘어 사래[12] 긴 밭을 언제 갈려 하나니

12) 사래: 밭 이랑.

이정보

산가(山家)에 봄이 오니 자연(自然)이 일이 하다
앞내에 살[13]도 매고 울밑에 외씨[14]도 뿌리고
내일은 구름 걷거든 약을 캐러 가리라

13) 살: 어살. 고기를 잡기 위해
　　물속에 매는 나무 울.
14) 외씨: 오이씨.

이재(李在)

샛별 지고 종다리 떴다 호미 메고 사립 나니
긴 수풀 찬 이슬에 베잠방이 다 젖는다
아이야 시절이 좋을손 옷이 젖다 관계하랴

이정진(李廷藎)

매암이[15] 맵다 하고 쓰르라미 쓰다 하네
산채(山菜)를 맵다더냐 박주(薄酒)[16] 쓰다더냐
우리는 초야에 묻혔으니 맵고 쓴 줄 몰라라

위백규(魏伯珪) / 농가구장(農歌九章)(부분)

삼(三)

둘러내자[17] 둘러내자 긴 차골[18] 둘러내자
바라기[19] 역고[20]를 골골마다 둘러내자
쉬 짙은[21] 긴 사래는 맞잡아 둘러내자[22]

사(四)

땀은 듣는 대로 듣고 볕은 쬘 대로 쬔다
청풍에 옷깃 열고 긴 파람 흘려 불 제
어디서 길 가는 손님네 아는 듯이 머무는고

오(五)

행기[23]에 보리 뫼[24]오 사발의 콩잎 채[25]라
내 밥 많을세라 네 반찬 적을세라
먹은 뒤 한숨 잠정이야[26] 너와 내가 다를쏘냐

15) 매암이: 매미.
16) 박주: 맛이 없는 술.

17) 둘러내자: 김을 매자.
18) 차골: 밭고랑.
19) 바라기: 바랭이풀. 볏과에
　　 속하는 한해살이 풀.
20) 역고: 여뀌풀.
21) 쉬 짙은: 잡초가 빽빽한.
22) 맞잡아 둘러내자: 양쪽에서
　　 매어오자.

23) 행기: 들고 다니는 밥그릇.
24) 보리 뫼: 보리밥.
25) 콩잎 채: 콩 잎 반찬.
26) 잠정이야: 졸음이야.

114

신희문(申喜文)

베잠방이 호미 메고 논밭 갈아 기음 매고
농가(農歌)를 부르며 달을 띄워 돌아오니
지어미 술을 거르며 내일 뒷밭 매옵세 하더라

대초(大棗)볼 붉은 가지 에후르쳐[27] 훑어 따 담고   27) 에후르쳐: 휘어잡아서.
올밤 익어 벙그러진 가지 휘두드려 발라 따 담고
벗 모아 초당(草堂)으로 들어가니 술이 풍충청[28] 있어라   28) 풍충청: 풍성한 모양.

산중에 책력(曆) 없어 절(節) 가는 줄 내 몰라라
꽃 피면 봄이요 잎 지면 가을이로다
아이들 헌 옷 찾으니 겨울인가 하노라

이고 진 저 늙은이

주세붕(周世鵬) / 오륜가(五倫歌)

지아비 밭 갈러 간 데 밥고리 이고 가
반상을 들오대 눈썹에 맞초이다[1]
친코도 고마우시니 손이시나 다르실까

정철 / 훈민가(부분)

형아 아우야 네 살을 만져보아
뉘 손에 태어났기에 양자(樣子)[2]조차 같은가
한 젖 먹고 자랐으니 딴마음을 먹지 마라

어버이 사라실 제 섬길 일란 다하여라
지나간 후면 애닯다 어찌하리
평생에 고쳐[3] 못할 일이 이뿐인가 하노라

한 몸 둘로 나눠 부부를 삼기실사
있을 제 함께 늙고 죽으면 한데 간다
어디서 망녕의 것이 눈 흘기려 하는고

1) 눈썹에 맞초이다: 거안제미
(擧案齊眉). 밥상을 눈썹에 맞
추어 든다는 뜻. 중국 후한
때 맹광이라는 여인이 남편
인 양홍을 지극히 섬긴 데서
유래함.

2) 양자: 얼굴 모양.

3) 고쳐: 다시.

간나히[4] 가는 길을 사나이 에도듯이[5]
사나이 녜는 길을 계집이 치도듯이[6]
제 남진 제 계집 아니어든 이름 묻지 말으려

이고 진 저 늙은이 짐 풀어 나를 주오
나는 젊었거니 돌이라 무거울까
늙기도 설워라커든 짐을 조차 지실까

박인로(朴仁老) / 조홍시가(早紅柿歌)

반중(盤中)[7] 조홍(早紅)감[8]이 고아도 보이도나
유자(柚子)가 아니라도 품음직도 하다마는
품어 가 반길 이 없을새 그를 설워하노라

박인로 / 오륜가(五倫歌)(부분)

동기(同氣)로 세 몸 되어 한 몸같이 지내다가
두 아운 어디 가서 돌아올 줄 모르는고
날마다 석양 문밖에서 한숨겨워 하노라

4) 간나히: 계집.
5) 에도듯이: 피하여 돌아가듯
   이.
6) 치도듯이: 치돌아 가듯이.

7) 반중: 쟁반에 놓인.
8) 조홍감: 빨리 익은 붉은 감.

박인로／입암(立巖)

무정(無情)히 서 있는 바위 유정(有情)하여 보이는구나
최령오인(最靈吾人)⁹⁾도 직립불의(直立不倚)¹⁰⁾ 어렵거늘
만고에 곧게 선 얼굴이 고칠 적이 없구나

군산(君山)¹¹⁾을 발로 박차 벽해를 메운 후에
수루룩 솟아올라 옥황께 아뢴 말이
고당(高堂)의 학발쌍친(鶴髮雙親)¹²⁾을 더디 늙게 하소서

9) 최령오인: 가장 신령스런 우리들, 곧 사람.
10) 직립불의: 곧게 서서 기대지 않음.
11) 군산: 동정호 안에 있는 지명.
12) 학발쌍친: 늙은 부모님.

동짓달 기나긴 밤을

이조년(李兆年)

이화(梨花)에 월백(月白)하고 은한(銀漢)[1]이 삼경[2]인 제
일지춘심(一枝春心)을 자규(子規)[3]야 알랴마는
다정(多情)도 병(病)인 양하여 잠 못 이뤄 하노라

성종(成宗)

이시렴 부디 갈따 아니 가든 못할쏘냐
무단히 싫더냐 남의 훼언(毁言)을 들었느냐
저 님아 하 애닯고야 가는 뜻을 일러라

서경덕(徐敬德)

마음이 어린 후이니 하는 일이 다 어리다
만중운산(萬重雲山)에 어느 님 오리마는
지는 잎 부는 바람에 행여 그인가 하노라

1) 은한: 은하수.
2) 삼경: 밤 11시부터 새벽 1시까지.
3) 자규: 두견새.

황진이(黃眞伊)

동짓달 기나긴 밤을 한 허리를 베어내어
춘풍(春風) 이불 아래 서리서리 넣었다가
어론님 오신 날 밤이어든 굽이굽이 펴리라

황진이

청산리(靑山裡) 벽계수(碧溪水)[4]야 수이 감을 자랑 마라
일도창해(一到滄海)하면[5] 다시 오기 어려우니
명월(明月)이 만공산(滿空山)하니[6] 쉬어간들 어떠리

황진이

어져 내 일이야 그릴 줄을 모르던가
있으라 하더면 가랴마는 제 구태여
보내고 그리는 정(情)은 나도 몰라 하노라

황진이

산은 옛산이로되 물은 옛물이 아니로다

4) 청산리 벽계수: 청산 속을 흐르는 푸른 시냇물. 벽계수는 실제 인물을 가리키기도 함.
5) 일도창해하면: 한번 넓은 바다에 이르면.
6) 명월이 만공산하니: 밝은 달이 빈 산에 가득하니. 명월은 황진이 자신을 가리키기도 함.

주야(晝夜)에 흐르거든 옛물이 있을쏘냐
인걸(人傑)도 물과 같도다 가고 아니 오는도다

계랑(桂娘)

이화우(梨花雨)[7] 흩뿌릴 제 울며 잡고 이별한 님
추풍(秋風) 낙엽에 저도 날 생각는가
천리(千里)에 외로운 꿈은 오락가락한다

임제(林悌)

청초(青草) 우거진 골에 자느냐 누웠느냐
홍안(紅顔)[8]을 어디 두고 백골만 묻혔느냐
잔 잡아 권할 이 없으니 그를 슬퍼하노라

북천(北天)이 맑다커늘 우장[9] 없이 길을 나니
산에는 눈이 오고 들에는 찬 비[10] 온다
오늘은 찬 비 맞았으니 얼어[11] 잘까 하노라

한우(寒雨)

어이 얼어 자리 무슨 일 얼어 자리
원앙침(鴛鴦枕)[12] 비취금(翡翠衾)[13]을 어디 두고 얼어 자리

7) 이화우: 비처럼 휘날리는 배
　꽃.

8) 홍안: 아름다운 얼굴. 황진이
　를 가리킴.

9) 우장: 비옷.
10) 찬 비: 기생 한우(寒雨)를
　가리킴.
11) 얼어: 중의적 표현으로 '교
　합(交合)하다'의 뜻도 있
　음.

12) 원앙침: 부부가 함께 베는
　베개.
13) 비취금: 비취를 수놓은 이부
　자리.

오늘은 찬 비 맞았으니 녹아 잘까 하노라

　　홍랑(洪娘)

뫗버들 가려 꺾어 보내노라 님의 손대[14]
자시는 창밖에 심어두고 보소서
밤비에 새잎 곧 나거든 날인가도 여기소서

　　이정보

꿈으로 차사(差使)[15]를 삼아 먼 데 님 오게 하면
비록 천리라도 순식에 오련마는
그 님도 님 둔 님이니 올동말동하여라

　　김홍도(金弘道)

먼데 닭 울었느냐 품에 든 님 가려 하니
이제 보내고 반 밤이나 남았으니
차라리 보내지 말고 남은 정 펴리라

14) 님의 손대: 님에게.

15) 차사: 중요한 임무를 띠고 파견된 사신.

김영(金煐)

연(蓮) 심어 실을 뽑아 긴 노[16] 부여[17] 걸었다가
사랑이 그쳐갈 제 찬찬 감아 매오리다
우리는 마음으로 맺었으니 그칠 줄이 있으랴

16) 노: 노끈.
17) 부여: 비비어.

박효관(朴孝寬)

공산(空山)에 우는 접동 너는 어이 우짖느냐
너도 니와 같이 무슨 이별히였느냐
아무리 피나게 운들 대답이나 하더냐

안민영

알뜰히 그리다가 만나보니 우습구나
그림같이 마주 앉아 맥맥(脈脈)이 볼 뿐이라
지금에 상간무어(相看無語)[18]를 정일런가 하노라

18) 상간무어: 서로 바라만 보며
말이 없음.

안민영

임이별 하올 적에 저는 나귀 한치 마소

가노라 돌쳐설 제 저는 걸음 아니런들
꽃 아래 눈물 적신 얼굴을 어찌 자세히 보리오

사랑이 어떻더냐 둥글더냐 모지더냐
길더냐 짜르더냐 발일러냐[19] 자일러냐[20]
각별히 긴 줄은 모르되 끝 간 데를 몰라라

님이 가오실 제 노구(爐口)[21] 넷을 주고 가니
오노구 가노구 그리노구 여의노구
이제는 그 노구 다 한데 모아 가마나 질까 하노라

달같이 두렷한[22] 님을 저 달같이 오요두고[23]
살뜰히 그리다가 어느 달에 만나볼꼬
달같이 두렷한 가슴이 달 지는 듯하여라

마음이 지척이면 천리라도 지척이오
마음이 천리오면 지척도 천리로다
우리는 각재(各在) 천리오나 지척인가 하노라

말은 가자 울고 님은 잡고 울고
석양은 재를 넘고 갈 길은 천리로다

19) 발일러냐: 발(丈)로 재겠더냐.
20) 자일러냐: 자(尺)로 재겠더냐.

21) 노구: 무쇠솥.

22) 두렷한: 둥근.
23) 오요두고: 걸어두고.

저 님아 가는 날 잡지 말고 지는 해를 잡아라

말 타고 꽃밭에 드니 말굽에서 향내 난다
주천당(酒泉堂) 돌아드니 아니 먹은 술내 난다
어떻다 눈정(情)에 걸은 님은 헛말 먼저 나느니

물 아래 세(細)가랑 모래[24] 아무리 밟다 발자취 나며
님이 나를 아무리 괸들[25] 내 아더냐 님의 정을
광풍에 지부친[26] 사공같이 깊이를 몰라 하노라

24) 세가랑 모래: 가는 모래.

25) 괸들: 사랑한들.

26) 지부친: 시달린.

바람 불어 쓰러진 나무 비 온다 싹이 나며
님 그려 든 병이 약 먹다 하릴쏘냐[27]
저 님아 너로 든 병이니 네 고칠까 하노라

27) 하릴쏘냐: 낫겠느냐.

백초(百草)를 다 심어도 대는 아니 심을 것이
젓대[28] 울고 살대[29] 가고 그리는 이 붓대[30]로다
이후에 울고 가고 그리는 대 심을 줄이 있으랴

28) 젓대: 피리.
29) 살대: 화살.
30) 붓대: 붓.

벽오동 심은 뜻은 봉황을 보렸더니
나 심은 탓인가 기다려도 아니 온다
무심한 일편명월(一片明月)이 빈 가지에 걸렸어라

사랑 모여 불이 되어 가슴에 피어나고
간장(肝腸) 썩어 물이 되어 두 눈으로 솟아난다
일신이 수화상침(水火相侵)하니 살동말동하여라

사랑 사랑 긴긴 사랑 개천같이 내내[31] 사랑
구만리 장공(長空)에 넌지러지고[32] 남는 사랑
아마도 이 님의 사랑은 가 없는가 하노라

삼나무 그네 매어 님과 둘이 어울뛰니
사랑이 줄로 올라 가지마다 맺혔어라
저 님아 구르지 마라 떨어질까 하노라

수박같이 두렷한 님아 참외같이 단 말씀 마소
가지가지 하시는 말이 말마다 왼 말[33]이로다
구시월 씨동아[34]같이 속 성긴 말 말으시소

노래 삼긴 사람

정철

재 너머 성권농(成勸農)[1] 집에 술 익단 말 어제 듣고
누은 소 발로 박차 언치[2] 놓아 지즐타고[3]
아이야 네 권농 계시냐 정좌수(鄭座首)[4] 왔다 하여라

1) 성권농: 권농은 향리에서 농사일을 권장하던 관리. 성권농은 성혼(成渾)을 가리킴.
2) 언치: 안장 밑에 까는 헝겊.
3) 지즐타고: 눌러타고.
4) 좌수: 향소(鄕所)의 장.

신흠

노래 삼긴 사람 시름도 하도 할샤
일러 다 못 일러 불러나 푸돗던가[5]
진실로 풀릴 것이면 나도 불러보리라

5) 푸돗던가: 풀었던가.

신흠

술 먹고 노는 일을 나도 왼 줄[6] 알건마는
신릉군(信陵君)[7] 무덤 위에 밭 가는 줄 못 보신가
백년이 역초초(亦草草)[8]하니 아니 놀고 어찌하리

6) 왼 줄: 잘못된 줄.
7) 신릉군: 3천명에 가까운 식객을 거느렸다는 위나라의 인물.
8) 역초초: 또한 빨리 흘러간다는 뜻.

김광욱／율리유곡(栗里遺曲)(부분)

최행수(崔行首)9) 쑥다림10)하세 조동갑11) 꽃다림12) 하세
닭찜 게찜 오려13) 점심 내 아무쪼록 담당함세
매일에 이렁굴면 무슨 시름 있으랴

9) 행수: 한 무리 중의 연장자.
10) 쑥다림: 쑥으로 전을 붙이면서 노는 놀이.
11) 동갑: 나이가 같은 사람.
12) 꽃다림: 화전놀이.
13) 오려: 올벼.

윤선도／고금영(古琴詠)

　버렸던 가얏고를 줄 얹어 놀아보니
청아한 옛소리 반가이 나는고야
이 곡조 알 리 없으니 집 겨14) 놓아두어라

14) 집 겨: 집에 넣어.

윤선도／증반금(贈伴琴)

소리는 혹 있은들 마음이 이러하랴
마음은 혹 있은들 소리를 뉘 하나니
마음이 소리에 나니 그를 좋아하노라

낭원군(朗原君)

달은 언제 나며 술은 뉘 삼긴고

유령(劉伶)[15]이 없은 후에 태백(太白)이도 간 데 없다
아마도 물을 데 없으니 홀로 취코 놀리라

15) 유령: 중국 진(晉)나라 때의
죽림칠현 중 한 사람으로
술을 잘 마신 것으로 유명
함.

김천택

부생(浮生)이 꿈이어늘 공명(功名)이 아랑곳가
현우귀천(賢愚貴賤)도 죽은 후면 다 한가지
아마도 살아 한잔 술이 즐거운가 하노라

김천택

한 달 서른 날에 취할 날이 몇날이리
잔 잡은 날이야 진실로 내 날이라
그날 곧 지나간 후면 뉘집살이 될 줄 알리

김수장

시름을 잡아내어 얽어매어 붙동여서
벽파강류(碧波江流)에 돌 안기어 넣었으니
아이야 잔 가득 부어라 종일취(終日醉)를 하리라

이정보

가을 타작 다 한 후에 동내(洞內) 모아 강신(講信)[16]할 제
김풍헌(金風憲)[17]의 메더지[18]와 박권농(朴勸農)의 되롱
춤[19]이로다
좌상(座上)에 이존위(李尊位)[20]는 박장대소하더라

이정보

꽃 피면 달 생각하고 달 밝으면 술 생각하고
꽃 피자 달 밝자 술 얻으면 벗 생각하네
언제면 꽃 아래 벗 데리고 완월장취(翫月長醉)[21]하려뇨

송계연월옹(松桂烟月翁)

거문고 타자 하니 손이 아파 어렵거늘
북창(北窓) 송음(松陰)에 줄을 얹어 걸어두고
바람이 제 우는 소리 이것이야 듣기 좋다

16) 강신: 향약 때 모여 계를 맺
　　는 것.
17) 풍헌: 향리의 한 소임.
18) 메더지: 노래의 일종.
19) 되롱춤: 어깨 춤.
20) 존위: 향리의 한 소임.

21) 완월장취: 달을 벗삼아 술에
　　오래도록 취함

안민영 / 매화사(부분)

　　　　일(一)

매영(梅影)[22]이 부딪힌 창에 옥인금채(玉人金釵)[23] 비겨
신저
　이삼(二三) 백발옹(白髮翁)은 거문고와 노래로다
　이윽고 잔 들어 권하랄 제 달이 또한 오르더라

　　　　사(四)

눈으로 기약터니 네 과연 피었구나
　황혼에 달이 오니 그림자도 성기도나
　청향(淸香)이 잔에 떴으니 취코 놀려 하노라

　　　안민영

　구포동인(九圃東人)[24] 춤을 추고 운애옹(雲崖翁)[25]은 노래
한다
　벽강(碧江)[26]은 고금(鼓琴)하고 천흥손(千興孫)[27]은 피리
로다
　정약대(鄭若大) 박용근(朴龍根) 혜금적(嵇琴笛) 소리에
화기융농(和氣融濃)[28]하더라

22) 매영: 매화의 그림자.
23) 옥인금채: 아름다운 미인의
　비녀.

24) 구포동인: 대원군이 하사한
　안민영의 호.
25) 운애옹: 박효관의 호.
26) 벽강: 거문고의 명인 김윤석
　(金允錫)의 호.
27) 천흥손, 정약대, 박용근: 당
　대 제일의 악공 이름.
28) 화기융농: 화합의 기운이 무
　르익음.

노세 젊어 노세 늙어지면 못노나니
화무십일홍(花無十一紅)[29]이오 달도 차면 기우나니
인생이 일장춘몽(一場春夢)이라 아니 놀까

오늘이 오늘이소서 매일에 오늘이소서
저물지도 새지도 말으시고
매양에 주야장상(晝夜長常)에 오늘이 오늘이소서

오늘이 오늘이란 노래 뉘라서 지었는고
우연(偶然) 즐거워야 오늘이라 하였는가
그날도 오늘과 같을새 오늘이라 하도다

사설시조

노래같이 좋고 좋은 것을

정철(鄭澈) / 장진주사(將進酒辭)

　한잔 먹세그려 또 한잔 먹세그려 꽃 꺾어 산(算) 놓고[1]
무진무진 먹세그려
　이 몸 죽은 후면 지게 위에 거적 덮어 줄이어 메어가나[2]
유소보장(流蘇寶帳)[3]에 만인(萬人)이 울어 예나 억새 속새
떡갈나무 백양(白楊) 속에 가기 곧 사면 누런 해 흰 달 가는
비 굵은 눈 소소리바람 불 제 뉘 한잔 먹자 할꼬
　하물며 무덤 위에 잔나비 파람[4] 불 제야 뉘우친들 어찌하
리

1) 꽃 꺾어 산 놓고: 꽃잎으로
셈하고.

2) 메어가나: 떠메어 가나.

3) 유소보장: 화려하게 꾸민 상
여. 유소는 기(旗)나 상여에
다는 오색실

4) 산나비 파람: 원숭이 휘파람.

오경화(吳擎華)

　곳구릉[5] 우는 소리에 낮잠 깨어 일어나 보니
　작은아들 글 읽고 며늘아기 베 짜는데 어린 손자는 꽃놀
이한다
　마초아 지어미 술 거르며 맛보라고 하더라

5) 곳구릉: 꾀꼬리의 울음소리.

김태석(金兌錫)

옥루사창(玉樓紗窓)[6] 화류중(花柳中)[7]에 백마금편(白馬金鞭) 소년들아

긴 노래 칠현금과 적(笛) 피리 장고 혜금 알고 저리 즐기느냐 모르고 즐기느냐 조음(調音) 체법(體法)을 날다려 묻게 되면 현묘(玄妙)한 문리(文理)를 낱낱이 이르리라

우리는 백년 삼만육천 월일(月日)에 이같이 밤낮 즐기리라

김수장(金壽長)

노래같이 좋고 좋은 것을 벗님네야 아돗던가

춘화유(春花柳) 하청풍(夏淸風)과 추월명(秋月明) 동설경(冬雪景)에 필운(弼雲)[8] 소격(昭格)[9] 탕춘대(蕩春臺)[10]와 남북(南北) 한강(漢江) 절승처(絶勝處)에 주효난만(酒肴爛漫)[11]한데 좋은 벗 갖은 혜적(嵇笛)[12] 아리따운 아모가이[13] 제일 명창들이 차례로 앉아 엇걸어 불러내니 중대엽 삭대엽은 요순(堯舜) 우탕(禹湯) 문무(文武) 같고 후정화(後庭花) 낙희조(樂戱調)는 한당송(漢唐宋)이 되어 있고 소용(騷聳)이 편락(編樂)은 전국(戰國)이 되어 있어[14] 도창검술(刀鎗劍術)이 각자등양(各自騰揚)[15]하여 관현성(管絃聲)에 어리었다 공명(功名)과 부귀(富貴)도 내 몰라라

남아의 호기를 나는 좋아하노라

6) 옥루사창: 옥으로 꾸민 누각과 비단으로 장식한 여인의 침실.
7) 화류: 기생의 은유.
8) 필운: 필운대. 서울 인왕산 밑에 있는 누대.
9) 소격: 소격서. 삼청동에 있던 관서의 명칭. 주변 경관이 좋았음.
10) 탕춘대: 서울 삼청동에 있던 누대.
11) 주효난만: 술과 안주가 가득함.
12) 혜적: 해금과 피리.
13) 아모가이: 아무개.
14) 중대엽 삭대엽은 ~ 전국이 되어 있어: 중대엽, 삭대엽, 후정화, 낙희조, 소용, 편락은 모두 가곡 창법.
15) 등양: 기세와 지위가 높아서 위세를 떨침.

김수장

터럭은 검으나 희나 세사(世事)는 같고 다르고
거문고 한 잎 위에 내 노래 긋지 말고 우리의 벗님네와
잡거니 권하거니 주야장상(晝夜長常) 노사이다
백년이 꿈 같다 한들 설마 어이 하리오

김수장

시당(池塘)에 월백(月白)히고 하향(荷香)이 습익(襲衣)한 제[16]
금준(金樽)에 술 있고 절대가인(絶代佳人) 농금(弄琴)[17] 거늘 일흥(逸興)[18]을 못 이기어 계면조를 읊어내니 송죽(松竹)은 휘두르며 정학(庭鶴)[19]은 춤을 춘다 한중(閑中) 이 흥미에 늙을 뉘를 모를노라
이 중에 열친척(悅親戚) 낙붕우(樂朋友)로 이종천년(以終天年)하리라

안민영(安玟英)

비 바람 눈 서리와 산 짐승 바다 물결들 더위 두메 추위 다 갖춰 겪었으며 빛난 의복 멋진 음식 좋은 벗님 고운 색

16) 하향이 습의할 제: 연꽃 향기가 옷깃에 스며들 때.
17) 농금: 거문고를 희롱함.
18) 일흥: 한가로운 흥취.
19) 정학: 뜰의 학.

(色)과 술 노래 거문고를 싫도록 지낸 후에 이 몸을 헤아리
니 백번 불린 쇠 아니면 만번 씻긴 돌이로다
　지금에 내 나이 칠십이라 평생을 묵수(默數)하니 우습고
느꺼워라 물에 섞인 물 아니면 꿈 속에 꿈이런가 하노라

안민영

　팔십일 세 운애(雲崖) 선생[20] 뉘라 늙다 일렀던고
　동안(童顔)이 미개(未改)하고[21] 백발이 환흑(還黑)[22]이라
두주(斗酒)를 능음(能飮)[23]하고 장가(長歌)를 웅창(雄唱)하
니 신선의 바탕이요 호걸의 기상이라 단애(丹崖)[24]에 서린
님을 해마다 사랑하여 장안(長安) 명금(名琴) 명가(名家)들
과 명희현령(名姬賢伶)[25]이며 유일풍소인(遺逸風騷人)[26]을
다 모아 거느리고 우계면(羽界面)[27] 한바탕을 엇걸어 불러
낼 제 가성(歌聲)은 요량(嘹亮)[28]하여 들보 티끌 날려내고
금운(琴韻)은 냉랭하여 학의 춤을 일으킨다 진일(盡日) 질
탕(迭宕)하고 명정(酩酊)히 취한 후에 창벽(蒼壁)에 붉은 잎
과 옥계(玉階)의 누런 꽃을 다 각기 꺾어 들고 수무족도(手
舞足蹈)[29]하올 적에 서릉(西陵)에 해가 지고 동령(東嶺)에
달이 나니 실솔(蟋蟀)은 재당(在堂)하고 만호(萬戶)에 등명
(燈明)이라 다시금 잔을 씻고 일배일배 하온 후에 선소리[30]
제일명창 나는 북 드러놓고 모송(牟宋)[31]을 비양(比樣)[32]하
여 한바탕 적벽가(赤壁歌)를 멋지게 듣고 나니 삼십삼천(三
十三天) 파루(罷漏)[33] 소리 새벽을 보(報)하거늘 휴의상부
(携衣相扶)[34]하고 다 각기 헤어지니 성대(聖代)에 호화낙사

20) 운애 선생: 안민영의 스승인
　박효관(朴孝寬).
21) 동안이 미개하고: 얼굴이 아
　이같이 젊어 보이고.
22) 환흑: 다시 검어짐.
23) 두주를 능음하고: 말 술을
　능히 마시고.
24) 단애: 단풍이 붉게 물든 절
　벽.
25) 명희현령: 이름난 기생과 솜
　씨 좋은 광대.
26) 유일풍소인: 이름난 한량과
　시인 묵객(詩人墨客).
27) 우계면: 우조와 계면조.
28) 요량: 소리가 맑음.
29) 수무족도: 자연스럽게 손이
　올라가고 발이 움직임. 춤추
　는 모양.
30) 선소리: 판소리.
31) 모송: 당시 판소리 명창 모
　흥갑(牟興甲)과 송흥록(宋興
　祿).
32) 비양: 모양을 흉내냄.
33) 삼십삼천 파루: 오경(五更)
　삼점(三點)에 큰 북을 33번
　치던 일. 통금을 해제하던
　북소리.
34) 휴의상부: 옷소매를 잡고 서
　로 부축함.

(豪華樂事) 이밖에 또 있는가

　다만적 동천(東天)을 바라보아 □[35]을 생각하는 회포야 어느 끝이 있으리.

　남아의 소년 신세 즐거운 일 하고 하다

　글 읽기 칼 쓰기 활 쏘기 말 타기 벼슬하기 벗 사귀기 화조월석(花朝月夕) 가무(歌舞)하기 오로다 호기롭다

　늙어야 강산에 물러와서 밭갈기 논매기 고기 낚기 나무 베기 거문고 타기 바둑 두기 인산지수(仁山智水) 오유(遨遊)하기 백년안영(百年安榮)하여 사시풍경(四時風景)이 어느 끝이 있으리

　논밭 갈아 기음 매고 베잠방이 대님 쳐 신들메고[36]

　낫 갈아 허리에 차고 도끼 벼려 둘러메고 무림산중(茂林山中)[37] 들어가서 삭다리[38] 마른 섶을 베거니 자르거니 지게에 짊어 지팡이 받쳐놓고 새옴[39]을 찾아가서 점심 도슭 부시이고[40] 곰방대를 톡톡 떨어 잎담배 피워 물고 콧노래 졸다가

　석양이 재 넘어갈 제 어깨를 추스리며 긴 소리 짧은 소리 하며 어이 갈꼬 하더라

　백운(白雲)은 천리 만리 명월은 전계(前溪) 후계(後溪)[41]

　파조귀래(罷釣歸來)[42]할 제 낚은 고기 꿰어들고 단교(斷

35) □: 아마도 '님'이 아닐까 추정됨.

36) 신들메고: 들메끈을 매고.

37) 무림산중: 숲이 우거진 산속.
38) 삭다리: 삭정이
39) 새옴: 샘.
40) 도슭 부시이고: 도시락을 다 비우고.

41) 전계 후계: 앞뒤로 흐르는 시냇물.
42) 파조귀래: 낚시를 마치고 돌아옴.

橋)[43]를 건너 행화촌(杏花村)[44] 주가(酒家)로 돌아드는 저 늙은이

진실로 네 홍취 얼마요 금 못 칠까[45] 하노라

저 건너 명당(明堂)을 얻어 명당 안에 집을 짓고

밭 갈고 논 갈고 오곡을 갖춰 심은 후에 대(臺) 위에 벌통 놓고 집 위에 박 올리고 울밑에 우물 파고 구월 추수하여 남린북촌(南隣北村) 다 청하여 희오동락(喜娛同樂)[46] 하고지고

매일에 이렁성 노닐다가 늙을 뉘[47]를 모르리라

이좌수(李座首)[48]는 검은 암소를 타고 김약정(金約正)은 질장군[49] 메고

남권농(南勸農) 조당장(趙堂掌)은 취하여 뷔걸으며[50] 장고(杖鼓) 무고(舞鼓)에 둥더러꿍 춤추는구나

협리(峽裡)[51]에 우맹(愚氓)[52]의 질박천진(質朴天眞)과 태고순풍(太古淳風)[53]을 다시 본 듯하여라

세상 사람들이 인생을 둘만 여겨 두고 또 두고 먹고 놀 줄 모르던고

먹고 놀 줄 모르거든 죽을 줄 알랴마는 석숭(石崇)[54]이 죽어갈 제 누거만재(累鉅萬財)[55] 가져가며 유령(劉伶)[56]의 무덤 위에 어느 술이 이르렀더니

43) 단교: 끊어진 다리.
44) 행화촌: 살구꽃이 흐드러지게 핀 마을. 술집의 비유.
45) 금 못칠까: 값으로 따질 수 없음.

46) 희오동락: 함께 놀며 즐김.

47) 뉘: 때.

48) 좌수: 조선시대 향소(鄕所)의 장(長).
49) 질장군: 질그릇으로 된 장군. 장군은 술이나 물을 담기 위해 오지나 나무로 만든 그릇.
50) 뷔걸으며: 비틀비틀 걸으며.
51) 협리: 산골.
52) 우맹: 어리석은 백성.
53) 태고순풍: 태고적의 순박한 풍속.

54) 석숭: 중국 진(晉)나라의 부호.
55) 누거만재: 많은 재물.
56) 유령: 중국 진(晉)나라 시대의 죽림칠현(竹林七賢) 중의 한 사람. 술을 잘 마신 것으로 유명.

하물며 청춘일장몽(靑春一場夢)에 백화난만(百花爛漫)하
니 이같이 좋은 때에 아니 놀고 어이리

세월아 네월아 가지를 마라 가지를 마라 청춘홍안(靑春
紅顔)이 다 늙는구나
인생 일세(一世) 생각 곤 하니 잠든 날 병든 날 제(除)해
놓으면 다만 단 사십(四十) 못 사는 인생 아니 놀고서 무엇
을 하리
오늘도 날이요 내일도 날이라 오늘도 놀고 내일도 놀고
놀고 놀고 놀아를 보세

님 그려 깊이 든 병을

김수장

갓나희들이 여러 층이오레 송골매도 같고 줄에 앉은 제
비도 같고
백화원리(百花園裡)[1]에 두루미도 같고 녹수파란(綠水波
瀾)[2]에 비오리도 같고 땅에 퍽 앉은 소리개도 같고 썩은 등
걸에 부엉이도 같데 그려도
다 각각 님의 사랑이니 개일색(皆一色)인가 하노라

김수장

삭발위승(削髮爲僧) 아까운 각씨 이 내 말을 들어보소
어둑 적막 불당 안에 염불만 외우다가 자네 인생 죽은 후
면 홍두깨로 턱을 괴어 책롱(冊籠)[3]에 입관(入棺)하여 더운
불에 찬 재 되면 공산(空山) 궂은비에 우지지는 귀(鬼)것[4]
이 너 아닌가
진실로 마음을 돌이키면 자손만당(子孫滿堂)하여 흰머리
에 이 꾀듯이 닫는 놈 기는 놈에 영화부귀(榮華富貴)로 백
년동락(百年同樂) 어떠리

1) 백화원리: 온갖 꽃이 핀 뜰
   가운데.
2) 녹수파란: 푸른 물결.

3) 책롱: 책을 넣어두는 농짝.
   싸릿개비로 만든다.
4) 귀것: 귀신.

이정보(李鼎輔)

님으란 회양(淮陽) 금성(金城) 오리나무 되고 나는 삼사
월 칡넝쿨이 되어
  그 나무 그 칡이 납거미 나비 감듯 이리로 츤츤 저리로
츤츤 외오 풀러 옳게 감아 밑부터 끝까지 한 곳도 빈틈없이
주야장상(晝夜長常)에 뒤트러져 감겨 있어
  동(冬)섣달 바람 비 눈 서리를 아무리 맞은들 풀릴 줄이
있으랴

박문욱(朴文郁)

갈 제는 오마더니 가고 아니 오노매라
  십이난간(十二欄干) 바장이며 님 계신 데 바라보니 남천
(南天)에 안진(雁盡)[5]하고 서상(西廂)[6]에 월락(月落)토록 소
식이 그쳐졌다
  이 뒤란 님이 오셔든 잡고 앉아 새오리라

박문욱

내게는 원수가 없어 개와 닭이 큰 원수로다
벽사창(碧紗窓)[7] 깊은 밤에 품에 들어 자는 님을 자른 목

5) 안진: 기러기가 다 날아가서
   보이지 않음.
6) 서상: 서쪽에 있는 마루.

7) 벽사창: 푸른 비단으로 꾸민
   창문. 여인의 침실.

늘여서 홰홰 쳐 울어 일어 가게 하고 적막 중문(重門)에 온
님을 물으락 나오락 캉캉 짖어 도로 가게 하니
  아마도 유월유두(六月流頭)[8] 백종(百種)[9] 전에 스러져 없
이 하리라

      안민영

  오늘 밤 풍우를 그 정녕 알았던들 대사립짝을 곱거러[10]
단단 매었을 것을
  비바람에 불리어 왜각지걱하는 소리에 행여나 오는 양하
여 창 밀고 나서 보니
  월침침(月沈沈) 우사사(雨絲絲)한데 풍습습(風習習) 인적
적(人寂寂)을 하더라

      안민영

  이리 알뜰이 살뜰이 그리고 그려 병 되다가
  만일에 어느 때가 되던지 만나보면 그 어떠할꼬 응당 이
두 손길 부여잡고 어안 벙벙 아무 말도 못하다가 두 눈에
물결이 어리어 방울방울 떨어져 아로롱지리라 이 옷 앞자
락에 일것세[11] 만났다 하고
  정녕에 이럴 줄 알 냥이면 차라리 그려 병 되는 이만 못
하여라

8) 유월유두: 음력 유월 보름.
9) 백종: 음력 칠월 보름. 백중
절(百中節)이라고도 함.

10) 곱거러: 거듭 걸어.

11) 일것세: 기껏해서.

가슴에 구멍을 둥시렇게 뚫고

왼새끼를 눈 길게[12] 너슷너슷 꼬아 그 구멍에 그 새끼 넣
고 두 놈이 두 끝 마주 잡아 이리로 훌근 저리로 훌적 훌근
훌적 할 적에 나남즉 남대되[13] 그는 아모쪼록 견디려니와
아마도 님 외오[14] 살라 하면 그는 그리 못하리라

개를 여나믄이나 기르되 요 개같이 얄미우랴

미운 님 오며는 꼬리를 홰홰 치며 치뛰락 나리 뛰락 반겨
서 내닫고 고운 님 오며는 뒷발을 바둥바둥 무르락 나오락
강강 짖는 요 도리암캐
쉰 밥이 그릇그릇 날진들 너 먹일 줄이 있으랴

눈썹은 수나비 앉은 듯 닛바대[15]는 박씨 까 세운 듯

날 보고 당싯 웃는 양은 삼색도화미개봉(三色桃花未開
封)[16]이 하루밤 비 기운에 반만 절로 편 형상이로다
네 부모 너 삼겨낼 적에 날만 괴라 삼기도다

님 그려 깊이 든 병을 어이하여 고쳐낼꼬

의원 청하여 명약(命藥)하며 소경에게 푸닥거리하고 무
당 불러 당즑글기[17]한들 이 모진 병이 하릴쏘냐[18]
진실로 님 한데 있으면 고대 좋을까 하노라

12) 눈 길게: 눈짐작으로 길게.

13) 나남즉 남대되: 나나 남이나
모두.
14) 님 외오: 님과 떨어져.

15) 닛바대: 이(齒).

16) 삼색도화미개봉: 삼색 도화
가 미처 피지 못한 봉오리.

17) 당즑글기: 굿의 일종.
18) 하릴쏘냐: 낫겠느냐.

사랑 사랑 고고이 맺힌 사랑 왼 바다를 두루 덮는 그물
같이 맺힌 사랑
  왕십리라 답십리 참외 넝쿨 수박 넝쿨 얽어지고 틀어져
서 골골이 뻗어가는 사랑
  아마도 이 님의 사랑은 끝 간데를 몰라 하노라

님이 오마 하거늘 저녁밥을 일찍 지어먹고
  중문 나서 대문 나가 지방[19] 위에 치달아 앉아 이수(以
手)로 가액(加額)하고[20] 오는가 가는가 건넛산 바라보니 거
머횟들[21] 서 있거늘 저야 님이로다 버선 벗어 품에 품고 신
벗어 손에 쥐고 곰븨님븨 님븨곰븨 천방지방 지방천방 진
데 마른 데 가리지 말고 워렁충창 건너가서 정(情)엣말 하
려 하고 곁눈을 흘깃 보니 상년(上年)[22] 칠월 사흗날 갉아
벗긴 주추리 삼대[23] 살뜰이도 날 속였다
  모처라 밤일세망정 행여 낮이런들 남 웃길 뻔 하괘라

귓도리 저 귓도리 어여쁘다 저 귓도리
  어인 귓도리 지는 달 새는 밤에 긴 소리 자른 소리 절절
이 슬픈 소리 제 혼자 울어 예어 사창(紗窓)[24] 여윈 잠을 살
뜰이도 깨우는고야
  두어라 제 비록 미물이나 무인동방(無人洞房)[25]에 내 뜻
알 이는 저뿐인가 하노라

19) 지방: 문지방.
20) 이수로 가액하고: 이마에 손
    을 얹고.
21) 거머 들: 검은 빛과 흰 빛이
    섞인 모양.

22) 상년: 지난해.
23) 주추리 삼대: 주추리는 미
    상. 삼대는 삼의 줄기.

24) 사창: 젊은 여인의 침실.

25) 무인동방: 임 없이 홀로 외
    롭게 지내는 방.

나무도 바윗돌도 없는 뫼에 매에게 쫒긴 까투리 안과

    대천(大川) 바다 한가운데 일천 석 실은 배에 노도 잃고 닻도 잃고 용총[26]도 끊고 돛대도 꺾이고 키도 빠지고 바람 불어 물결 치고 안개 뒤섞여 잦아진 날에 갈 길은 천리 만리 남았는데 사면이 검어 어둑 천지 적막 까치노을[27] 떴는데 수적(水賊) 만난 도사공의 안과

    엇그제 님 여윈 내 안이야 어디다 가을하리오[28]

모시를 이리저리 삼아 두루 삼아 감삼다가

    가다가 한가운데 똑 끊어지거늘 호치단순(皓齒丹脣)[29]으로 홈 빨며 감 빨아 섬섬옥수(纖纖玉手)[30]로 두 끝 마주 잡아 바부쳐[31] 이으리라 저 모시를

    우리 님 사랑 그쳐갈 제 저 모시같이 이으리라

바람도 쉬어 넘는 고개 구름이라도 쉬어 넘는 고개

    산진이[32] 수진이[33] 해동청[34] 보라매[35] 쉬어 넘는 고봉(高峯) 장성령 고개

    그 너머 님이 왔다 하면 나는 아니 한번도 쉬어 넘어가리라

벽사창이 어른어른커늘 님만 여겨 나가보니

    님은 아니 오고 명월이 만정(滿庭)한데 벽오동 젖은 잎에 봉황이 내려와 깃 다듬는 그림자로다

    모쳐라 밤일시망정 행여 남 웃길 뻔하괘라

26) 용총: 돛을 내리거나 올리려고 돛대에 매어놓은 줄.

27) 까치노을: 사나운 파도.

28) 가을하리오: 비교하리오. 견주리오.

29) 호치단순: 흰 이와 붉은 입술.

30) 섬섬옥수: 가냘프고 고운 여자의 손.

31) 바부쳐: 비벼서.

32) 산진이: 산에서 자라서 해가 묵은 매.

33) 수진이: 손으로 길들인 매.

34) 해동청: 송골매.

35) 보라매: 일년이 못된 새끼를 잡아 길들인 매.

병풍에 앉니 자끈동 부러진 괴[36] 그리고 그 괴 앞에 조그
만 사향(麝香)쥐[37]를 그렸으니
　애고 요 괴 샷부론[38] 양하여 그림에 쥐를 물려고 좇니는
구나
　우리도 새 님 걸어두고[39] 좇니러볼까 하노라

36) 괴: 고양이.
37) 사향쥐: 새앙쥐.

38) 샷부론: 약삭빠른.

39) 걸어두고: 사귀어놓고.

사람마다 못할 것은 남의 님께다 정 들여놓고 말 못하니
애연(哀然)하고 통사정 못하니 나 죽겠구나
　꽃이라고 뜯어를 내며 잎이라고 훑어를 내며 가지라고
꺾어를 내며 해동청 보라매라고 제 밥을 가지고 꼬여를 낼
까 다만 추파[40] 여러 번에 남의 님을 후려내어 짚신감발[41]
하고 아닌 밤중에 월장도주(越墻逃走)[42]하여 담 넘어갈 제
시아비 귀먹쟁이 잡녀석은 남의 속내는 조금도 모르고 아
닌 밤중에 밤사람 왔다고 소리를 칠 제 요내 간장이 다 녹
는구나
　참으로 네 모양 그리워서 나 못 살겠네

40) 추파: 은근한 정을 나타내는
　여자의 눈짓.
41) 짚신감발: 짚신에 발감개를
　한 차림새.
42) 월장도주: 담을 넘어 도망
　감.

사랑을 찬찬 얽동여 뒤섞어[43] 지고
　태산준령으로 허위허위 넘어갈 제 그 모른 벗님네는 그
만하여 버리고 가라 하건마는
　가다가 자질려[44] 죽을망정 나는 아니 버리리라

43) 뒤섞어: 한덩어리로 하여.

44) 자질려: 눌려서.

새악시 서방 못 맞아 애쓰다가 죽은 영혼

긴 삼밭 뚝삼[45] 되어 용문산[46] 개골사(開骨寺)에 이 빠진
늙은 중놈 들베[47]나 되었다가

이따금 땀 나 가려울 제 슬쩍여볼까 하노라

웃는 양은 눈짓도 곱네 돌치는[48] 양은 뒷허울이 더욱 좋다

앉거라 보자 서거라 보자 거닐거라 보자 백만 교태를 다
하여라 보자 어허 내 사랑 삼고라지고

네 부모 너 길러 낼 제 나만 괴려[49] 하도다

저 건너 흰옷 입은 사람 잣밉고도 얄미워라

작은 돌다리 건너 큰 돌다리 넘어 밥[50] 뛰어간다 가로 뛰
어가는고 애고애고 내 서방 삼고라지고

진실로 내 서방 못 될진대 벗의 님이나 되고라자

창 내고자 창을 내고자 이내 가슴에 창 내고자

고모장지[51] 세(細)살장지[52] 들장지[53] 열장지[54] 암돌쩌귀
수돌쩌귀 배목걸새[55] 크나큰 장도리로 뚝딱 박아 이내 가슴
에 창 내고자

이따금 하 답답할 제면 여닫아볼까 하노라

45) 뚝삼: 아욱과의 일년초로 새
   끼 따위를 꼬는 데 쓰임.
46) 용문산: 경기도 양평군에 있
   는 산.
47) 들베: 거친 베.

48) 돌치는: 돌아서는.

49) 괴려: 사랑하게.

50) 밥: 밟아.

51) 고모장지: 고미장지. 고미는
   다락방에 설치한 문의 일
   종. 장지는 방에 간을 막아
   끼운 미닫이.
52) 세살장지: 문살이 가는 장지
   문.
53) 들장지: 벽의 위쪽에 자그맣
   게 낸 창.
54) 열장지: 열창문. 여닫을 수
   있는 창의 총칭.
55) 배목걸새: 문을 걸어 잠그고
   빗장으로 쓰는 쇠.

천한(天寒)코 설심(雪深)한 날에 님 찾으러 천상으로 갈
제

신 벗어 손에 쥐고 버선 벗어 품에 품고 곰븨님븨 님븨곰
븨 천방지방 지방천방 한번도 쉬지 말고 허위허위 올라가니

버선 벗은 발은 아니 시리되 여미온 가슴이 산득산득하
여라

창밖에 가마솥 막키라는 장사 이별 나는 구멍도 막키는가
장사의 대답하는 말이 진시황(秦始皇) 한무제(漢武帝)는
영행천지(令行天地)[56]하되 위엄으로 못 막고 제갈량(諸葛
亮)은 경천위지지재(經天緯地之才)[57]로도 막단 말 못 듣고
하물며 서초패왕(西楚覇王)[58]의 힘으로도 능히 못 막았나니
이 구멍 막키란 말이 아마도 하 우수워라

진실로 장사의 말 같을진대 장이별(長離別)인가 하노라

청울치[59] 육날 메투리[60] 신고 휘대 장삼(長杉)[61] 두르쳐
메고

소상반죽(瀟湘班竹)[62] 열두 마디를 뿌리째 빼서 짚고 마
루 넘어 재 넘어 들 건너 벌 건너 청산석경(靑山石逕)으로
횟근 누은누은 횟근횟근동[63] 넘어 가옵거늘 보온가 못 보온
가 그 우리 남편 선사(禪師) 중이

남이사 중이라 하여도 밤중만 하여서 옥인(玉人) 같은 가

56) 영행천지: 천하를 호령함.
57) 경천위지지재: 천하를 다스
  리는 경륜.
58) 서초패왕: 항우.

59) 청울치: 칡덩굴의 속껍질로
  만든 끈.
60) 육날 메투리: 날줄을 여섯으
  로 삼은 미투리.
61) 휘대 장삼: 휘감은 장삼.
62) 소상반죽: 중국 소상강 일대
  에서 나는 아롱진 무늬가
  있는 대.
63) 횟근 누은누은 횟근횟근동:
  어슴프레 하여 잘보이지 않
  는 모양.

슴 위에 수박 같은 머리를 둥글껄껄 껄껄둥글 둥글둥실 둥
굴러 기어올라올 적에는 내사 좋아 중 서방이

　콩밭에 들어 콩잎 뜯어먹는 검은 암소 아무리 이라타 쫓
은들 제 어디 가며
　이불 아래 든 님을 발로 툭 박차 미적미적하며 어서 가라
한들 날 버리고 제 어디로 가리
　아마도 싸우고 못 말릴손 님이신가 하노라

간밤에 자고 간 그놈

김수장

나는 지남석이런가 각씨네들은 날바늘인지
앉아도 붙고 서도 따르고 누워도 붙고 숩떠도[1] 따라와
아니 떨어진다
　금슬이 부조(不調)한 분네들은 지남석 날바늘을 달여 일
재복(日再服)[2]을 하시소

1) 숩떠도: 솟구쳐올라도.

2) 일재복: 하루에 두 번씩 먹음.

김수장

속저고리 고은 때치마[3] 민머리에 분때 민 각씨
엊그제 날 속이고 어디가 또 눌을 속이려 하고
석양에 꽃가지 꺾어쥐고 가는 허리를 자늑자늑 하느냐

3) 때치마: 알록달록한 치마.

각씨네 옥 같은 가슴을 어이구러 대어볼꼬
면주(綿紬) 자지(紫芝) 작저고리 속에 깁적삼 안섶이 되
어 존득존득 대히고지고
이따금 땀 나 붙을 제 떠힐 뉘[4]를 모르리라

4) 떠힐 뉘: 떨어질 때.

이정보

간밤에 자고 간 그놈 아마도 못 잊어라

와야(瓦冶)5)놈의 아들인지 진흙에 뽐내듯이 사공놈의 정령(精靈)인지 사엇대6)로 찌르듯이 두더지 영식(令息)7)인지 곳곳이 뒤지듯이 평생에 처음이오 흉중에도 야릇해라

전후에 나도 무던히 겪었으되 참 맹세하지 간밤 그놈은 차마 못 잊어하노라

5) 와야: 기와를 만드는 사람.
6) 사엇대: 사앗대, 상앗대.
7) 영식: 남의 아들을 높여 부르는 말.

신헌조(申獻朝)

각씨네 더위들 사시오 이른 더위 늦은 더위 여러 해포 묵은 더위

오뉴월 복더위에 정(情)에 님 만나 있어 달 밝은 평상 위에 츤츤 감겨 누웠다가 무슨 일 하였던지 오장(五臟)이 번열(煩熱)하여 구슬땀 흘리면서 헐떡이는 그 더위와 동짓달 긴긴 밤에 고운 님 품에 들어 따스한 아랫목과 두꺼운 이불 속에 두 몸이 한 몸 되어 그리저리하니 수족(手足)이 답답하고 목구멍이 타올 적에 웃목에 찬 숭늉을 벌떡벌떡 커는 더위 각씨네 사려거든 소견대로 사시옵소

장사야 네 더위 여럿 중에 님 만나는 두 더위는 뉘 아니 좋아하리 남에게 팔지 말고 부디 내게 팔으시소

박문욱

중과 승(僧)이 만첩산중에 만나 어드러로 가오 어드러로
오시는고

산 좋고 물 좋은데 갈씨[8]를 붙여보오 두 고깔이 한데 닿
아 너픈너픈하는 양은 백모란 두 포기가 춘풍에 휘듯는 듯[9]

아마도 공산(空山)에 이 씨름은 중과 승과 둘뿐이라

들입다 바드득 안으니 세 허리지[10] 자늑자늑

홍상(紅裳)을 걷어치니 설부지풍비(雪膚之豊肥)[11]하고 거
각준좌(擧脚蹲坐)[12]하니 반개(半開)한 홍모란이 발욱어춘풍
(發郁於春風)[13]이로다

진진(進進)코 우퇴퇴(又退退)하니 무림산중(茂林山中)에
수용성(水舂聲)[14]인가 하노라

백발에 화냥 노는 년이 젊은 서방 하려 하고

센 머리에 먹칠하고 태산준령으로 허위허위 넘어가다가
과그른[15] 소나기에 흰 동정 검어지고 검던 머리 다 희거다

그르사[16] 늙은이 소망이라 일락배락[17] 하노매

어젯밤도 혼자 곱송그려 새우잠 자고 지난밤도 혼자 곱

8) 갈씨: 고깔씨름.
9) 휘듯는 듯: 휘날리는 듯.

10) 세 허리지: 가는 허리. ‘~
지’는 의미 없는 접사.
11) 설부지풍비: 눈같이 흰 살결
이 풍만함.
12) 거각준좌: 상대방의 다리를
들고 웅크리고 앉음.
13) 발욱어춘풍: 봄바람에 향기
를 냄.
14) 수용성: 물레방아 찧는 소
리.

15) 과그른: 때이른. 급한.
16) 그르사: 그마나.
17) 일락배락: 될락말락.

송그려 새우잠 자네

　어인 놈의 팔자인데 주야장상(晝夜長常) 곱송그려 새우
잠만 자노

　오늘은 그리던 님 만나 발을 펴 벌리고 찬찬 휘감아 잘까
하노라

얽고 검고 키 큰 구레나룻 그것조차 길고 넓다

　젊지 않은 놈이 밤마다 배에 올라 조그만 구멍에 큰 연장
넣어두고 흘근할적 할 제는 애정은 커니와 태산이 덮누르
는 듯 잔방귀 소리에 젖 먹던 힘이 다 쓰이노매라

　아무나 이놈을 데려다가 백년동주(百年同住)하고 영영
아니 온들 어느 개발년이 시앗 새옴하리오

　반(半) 여든에 첫 계집을 하니 어렷두렷 우벅주벅 주글
뻔 살 뻔 하다가

　와당탕 들이달아 이리저리 하니 노도령의 마음 홍글항글
　진실로 이 자미(滋味) 아돗던들 길 적부터 할랏다

중놈도 사람인 양하여 자고 가니 그립다고

　중의 송낙[18] 나 베옵고 내 족도리 중놈 베고 중의 장삼
(長衫)은 나 덮습고 내 치마란 중놈 덮고 자다가 깨달으니
둘의 사랑이 송낙으로 하나 족도리로 하나

　이튿날 하던 일 생각하니 홍글항글하여라

18) 송낙: 소나무로 만든 중의
　　모자.

두꺼비 파리를 물고

김수장

서방님 병 들어 두고 쓸 것 없어[1] 종루(鐘樓)[2] 저자 달래[3] 팔아
　배 사고 감 사고 유자 사고 석류 샀다 아차아차 잊었고
오화당(五花糖)[4]을 잊어버렸고자
　수박에 술[5] 꽂아놓고 한숨겨워 하노라

[1] 쓸 것 없어: 먹일 것 없어.
[2] 종루: 종로에 있는 보신각. 그 주변에 시전이 발달해 있었음.
[3] 달래: 다리. 여자의 머리에 덧넣는 딴 머리.
[4] 오화당: 다섯가지 색으로 물들여 만든 중국 사탕.
[5] 술: 수저.

이정보

일신(一身)이 아 사자 하니 물것 겨워 못 살리로다
　피겨[6] 같은 가랑니[7] 보리알 같은 수통이[8] 잔 벼룩 굵은 벼룩 왜벼룩 뛰는 놈 기는 놈에 비파 같은 빈대 새끼 사령 같은 등에[9] 어이 갈따귀[10] 사마귀 센 바퀴 누른 바퀴 바구미 거저리 부리 뾰족한 모기 다리 기다란 모기 살진 모기 야윈 모기 그리메 지네 뾰룩이 주야로 빈틈없이 물거니 쏘거니 빨거니 뜯거니 심한 당비루[11]에 더 어려왜라
　그 중에 차마 못 견딜손 오뉴월 복더위에 쉬파리인가 하노라

[6] 피겨: 피(稗)의 껍질.
[7] 가랑니: 이의 새끼.
[8] 수통이: 크고 굵은 살찐 이.
[9] 등에: 파리와 비슷하나 조금 큰 벌레.
[10] 갈따귀: 각다귀. 모기의 일종.
[11] 당비루: 비루는 개와 말에 발생하는 피부병. 당비루는 중국에서 들어온 비루를 가리키는 듯.

이정진(李廷藎)

발가벗은 아이들이 거미줄 테를 들고 개천으로 왕래하며
발가숭아 발가숭아 저리 가면 죽느니라 이리 오면 사느
니라 부르나니 발가숭이로다
아마도 세상 일이 다 이러한가 하노라

대천(大川) 바다 한가운데 중침(中針) 세침(細針)[12] 빠지
거다[13]
여나믄 사공놈이 끝 무딘 사잇대를 끝끝이 둘리메이 일
시에 소리치고 귀 꿰어[14] 냈단 말이 있어이다 임아임아
온 놈이 온 말을 하여도 님이 짐작하소서

까마귀를 뉘라 물들여 검다 하며 백로를 뉘라 마전[15]하
여 희다더냐
황새 다리를 뉘라 이어 기다 하며 오리 다리를 뉘라 분질
러 자르다 하랴
아마도 검고 희고 길고 자르고 흑백 장단이야 일러 무삼

각도(各道) 각선(各船)이 다 올라올 제 상고(商賈)[16] 사공
이 다 올라왔네

12) 중침 세침: 중치 바늘과 가
  는 바늘.
13) 빠지거다: 빠졌도다.

14) 귀 꿰어: 바늘귀를 꿰어.

15) 마전: 표백.

16) 상고: 장사꾼.

조강(祖江)[17] 석골 막창(幕娼)[18]들이 배마다 찾을 제 새내 놈의 먼정이[19]와 용산 삼포 당도리[20]며 평안도 독대선(獨大船)[21]에 강진(康津) 해남(海南) 죽선(竹船)들과 영산(靈山) 삼가(三嘉)[22] 지토선(地土船)[23]과 미역 실은 제주 배와 소금 실은 옹진(瓮津) 배들이 스르르 올라들 갈 제
  어디서 각진(各津)[24]놈의 나룻배야 쬐여나[25] 볼 줄 있으랴

님 데리고 산에도 못 살 것이 촉백성(蜀魄聲)[26]에 애끊는 듯
  물가에도 못 살 것이 물 위 사공 물 아래 사공놈들이 밤 중만 배 떠날 제 지국총[27] 기어야 이어 닻 채는 소리에 한 숨짓고 돌아눕네
  이 후란 산도 물도 말고 들에 가서 살리라

댁들에 나무들 사오 저 장사야 네 나무 값이 얼마라 웨는 다 사자
  싸리나무는 한 말 치고 검부나무[28]는 닷 되를 쳐서 합하 여 헤면 마 닷 되[29] 받습네 사 때어보오소 잘 붙습나니
  한번 곧 사 때어보면 매양 사 때자 하리라

댁들에 동난지이[30] 사오 저 장사야 네 황화[31] 그 무엇이 라 웨는다 사자
  외골내육(外骨內肉)[32] 양목(兩目)이 상천(上天)[33] 전행(前行) 후행(後行) 소(小)아리[34] 팔족(八足) 대(大)아리 이족(二

17) 조강: 경기도 통진현의 한강 과 임진강이 합류하는 곳의 지명.
18) 막창: 주막의 창녀.
19) 먼정이: 이물이 뾰족한 큰 나무배.
20) 당도리: 바다로 다니는 큰 나무배.
21) 독대선: 고기잡이 배. 독대 는 물고기를 잡는 그물의 일종.
22) 영산, 삼가: 경상도의 지명.
23) 지토선: 지방 토민이 소유한 배.
24) 각진: 여러 작은 나루.
25) 쬐여나: 끼어나.
26) 촉백성: 두견새 울음소리.
27) 지국총 기어야 이어: 노젓는 소리.
28) 검부나무: 마른 풀이나 낙엽 따위의 땔나무.
29) 마 닷 되: 한 말 닷 되.
30) 동난지이: 게젓.
31) 황화: 잡화(雜貨).
32) 외골내육: 겉이 딱딱하고 속 에 살이 있음.
33) 양목이 상천: 두 눈이 위에 있음.
34) 아리: 다리.

足) 청장(青醬)[35] 아스슥하는 동난지 사오
　장사야 하 거북이 웨지 말고 게젓이라 하렴은

　떳떳 상(常) 평할 평(平) 통할 통(通) 보배 보(寶) 자(字)
　구멍은 네모지고 사면이 둥글어서 떽데굴 구울러 간 곳
마다 반기는구나
　어떻다 조그만 금 조각을 두창(頭瘡)[36]이 다투거니 나는
아니 좋아라

　도련님 날 보려 할 제 백번 넘어 달래기를
　고대광실 노비 전답 세간즙물(汁物)[37]을 주마 판쳐[38] 맹
세하며 대장부 설마 헛말 하랴 이리저리 좇았더니 지금에
삼년이 다 진(盡)토록 백무일실(百無一實)[39]하고 밤마다 불
러내어 단잠만 깨우니
　자금위시(自今爲始)[40]하여 가기는 커니와 눈 걸어 달희고[41]
입을 삐쭉 하리라

　부러진 활 꺾어진 총 땐[42] 통노구(銅爐口)[43] 메고 원(怨)
하나니 황제 헌원씨(軒轅氏)[44]를
　상탈여(相奪與)[45] 아닌 전(前)엔 인심이 순후하고 천하
가 태평하여 일만팔천 세를 살았거든
　어떻다 습용간과(習用干戈)[46]하여 후생(後生) 곤케 하는고

---

35) 청장: 진하지 않은 간장. 청
　(青)은 청(淸).

36) 두창: 머리에 나는 부스럼.

37) 세간즙물: 살림살이.
38) 판쳐: 판을 쳐서.
39) 백무일실: 백에서 하나도 사
　실이 아님.

40) 자금위시: 이제부터.
41) 눈 걸어 달희고: 눈을 흘기
　고.

42) 땐: 땜질한.
43) 통노구: 군사나 행상들이 휴
　대용으로 쓰던 솥.
44) 헌원씨: 중국 전설상의 제
　왕. 배, 수레 등을 만들었으
　며 무기를 처음으로 제작했
　다 함.
45) 상탈여: 서로 빼앗음.
46) 습용간과: 무기를 써서 싸움
　하는 것.

시어머님 며늘아기 나빠 벽[47] 바닥을 구르지 마오

　빚에 받은 며느린가 값에 쳐온 며느린가 밤나무 썩은 등
걸에 휘초리 난 것같이 앙살피신[48] 시아버님 볕 뵌[49] 쇠똥
같이 되종고신[50] 시어머님 삼년 결은[51] 망태에 새 송곳부리
같이 뾰족하신 시누이님 당피[52] 갈은 밭에 돌피[53] 난 것같
이 샛노란 외꽃 같은 피똥 누는 아들 하나 두고

　건밭[54]에 메꽃 같은 며느리를 어디를 나빠하시는고

신홍사 중놈이 암감골 승년의 머리채 쥐고

　암감골 승년이 신홍사 중놈의 상투를 잡고 하나님 전에
등장(等狀)[55]갈 제 조막손이[56] 육갑 꼽고 꼽장이는 장초(壯
抄)[57] 맡고 앉은뱅이 택견하고 장안 판수[58] 좀상니[59] 세고
벙어리는 판결한다

　길 아래 목 없는 돌부처는 앙천대소

어이려뇨 어이려뇨 시어머님아 어이려뇨

　소대남진[60]의 밥을 담다가 놋주걱 자루를 부러뜨렸으니
이를 어이하려뇨 시어머님아 저 아기 하 걱정 말아스라

　우리도 젊었을 제 많이 겪어보았노라

아흔아홉 곱[61] 먹은 노장(老丈)이 탁주 걸러 취케 먹고

　납족조라한[62] 길로 이리로 빗독 저리로 빗척 빗독빗척 뷔

47) 벽: 부엌.

48) 앙살피신: 매서운.

49) 볕 뵌: 볕 쬔.

50) 되종고신: 말라빠진.

51) 결은: 엮은.

52) 당피: 좋은 곡식.

53) 돌피: 품질이 낮은 곡식.

54) 건밭: 흙이 걸어서 농작물이
잘 되는 밭.

55) 등장: 여러 사람이 연명(連
名)해서 관아에 호소하는
일.

56) 조막손이: 손가락이 없거나
오그라진 사람.

57) 장초: 군인이 될 만한 장정
을 골라 뽑음.

58) 판수: 장님 점쟁이.

59) 좀상니: 자질구레한 것.

60) 소대남진: 샛서방.

61) 아흔아홉 곱: 아흔아홉살.

62) 납족조라한: 좁다란.

걸을[63] 적에 웃지 마라 청춘 소년 아이놈들아
　우리도 소년적 마음이 어제론 듯하여라

이르랴 보자 이르랴 보자 내 아니 이르랴 네 남편더러
　거짓 것으로 물 긷는 체하고 통일랑 내려서 우물전에 놓
고 또아리 벗어 통조지[64]에 걸고 건넛집 작은 김서방을 눈
개야[65] 불러내어 두 손목 마주 덥석 쥐고 수근숙덕하다가
삼밭으로 들어가서 무슨 일 하는지 잔 삼은 쓰러지고 굵은
삼대 끝만 남아 우줄우줄하더라 하고 내 아니 이르랴 네 남
편더러
　저 아이 입이 보드라와 거짓말 말아스라 우리는 마을 지
어미라 밥 먹고 놀기 하 심심하여 실삼[66] 캐리 갔더니리

재 너머 막덕의 어미네 막덕이 자랑 마라
　내 품에 들어서 돌곗잠[67] 자다가 이 갈고 코 골고 오줌
싸고 방귀뀌니 참 맹서치 모진 내 맡기 하 지질하다[68] 어서
데려가거라 막덕이 어마
　막덕의 어미년 내달아 발명(發明)[69]하여 이르되 우리의
아기딸이 고림증[70] 배앓이와 이따금 체증밖에 여남은 잡병
은 어려서부터 없나니

저 건너 월앙(月仰)바위 위에 밤중마치[71] 부엉이 울면
　옛 사람 이른 말이 남의 시앗 되어 잔밉고 얄미워 백반교

63) 뷔걸을: 비틀거리며 걸을.

64) 통조지: 통의 손잡이.
65) 눈개야: 눈짓하여.

66) 실삼: 가는 삼.

67) 돌곗잠: 잠버릇이 험한 잠.
68) 지질하다: 지긋지긋하다.

69) 발명: 변명.
70) 고림증: 임질의 일종.

71) 밤중마치: 밤중쯤.

사(百般巧邪)[72]하는 젊은 첩년이 급살 맞아 죽는다 하데

　첩이 대답하되 안해님께서 망녕된 말 마오 나는 듣자오니 가옹(家翁)을 박대하고 첩 새옴 심히 하시는 늙은 안해님 먼저 죽는다데

　한숨아 세한숨아 네 어느 틈으로 들어온다

　고모장지 세살장지 가로닫이 여닫이에 암돌쩌귀 수돌쩌귀 배목걸새 뚝딱 박고 용거북 자물쇠로 수기수기 채웠는데 병풍이라 덜커 접은 족자라 대대굴 마느냐 네 어느 틈으로 들어온다

　어인지 너 온 날 밤이면 잠 못 들어 하노라

　두꺼비 파리를 물고 두엄 위에 치달아 앉아

　건넛산 바라보니 백송골[73]이 떠 있거늘 가슴이 끔찍하여 풀떡 뛰어 내닫다가 두엄 아래 자빠지거고

　모처라 날랜 낼세망정 에헐질[74] 뻔 하괘라

　고대광실 나는 마다 금의옥식(錦衣玉食) 더욱 마다

　은금보화 노비전택(奴婢田宅) 비단치마 대단(大緞)장옷 밀라주(蜜羅珠)[75] 곁칼[76] 자지향직(紫芝鄕織)[77] 저고리 딴머리 석웅황(石雄黃)[78] 오로다 꿈자리 같고

　진실로 나의 평생 원하기는 말 잘하고 글 잘하고 얼굴 개자하고[79] 품자리[80] 잘하는 젊은 서방이로다

72) 백반교사: 온갖 간사한 꾀와 재주를 부림.

73) 백송골: 송골매.

74) 에헐질: 피가 맺혀 멍듦.

75) 밀라주: 호박의 일종.
76) 곁칼: 장식용 장도.
77) 자지향직: 자줏빛 명주.
78) 석웅황: 빛을 내는 데 쓰는 광물.
79) 개자하고: 깨끗하고.
80) 품자리: 잠자리. 동침.

가사

면앙정가(俛仰亭歌)

송순(宋純)

무등산(无等山) 한 활기 뫼가 동 다히로[1] 뻗어 있어

멀리 떼쳐와 제월봉(霽月峯)이 되었거늘

무변대야(無邊大野)에 무슨 짐작 하노라

일곱 굽이는 한대 움쳐 믄득믄득[2] 벌여논 듯

가운데 굽이는 굼긔[3] 든 늙은 용이

선잠을 갓 깨어 머리를 앉혔으니

너럭바위 위에 송죽(松竹)을 헤치고

정자를 앉혔으니 구름 탄 청학이

천리를 가리라 두 나래 벌렸는 듯

옥천산(玉泉山) 용천산(龍泉山) 나린 물이

정자 앞 넓은 들에 올올(兀兀)히 펼친 듯이

넓고도 기노라 푸르거든 희지 말고

쌍룡이 뒤트는 듯 긴 깁을 채폈는 듯

어드러로 가노라 무슨 일 배얏바[4]

닫는 듯 따르는 듯 밤낮으로 흐르는 듯

물 좋은 사정(沙汀)[5]은 눈같이 펼쳤거든

어지러운 기러기는 무엇을 어르노라

1) 동 다히로: 동쪽으로.

2) 믄득믄득: 우뚝우뚝.

3) 굼긔: 구멍에.

4) 배얏바: 바빠서.

5) 사정: 모래밭.

앉으락 내리락 모드락 흐트락

노화(蘆花)[6]를 사이 두고 우러곰[7] 좇느느뇨

넓은 길 밖이요 긴 하늘 아래

두르고 꽂은 것은 뫼인가 병풍인가

그림인가 아닌가 높은 듯 낮은 듯

긋는 듯 잇는 듯 숨거니 뵈거니

가거니 머물거니 어지러운 가운데

이름난 양하여 하늘도 젓치 아녀[8]

우뚝이 섰는 것이 추월산(秋月山) 머리 짓고

용구산(龍龜山) 몽선산(夢仙山) 불대산(佛臺山) 어등산

(魚登山)

용진산(湧珍山) 금성산(錦城山)이 허공에 벌렸거든

원근창애(遠近蒼崖)에 머문 짓[9]도 하도 할사

흰 구름 뿌연 연하(煙霞) 푸르니난[10] 산람(山嵐)[11]이라

천암만학(千巖萬壑)을 제 집을 삼아두고

나명성 들명성 이리도 구는지고

오르거니 나리거니 장공(長空)에 떠나거니

광야로 건너거니 푸르락 붉으락

옅으락 짙으락 사양(斜陽)과 섞어지어

세우(細雨)조차 뿌리난다 남여(藍輿)를 배야[12] 타고

솔 아래 굽은 길로 오며 가며 하는 적에

녹양(綠楊)에 우는 황앵(黃鸎) 교태겨워 하는고야

나무새[13] 자자지어[14] 수음(樹陰)이 얼린[15] 적에

백척난간에 긴 조으름 내어펴니

수면(水面) 양풍(涼風)이야 그칠 줄 모르는가

진서리 내린 후에 산빛이 금수(錦繡)로다

6) 노화: 갈대꽃.
7) 우러곰: 울면서.

8) 젓치 아녀: 두려워 않고.

9) 미뭇 짓: 머무적거리는 모양.
10) 푸르니난: 푸른 것은.
11) 산람: 산속에 생기는 아지랑
이 같은 기운.

12) 배야: 재촉해.

13) 나무 새: 나뭇가지 사이.
14) 자자지어: 우거져서.
15) 얼린: 엉긴.

황운(黃雲)은 또 어찌 만경(萬頃)에 퍼졌는가

어적(漁笛)도 흥을 계워 달을 따라 부는도다

초목 다 진 후에 강산이 매몰커늘

조물(造物)이 헌사하야[16] 빙설(氷雪)로 꾸며내니

경궁요대(瓊宮瑤臺)[17]와 옥해은산(玉海銀山)이

안저(眼底)에 벌렸어라

건곤(乾坤)도 가암열사[18] 간 데마다 경이로다

인간(人間)을 떠나와도 내 몸이 겨를 없다

이것도 보려 하고 저것도 들으려코

바람도 허려[19] 하고 달도 맞으려코

밤으란 언제 줍고 고기란 언제 낚고

시비(柴扉)란 뉘 닫으며 진 꽃으란 뉘 쓸려뇨

아침이 나쁘거니[20] 나조히[21]라 싫을쏘냐

오늘이 부족거니 내일이라 유여(有餘)하랴

이 뫼에 앉아보고 저 뫼에 걸어보니

번로(煩勞)한 마음에 버릴 일이 아주 없다

쉴 사이 없거든 길이나 전(轉)하리야[22]

다만 한 청려장(靑黎杖)이 다 뫼되어[23] 가노매라

술이 익었거니 벗이라 없을쏘냐

블내며[24] 타이며[25] 혀이며[26] 이아며[27]

온가짓 소리로 취흥(醉興)을 배야거니

근심이라 있으며 시름이라 붙었으랴

누우락 앉으락 굽으락 젖히락

읊으락 파람하락[28] 노혜로[29] 놀거니

천지도 넓고 넓고 일월도 한가하다

희황(羲皇)[30]을 모르거니 이적이야 그로고야[31]

신선이 어떻던지 이 몸이야 그로고야
강산풍월(江山風月) 거느리고 내 백년을 다 누리면
악양루상(岳陽樓上)의 이태백이 살아오다
호탕정회(浩蕩情懷)[32]야 이에서 더할쏘냐
이 몸이 이렁굼도[33] 역군은(亦君恩)이샷다

32) 호탕정회: 끝없이 넓고 시원
하게 느껴지는 정다운 회포.
33) 이렁굼도: 이렇게 지냄도.

사미인곡(思美人曲)

정철(鄭澈)

이 몸 삼기실[1] 제 님을 좇아 삼기시니
한생[2] 연분(緣分)이며 하늘 모를 일이런가
나 하나 졊어 있고 님 하나 날 괴시니
이 마음 이 사랑 견줄 데 노여[3] 없다
평생에 원하요대 한데 녜자[4] 하였더니
늙어야 무슨 일로 외오[5] 두고 그리난고
엇그제 님을 뫼셔 광한전(廣寒殿)[6]에 올랐더니
그 더대[7] 어찌하여 하계(下界)에 내려오니
올 적에 빗은 머리 헝클어진 지 삼 년일세
연지분(臙脂粉) 있네마는 눌 위하여 고이 할꼬
마음에 맺힌 시름 첩첩이 쌓여 있어
짓나니 한숨이오 지나니 눈물이라

1) 삼기실: 생길. 태어날.
2) 한생: 한평생.

3) 노여: 전혀.
4) 녜자: 지내자.
5) 외오: 외로이.

6) 광한전: 옥황상제가 있는 곳.
여기서는 임금이 계신 궁궐.
7) 그 더대: 그 동안에.

인생은 유한한데 시름도 그지없다
무심한 세월은 물 흐르듯 하는고야
염량(炎凉)[8]이 때를 알아 가는 듯 고쳐 오니
듣거니 보거니 느낄 일도 하도 할샤
동풍이 건듯 불어 적설(積雪)을 헤쳐내니
창밖에 심은 매화 두세 가지 피었어라
가뜩 냉담한데 암향(暗香)은 무슨 일고
황혼에 달이 좇아 벼맡에[9] 비치니
느끼는 듯 반기는 듯 님이신가 아니신가
저 매화 꺾어내어 님 계신 데 보내고저
님이 너를 보고 어떻다 여기실꼬
꽃 지고 새잎 나니 녹음이 깔렸는데
나위(羅幃)[10] 적막하고 수막(繡幕)[11]이 비어 있다
부용(芙蓉)[12]을 걸어놓고 공작(孔雀)[13]을 둘러두니
가뜩 시름한데 날은 어찌 기돗던고[14]
원앙금(鴛鴦衾) 베어놓고 오색선 풀쳐내어
금(金)자로 겨누어서 님의 옷 지어내니
수품(手品)은 카니와[15] 제도(制度)도 가잘시고[16]
산호수(珊瑚樹) 지게[17] 위에 백옥함(白玉函)에 담아두고
님에게 보내오려 님 계신 데 바라보니
산인가 구름인가 머흐도 머흘시고[18]
천리 만리 길을 뉘라서 찾아갈꼬
가거든 열어두고 날인가 반기실까
하룻밤 서리김에[19] 기러기 울어 녤 제
위루(危樓)[20]에 혼자 올라 수정렴(水晶簾)을 거든마리[21]
동산(東山)에 달이 나고 북극에 별이 뵈니

8) 염량: 무덥고 시원함. 계절의
   순환.

9) 벼맡에: 베갯머리에.

10) 나위: 엷은 비단으로 만든
    휘장.
11) 수막: 수놓은 장막.
12) 부용: 연꽃을 그린 병풍.
13) 공작: 공작새를 그린 병풍.
14) 기돗던고: 길던고.
15) 수품은 카니와: 솜씨는 물론
    이거니와.
16) 제도도 가잘시고: 규격에 딱
    맞을시고.
17) 지게: 지게문.

18) 머흐도 머흘시고: 험하기도
    험하구나.

19) 서리김에: 서리 기운에.
20) 위루: 높다란 누각.
21) 거든마리: 걷어보니.

님이신가 반기니 눈물이 절로 난다

청광(淸光)²²⁾을 쥐어내어 봉황루(鳳凰樓)에 붙이고저

누 위에 걸어두고 팔황(八荒)²³⁾에 다 비추어

심산궁곡(深山窮谷)²⁴⁾ 점낮같이²⁵⁾ 맹그소서

건곤(乾坤)이 폐색(閉塞)하여²⁶⁾ 백설이 한 빛인 제

사람은카니와 날새도 그쳐 있다

소상남반(瀟湘南畔)²⁷⁾도 추움이 이렇거든

옥루고처(玉樓高處)야 더욱 일러 무엇하리

양춘(陽春)을 부쳐내어 님 계신 데 쏘이고저

모첨(茅簷)²⁸⁾ 비친 해를 옥루(玉樓)에 올리고저

홍상(紅裳)을 니믜 차고²⁹⁾ 취수(翠袖)³⁰⁾를 반만 걷어

일모수죽(日暮脩竹)³¹⁾에 헴가림³²⁾도 하도 할샤

자른 해³³⁾ 수이 지어 긴 밤을 고초 앉아

청등(靑燈) 걸은 곁에 전공후(鈿箜篌)³⁴⁾ 놓아두고

꿈에나 님을 보려 턱 받고 비겨시니

앙금(鴦衾)³⁵⁾도 차도 찰사 이 밤은 언제 샐꼬

하루도 열두 때 한 달도 서른 날

저근덧³⁶⁾ 생각 마라 이 시름 잊자 하니

마음에 맺혀 있어 골수에 깨쳤으니

편작(扁鵲)³⁷⁾이 열이 오나 이 병을 어찌하리

어와 내 병이야 이 님의 탓이로다

차라리 싀어디여³⁸⁾ 범나비 되오리라

꽃나무 가지마다 간 데 족족 앉았다가

향 묻은 날애³⁹⁾로 님의 옷에 옮으리라

님이야 날인 줄 모르셔도 내 님 좇으려 하노라

22) 청광: 맑은 달빛.

23) 팔황: 온 세상.

24) 심산궁곡: 깊은 산의 궁벽한 골짜기. '온 나라 방방곡곡'의 의미.

25) 점낮같이: 대낮같이.

26) 건곤이 폐색하여: 하늘과 땅이 모두 닫혀.

27) 소상남반: 중국 호남성에 있는 소상강 지역. 여기서는 작가가 있던 전남 창평을 말함.

28) 모첨: 처마 밑.

29) 니믜 차고: 여미어 입고.

30) 취수: 옷의 소매.

31) 일모수죽: 해가 저문 날 긴 대나무.

32) 헴가림: 여러가지 생각.

33) 자른 해: 짧은 해.

34) 전공후: 자개로 장식한 공후. 공후는 현악기의 하나.

35) 앙금: 원앙을 수놓은 이불.

36) 저근덧: 잠깐 동안.

37) 편작: 중국 전국 시대의 유명한 의사.

38) 싀어디여: 죽어서.

39) 날애: 날개.

속미인곡(續美人曲)

정철

저 가는 저 각시 본 듯도 한저이고
천상(天上) 백옥경(白玉京)[1]을 어찌하여 이별하고
해 다 져 저문 날에 눌을 보러 가시는고
이와 네여이고 내 사설 들어보오
내 얼굴 이 거동이 님 괴얌즉[2] 한가마는
어쩐지 날 보시고 네로다 여기실새
나도 님을 믿어 군뜻이[3] 전혀 없어
이래야[4] 교태야 어지러이 하였던지
반기시는 낯빛이 예와 어찌 다르신고
누워 생각하고 일어 앉아 헤아리니
내 몸의 지은 죄 뫼같이 쌓였으니
하늘이라 원망하며 사람이라 허물하랴
설워 풀쳐 헤니[5] 조물(造物)의 탓이로다
글란 생각 마오 맺힌 일이 있어이다
님을 뫼셔 있어 님의 일을 내 알거니
물 같은 얼굴이 편하실 적 몇 날일꼬
춘한고열(春寒苦熱)[6]은 어찌하여 지내시며

1) 백옥경: 옥황상제가 있는 곳.
여기서는 임금이 계신 궁궐.

2) 괴얌즉: 사랑 받음직.

3) 군뜻이: 딴 마음이.
4) 이래야: 아양이며.

5) 풀쳐 헤니: 낱낱이 헤아려보
니.

6) 춘한고열: 꽃샘추위와 무더위.

추일동천(秋日冬天)은 뉘라서 뫼셨는고

죽조반(粥早飯)[7] 조석뫼[8] 예와 같이 세시는가[9]

기나긴 밤에 잠은 어찌 자시는고

님 다히[10] 소식을 아무려나 알자 하니

오늘도 거의로다 내일이나 사람 올까

내 마음 둘 데 없다 어드러로[11] 가잔 말고

잡거니 밀거니 높은 뫼에 올라가니

구름은카니와 안개는 무슨 일고

산천이 어둡거니 일월을 어찌 보며

지척을 모르거든 천리를 바라보랴

차라리 물가에 가 뱃길이나 보려 하니

바람이야 물결이야 어둥정[12] 된저이고

사공은 어디 가고 빈 배만 걸렸는고

강천(江天)[13]에 혼자 서서 지는 해를 굽어보니

님 다히 소식이 더욱 아득한저이고

모첨(茅簷) 찬 자리에 밤중만 돌아오니

반벽청등(半壁靑燈)[14]은 눌 위하여 밝았는고

오르며 나리며 헤뜨며[15] 바장이니[16]

저근덧 역진(力盡)하여 풋잠을 잠깐 드니

정성이 지극하여 꿈에 님을 보니

옥 같은 얼굴이 반이나마 늙었어라

마음에 먹은 말씀 슬카장[17] 삶자 하니[18]

눈물이 바라 나니[19] 말씀인들 어이하며

정을 못다 하여 목이조차 메여하니

오전된[20] 계성(鷄聲)에 잠은 어찌 깨돗던고

어와, 허사로다 이 님이 어디 간고

7) 죽조반: 죽으로 만든 아침밥.

8) 조석뫼: 아침 저녁의 밥.

9) 세시는가: 잡수시는가.

10) 님다히: 님 계신 곳.

11) 어드러로: 어느 곳으로.

12) 어둥정: 어수선하게.

13) 강천: 넓은 강가.

14) 반벽청등: 벽 가운데 걸린 청사 초롱.

15) 헤뜨며: 서성거리며.

16) 바장이니: 방황하니.

17) 슬카장: 실컷.

18) 삶자 하니: 아뢰고자 하니.

19) 바라 나니: 연달아 나오니.

20) 오전된: 방정맞은.

잠결에 일어 앉아 창을 열고 바라보니
어여쁜 그림자 날 좇을 뿐이로다
차라리 싀여디어 낙월(落月)이나 되어 있어
님 계신 창 안에 번듯이 비추리라
각시님 달이야카니와 굿은비나 되소서

누항사(陋巷詞)

박인로(朴仁老)

어리고[1] 우활(迂闊)[2]할손 이내 위에 더한 이 없다
길흉화복을 하늘에 부쳐두고
누항(陋巷)[3] 깊은 곳에 초막을 지어두고
풍조우석(風朝雨夕)에 썩은 짚이 섶[4]이 되어
서홉 밥 닷홉 죽에 연기도 하도 할사
설 데인 숭늉에 빈 배 속일 뿐이로다
생애 이러하다 장부 뜻을 옮길런가
안빈일념(安貧一念)[5]을 적을 망정 품고 있어
수의(隨宜)[6]로 살려 하니 날로 좇아 저어(齟齬)[7]하다
가을이 부족커든 봄이라 유여(有餘)하며
주머니 비었거든 병(瓶)이라 담겼으랴
빈곤한 인생이 천지간에 나뿐이라

1) 어리고. 어리석고.
2) 우활: 세상 물정에 어두움.
3) 누항: 누추한 거리. 자기가
   사는 곳을 낮추어 이르는 말.
4) 섶: 땔감.

5) 안빈일념: 빈궁에 처하여도 근
   심하지 않는 한결같은 마음.
6) 수의로: 의(宜)를 좇아.
7) 저어하다: 어긋나다.

기한(飢寒)이 절신(切身)하다 일단심(一丹心)을 잊을런가
분의망신(奮義忘身)[8]하여 죽어야 말려 여겨[9]
우탁우낭(于橐于囊)[10]에 줌줌이 모아넣고
병과(兵戈)[11] 오재(五載)[12]에 감사심(敢死心)[13]을 가져 있어
이시섭혈(履尸涉血)[14]하여 몇 백전(百戰)을 지내연고
일신이 여가(餘暇) 있어 일가(一家)를 돌아보랴
일노장수(一奴長鬚)[15]는 노주분(奴主分)[16]을 잊었거든
고여춘급(告余春及)[17]을 어느 새에 생각하리
경당문노(耕當問奴)[18]인들 눌 다려 물을런고
궁경가색(躬耕稼穡)[19]이 내 분인 줄 알리로다
신야경수(莘野耕叟)[20]와 농상경옹(壟上耕翁)[21]을
천(賤)타 할 이 없건마는
아무리 갈려 한들 어느 소로 갈로손고
한기태심(旱旣太甚)[22]하여 시절이 다 늦은 제
서주(西疇)[23] 높은 논에 잠깐 갠 녈비[24]에
도상무원수(道上無源水)[25] 반만쯤 대어두고
소 한번 주마 하고 엄섬이[26] 하는 말씀
친절하다 여긴 집에
달 없는 황혼에 허위허위 달려가서
굳이 닫은 문밖에 어득히[27] 혼자 서서
큰 기침 아함이[28]를 양구(良久)토록[29] 하온 후에
어와 그 뉘신고 염치없는 내옵노라
초경도 거읜데 그 어찌 와 계신고
연년(年年)에 이러하기 구차한 줄 알건마는
소 없는 궁가(窮家)에 헤염[30] 많아 왔삽노라
공으로나 값으로나 주엄즉도 하다마는

8) 분의망신: 의에 분발하여 제
   몸을 잊음.
9) 말려 여겨: 말겠다고 여겨.
10) 우탁우낭: 전대와 망대.
11) 병과: 전쟁.
12) 오재: 오 년.
13) 감사심: 감히 죽고 말리라는
   결심.
14) 이시섭혈: 주검을 밟고 피를
   건너감.
15) 일노장수: 수염 긴 늙은 종.
16) 노주분: 종과 주인의 분수.
17) 고여춘급: 봄이 왔다고 일러
   줌.
18) 경당문노: 밭갈이는 마땅히
   종에게 물어야 함.
19) 궁경가색: 몸소 밭 갈이를
   함.
20) 신야경수: 신야에서 밭 갈던
   늙은이. 은나라 탕왕 때의
   재상 이윤(伊尹)을 말함.
21) 농상경옹: 밭두둑 위에서 농
   사 짓던 늙은이. 진(秦)나라
   의 진승(陳勝)을 말함.
22) 한기태심: 가뭄이 매우 심
   함.
23) 서주: 서쪽 언덕.
24) 녈비: 지나가는 비.
25) 도상무원수: 길 위에 흐르는
   물.
26) 엄섬이: 탐탁치 않게.
27) 어득히: 막막히.
28) 아함이: '에헴' 하는 헛기침
   소리.
29) 양구토록: 오래도록.
30) 헤염: 걱정.

174

다만 어젯밤에 건넛집 저 사람이

목 붉은 수기치(雉)³¹⁾ 옥지읍(玉脂泣)게³²⁾ 구워내고

갓 익은 삼해주(三亥酒)³³⁾를 취토록 권하거든

이러한 은혜를 어이 아니 갚을런고

내일로 주마 하고 큰 언약 하였거든

실약(失約)하기³⁴⁾ 미편(未便)하니 사설이 어려워라

실상이 그러하면 설마 어이할꼬

헌 먼덕³⁵⁾ 숙여 쓰고 축 없는 짚신에

설피설피 물러오니

풍채 적은 형용에 개 짖을 뿐이로다

와실(蝸室)³⁶⁾에 들어간들 잠이 와서 누웠으랴

북창을 비겨 앉아 새벽을 기다리니

무정한 대승(戴勝)³⁷⁾은 이내 한을 도우나다

종조추창(終朝惆悵)³⁸⁾하며 먼 들을 바라보니

즐기는 농가(農歌)도 흥 없이 늘리도다

세정(世情) 모른 한숨은 그칠 줄을 모르도다

아까운 저 소뷔³⁹⁾는 벗보님⁴⁰⁾도 좋을시고

가시 엉긴 묵은 밭도 용이케 갈련마는

허당(虛堂) 반 벽에 쓸데없이 걸렸고야

춘경(春耕)도 거의 거다 후리쳐 던져두자

강호 한 꿈을 꾸언 지도 오래러니

구복(口腹)이 위루(爲累)하여⁴¹⁾ 어즈버 잊었도다

첨피기욱(瞻彼淇澳)⁴²⁾한데 녹죽(綠竹)도 하도 할사

유비군자(有斐君子)⁴³⁾들아 낙대 하나 빌려주오

노화(蘆花)⁴⁴⁾ 깊은 곳에 명월청풍 벗이 되어

임자 없는 풍월강산에 절로절로 늙으리라

31) 수기치: 수꿩.
32) 옥지읍게: 기름지게.
33) 삼해주: 정월 셋째 해일(亥日)에 거른 좋은 술.
34) 실약하기: 약속을 어김.
35) 먼덕: 망건.
36) 와실: 작고 누추한 집.
37) 대승: 뻐꾸기.
38) 종조추창: 아침이 올 때까지 슬퍼함.
39) 소뷔: 쟁기.
40) 벗보님: 쟁기에 쇳조각(볏)을 끼우는 일.
41) 구복이 위루하여: 먹고 마시는 것이 거리낌이 되어.
42) 첨피기욱: 저 기수(淇水)의 기슭을 바라봄. 『시경』의 한 구절.
43) 유비군자: 교양 있는 선비.
44) 노화: 갈대꽃.

무심한 백구야 오라 하며 말라 하랴
다툴 이 없슬손 다만 이뿐인가 여기노라
무상(無狀)한[45] 이 몸에 무슨 지취(志趣)[46] 있으리마는
두세 이렁 밭논을 다 묵여 던져두고
있으면 죽이오 없으면 굶을망정
남의 집 남의 것은 전혀 부러워 말겠노라
내 빈천 싫다 여겨 손을 헤다[47] 물러가며
남의 부귀 부러워하여 손을 친다 나아오랴
인간 어느 일이 명(命)밖에 삼겼으리
빈이무원(貧而無怨)을 어렵다 하건마는
내 생애 이러하되 설운 뜻은 없노왜라
단사표음(簞食瓢飮)[48]을 이도 족히 여기노라
평생 한 뜻이 온포(溫飽)[49]에는 없노왜라
태평천하에 충효를 일을 삼아
화형제(和兄弟) 신붕우(信朋友) 외다[50] 할 이 뉘 있으리
그밖에 남은 일이야 삼긴 대로 살겠노라

45) 무상한: 초라한.
46) 지취: 의지와 취향.
47) 헤다: 휘젓다.
48) 단사표음: 도시락밥을 먹고 표주박의 물을 마심. 청빈한 생활을 뜻함.
49) 온포: 따뜻이 입고 배불리 먹음.
50) 외다: 그르다.

상사별곡(想思別曲)

인간 이별 만사중(萬事中)에 독수공방이 더욱 섧다
상사불견(相思不見) 이내 진정을 제 뉘라서 알리
맺힌 설움 이렁저렁이라 흐트러진 근심 다 후리쳐 던져
두고

자나 깨나 깨나 자나 임을 못 보니 가슴이 답답

어린 양자(樣子)[1] 고운 소리 눈에 암암 귀에 쟁쟁

보고지고 님의 얼굴 듣고지고 님의 소리

비나이다 하늘님 전 님 생기라고 비나이다

전생차생(前生此生) 무슨 죄로 우리 둘이 생겨나서

죽지 마자 하고 백년기약

만첩청산으로 들어간들 어느 우리 낭군이 날 찾으리

산은 첩첩하여 고개 되고 물은 중중 흘러 소(沼)가 된다

오동추야(梧桐秋夜) 밝은 달에 임 생각이 새로 난다

오며 가며 빈방 안에 다만 한숨이 내 벗일다

한번 이별하고 돌아가면 다시 오기 어려워라

천금주옥(千金珠玉)이 귀 밖이요[2] 세사일부(世事一部) 관세라[3]

근원 흘러 물이 되어 깊고 깊고 다시 깊고

사랑 모여 뫼가 되어 높고 높고 다시 높고

무너질 줄 모르더니 끊어질 줄 어이 알리

조물이 새우는지[4] 귀신이 휘짓는지[5]

일조[6] 낭군 이별 후에 소식조차 영녁하니[7]

오늘이나 들어올까 내일이나 기별 올까

일월무정(日月無情) 절로 가니 옥안운빈공로(玉顔雲鬢空老)[8]로다

오동야우(梧桐夜雨) 성긴 비에 밤은 어이 더디 가고

녹양방초 저문 날에 해는 어이 수이 가노

이내 상사(相思) 알으시면 임도 나를 그리리라

일촌(一寸)굽이 썩어 피어나니 가슴이 답답

우는 눈물 받아내면 배도 타고 아니 가랴

1) 어린 양자: 앳된 얼굴.

2) 귀 밖이요: 귀에 들리지 않는다는 뜻.
3) 세사일부 관계라: 세사일분(世事一分) 관계하랴의 착오인 듯. 세상일에 대해서는 전혀 관심을 두지 않겠다는 의미.

4) 새우는지: 시샘하는지.
5) 휘짓는지: 방해하는지.
6) 일조: 하루 아침에.
7) 영녁하니: 영락(零落)하니. (소식이) 차차 끊어지니.

8) 옥안운빈공로: 고운 얼굴과 탐스러운 귀밑머리, 즉 젊은 여자가 헛되이 늙음.

피는 불이 일어나면 임의 옷에 당기리라
사랑겨워 울던 울음 생각하면 목이 멘다
교태겨워 웃던 웃음 헤아리니 이 더욱 섧다
지척동서(咫尺東西) 천리 되어 바라보니 눈이 시고
만첩상사(萬疊相思) 그려낸들 한 붓으로 다 그리랴
날개 돋힌 학이 되어 날아서 아니 가랴
산은 어이 고개 지고 물은 어이 소(沼)나 진고
천지 인간 이별 중에 날 같은 이 또 있는가
해는 돋아 저문 날에 꽃은 피어 절로 지고
이슬 같은 이 인생이 무슨 일로 생겼는고
바람 불어 궂은 비와 구름 끼어 저문 날에
나며 들며 빈방으로 오락가락 혼자 서서
기다리고 바라보니 이내 상사 허사로다
공방미인독상사(空房美人獨相思)는 예로부터 이러한가
혼자 이러한가 남도 아니 이러한가
날 사랑하든 끝에 남 사랑하든가
무정하여 그러는가 유정하여 이러한가
산계야목(山鷄野鶩)9) 길을 들여 놓을 줄을 모르는가
노류장화(路柳墻花)10) 꺾어 쥐고 춘색(春色)으로 다니는가
가는 꿈이 자취 되면 오는 길이 무되리라11)
한번 죽어 돌아가면 다시 보기 어려워라
아마도 네 정이 있거든 다시 보게 삼기소서
북해상(北海上) 기러기야 함곡관(函谷關)12)에 닭 울었다

9) 산계야목: 야생의 닭과 오리.
10) 노류장화: 누구든지 꺾을 수
   있는 길가의 버들과 담 밑의
   꽃, 즉 노는계집 또는 창부
   (娼婦).
11) 무되리라: 닳아 없어지다.
12) 함곡관: 중국 하남성(河南
   省) 북서에 있는 관문. 전국
   (戰國)시대에, 맹상군(孟嘗
   君)이 종자(從者)에게 닭의
   울음소리를 흉내내게 하여
   새벽이 되기 전에 이곳을 통
   과했다는 일화가 있음.

우부가(愚夫歌)

내 말씀 광언이나 저 화상을 구경허게

남촌 한량(閑良) 개똥이는 부모 덕에 편히 놀고

호의호식 무식허고 미련허고 용통하야

눈은 높고 손은 커서 가량없이 주제넘어

시체(時體) 따라 의관허고 남의 눈만 위허것다

장장춘일 낮잠 자기 조석으로 반찬 투정

매팔자[1]로 무상출입 매일 장취(長醉) 개트림과

이리 모여 노름 놀기 저리 모여 투전질에

기생첩 지가(置家)하고 외입생이 친구토다

사랑에는 조방군[2]이 안방에는 노구 할미

명조상[3]을 떠세허고[4] 세도 구멍 기웃기웃

염량(炎凉)[5] 보아 진봉(進封)[6]허기 재업[7]을 까불리고[8]

허욕으로 장사허기 남의 빚이 태산이라

내 무식은 생각 않고 어진 사람 미워허기

후할 데는 박하야서 한푼 돈에 땀이 나고

박할 데는 후하야서 수백냥이 헛것이라

승기자(勝己者)를 염지(厭之)허니[9] 반복소인(反覆小人)[10]
허기진다

내 몸에 이(利)할 대로 남의 말을 탄(憚)치 않고

친구 벗은 좋아하며 제 일가(一家)는 불목(不睦)하며

1) 매팔자: 하는 일 없이 빈들빈
　 들 노는 팔자.
2) 조방군: 오입판에서 심부름
　 은 하거나 여자를 소개하여
　 주는 사람.
3) 명조상: 이름난 조상이 있음.
4) 떠세허고: (재산이나 세력,
　 지위 따위를 믿고) 젠체하며
　 억지 쓰고.
5) 염량: 세력의 성함과 쇠함.
6) 진봉: 물건을 싸서 임금에게
　 바침. 여기서는 윗사람에게
　 바친다는 뜻.
7) 재업: 재산.
8) 까불리고: 함부로 써서 없애
　 버리고.
9) 승기자를 염지허니: 재주가 자
　 기보다 나은 사람을 싫어하니.
10) 반복소인: 언행을 늘 이랬다
　 저랬다 하는 줏대가 없는 사
　 람.

병날 노릇 모다 하고 인삼 녹용 몸 보키와

주색잡기 모도 하야 돈주정을 무진 허네

부모 조상 도망허여[11] 계집 자식 재물 수탐(搜探)[12]

일가친척 구박허며 내 인사는 나중이요

남의 흉만 잡아낸다

내 행세는 개차반에 경계판(經界板)[13]을 짊어지고

없는 말도 지어내고 시비의 선봉이라

날 데 없는 용전여수(用錢如水)[14] 상하탱석(上下撑石)[15]
하여가니

손님은 초객[16]이요 윤의(倫義)는 내 몰라라

입구멍이 제일이라 돈 날 노릇 하여보세

전답 팔아 변돈 주기 종을 팔아 월수 주기

구목(丘木)[17] 베어 장사하기 서책 팔아 빚 주기와

동네 상놈 부역이요 먼데 사람 행악이며

잡아오라 꺼물려라[18] 자장격지(自將擊之)[19] 몽둥이질

전당 잡고 세간 뺏기 계집문서 종 삼기와

사(私) 결박[20]에 소 뺏기와 불호령에 솥 뺏기와

여기저기 간 곳마다 적실인심 하겠구나

사람마다 도적이요 원망하는 소리로다

이사나 하여볼까 가장(家藏)을 다 팔아도

상팔십[21]이 내 팔자라

종손 핑계 위전(位田)[22] 팔아 투전질이 생애로다

제사 핑계 제기 팔아 관재구설(官災口說)[23] 일어난다

뉘라서 돌아볼까 독부(獨夫)가 되단 말가

가련타 저 인생아 일조걸객(一朝乞客)이라

대모관자(玳瑁貫子)[24] 어데 가고 물렛줄은 무슨 일고

11) 도망허여: 도망(頓忘)하고.
아주 잊어버리고.
12) 수탐: 찾아서 빼앗음.

13) 경계판: 시비를 가리기 좋아
한다는 말.

14) 용전여수: 돈을 물 쓰듯 하
다.
15) 상하탱석: 아랫돌을 빼서 웃
돌을 괴고, 웃돌을 빼서 아
랫돌 괴기.
16) 초객: 채객(債客). 빚쟁이를
가리키는 말.
17) 구목: 무덤의 풍치를 위해
가꾼 무덤가의 나무.

18) 꺼물려라: 꿇려라.
19) 자장격지: 무슨 일을 남에게
시키지 않고 자기가 직접
함.
20) 사 결박: 사사로이 남의 몸
을 묶음.

21) 상팔십: 강태공이 낚시질을
하며 산 80년을 가리킴.
22) 위전: 제위전(祭位田). 제사
비용을 충당하기 위해 마련
된 토지.
23) 관재구설: 관재는 관에서 받
게 되는 재액. 관재의 비난
을 듣게 된다는 의미.
24) 대모관자: 대모갑(玳瑁甲)으
로 만든 관자. 대모는 바다
거북의 일종.

통양갓은 어데 가고 헌 파립에 통모자라

주체로 못 먹던 밥 책력[25] 보아 밥 먹는다

양복기[26]는 어데 가고 씀바귀를 단꿀 빨듯

죽력고(竹歷膏)[27] 어데 가고 모주(母酒)[28] 한잔 어려워라

울타리가 땔나무요 동네 소금 반찬일세

각장장판(角壯章板)[29] 소라반자 장지문이 어데 가고

벽 떨어진 단칸방에 거적자리 열두 닢에

호적 종이 문 바르고 신주보(神主褓)[30]가 갓끈이라

은안준마(銀鞍駿馬) 어데 가며 선후구종(先後驅從) 어데 간고

석세짚신[31] 지팡이에 정강말[32]이 제격이라

삼승버선[33] 태사혜[34]가 어데 가고 끌레발[35]이 불쌍허고

비단 주머니 십륙사끈[36] 화류면경[37] 어데 가고

보선목 주머니에 삼끈 꿰어 차고

돈피배자(豚皮褙子)[38] 담비휘항(揮項)[39] 어데 가며 능라주의 어데 간고

동지섣달 베창옷[40]에 삼복다림[41] 바지거죽

궁둥이는 울근불근 옆걸음질 병신같이

담배 없는 빈 연죽(煙竹)을 소일(消日)조로 손에 들고

어슥비슥 다니면서 남의 문전 걸식하며

역질 핑계 제사 핑계 야속허다 너의 인심

원망할사 팔자타령

저 건너 꽁생원은 제 아비의 덕분으로

돈천이나 가졌더니 술 한잔 밥 한술을

친구 대접 하였던가

주제넘게 아는 체로 음양술수 탐혼(耽惛)하야

25) 책력 보아: 날짜를 따져가며.
26) 양복기: 양볶이, 소의 양(胖)을 잘게 썰어 볶은 음식.
27) 죽력고: 푸른 대쪽을 불에 구워서 받은 진액.
28) 모주: 찌꺼기로 남은 술.
29) 각장장판: 넓고 두꺼운 장판지.
30) 신주보: 신주를 넣은 독을 덮은 보자기.
31) 석새짚신: 총이 굵은 짚신.
32) 정강말: 아무 것도 타지 않고 제 발로 걸음을 의미.
33) 삼승버선: 몽고에서 나는 부명으로 만든 아주 좋은 버선.
34) 태사혜: 비단이나 가죽으로 만든 남자의 신.
35) 끌레발: 너덜너덜 헤어진 짚신을 신은 발.
36) 십륙사끈: 아주 좋은 끈.
37) 화류면경: 붉은 색을 띠는 고급 목재인 화류(樺榴)로 만든 거울.
38) 돈피배자: 담비가죽으로 만든 배자. 배자는 저고리 위에 덧입는 조끼모양의 옷.
39) 담비휘항: 담비털로 만든 방한모자.
40) 베창옷: 베로 만든 두루마기와 같은 겉옷.
41) 삼복다림: 복날에 음식을 만들어 먹는 일.

당대발복 구산하기[42] 피란곳 찾아가며

올 적 갈 적 행로상(行路上)에 처자식을 흩어놓고

유무상조(有無相助)[43] 아니 하면 조석난계 할 수 없다[44]

기인취물(欺人取物)[45] 하자 하니 두번째는 아니 속고

공납범용(公納犯用)[46] 하자 하니 일가집에 부자 없고

뜬 재물 경영하고 경향(京鄕) 없이 쏘다니며

재상가에 청(請)질하다 봉변하고 물러서고

남의 골에 걸태(乞駄)[47] 갔다 혼검에 쫓겨와서

혼인중매 혼자 들다 무렵 보고 뺨 맞으며

가대문서(家垈文書) 구문 먹기 핀잔 먹고 자빠지기

불리행세 찌그렁이 위조문서 비리호송

부자나 후려볼까 감언이설 꾀어보세

엇막이며 보막이며[48] 은점(銀店)이며 금점(金店)이며

대로변에 색주가(色酒家)며 노름판에 푼돈 떼기

남북촌에 뚜장이로 인물 초인(招引)[49]하여볼까

산진매 수진매[50]에 사냥질로 놀러갈 제

대종손(大宗孫) 양반 자랑 산소나 팔아볼까

혼인 핑계 어린 딸은 백냥짜리 되었구나

아낙은 친정살이 자식들은 고생살이

일가의 눈이 희고[51] 친구의 손가락질

부지거처(不知去處) 나가더니 소문이나 들어볼까

산 너머 꿩생원은 그야말로 하우(下愚)[52]로다

거들어서 한 말자랑 대장부의 결기(氣)로다

동네 존장 몰라보고 이소능장(以少凌長)[53] 욕하기와

의관열파(衣冠裂破)[54] 사람 치고 맞았다고 떼쓰기와

남의 과부 겁탈하기 투장(偸葬)[55]군의 청병(請兵)[56]하기

182

42) 당대발복 구산하기: 복을 위
하여 명당을 찾아다님.

43) 유무상조: 있는 사람이 없는
사람을 도와줌.

44) 조석난계할 수 없다: 끼니를
잇지 못함이 어쩔 수 없다.

45) 기인취물: 남을 속여 재물을
차지함.

46) 공납범용: 관가로 들어갈 것
을 마음대로 쓰는 일.

47) 걸태: 염치나 체면을 돌보지
않고 재물을 구걸하는 짓.

48) 엇막이며 보막이며: 엇막이
는 논에 물을 대기 위해 막
은 둑이며, 보막이는 보를
막기 위해 둑을 막거나 고치
는 일.

49) 초인: 불러 끌어들임.

50) 산진매 수진매: 산지니(길
들이지 않은 매)와 수지니
(사냥을 위하여 길들인 매).

51) 일가에 눈이 희고: 일가가
눈을 흘기고.

52) 하우: 아주 어리석은 사람.

53) 이소능장: 젊은 사람이 나이
많은 사람에게 무례한 언행
을 함.

54) 의관열파: 옷을 찢고 갓을
부수는 일.

55) 투장: 남의 무덤을 몰래 쓰
는 일.

56) 청병: 같이 일할 일꾼을 청
함.

친척집의 소 끌기와 주먹다짐 일쑤로다

부잣집에 긴한 체로 친한 사람 이간질과

월수돈 일수돈 장변리(長邊利)[57] 장체계(場遞計)[58]며

제 부모에 몹쓸 행사

투전꾼은 좋아하며 손목 잡고 술 권하며

제 처자는 몰라보고 노류장화(路柳墻花) 정표 주며

자식 노릇 못하면서 제 자식은 귀히 알며

며느리는 들볶으며 봉양 잘못 호령한다

기둥 베고 벽 떠러라 천하난봉 자칭하니

부끄럼을 모르고서 주리 틀려 경친 것을

옷을 벗고 자랑하며

술집이 안방이요 투전방이 사랑이라

늙은 부모 병든 처자 손톱 발톱 제쳐가며

잠 못 자고 길쌈한 것 술 내기로 장기 두고

책망(責望) 없이[59] 버린 몸이 무슨 생의(生意) 못할쏜가

누이 자식 조카 자식 색주가로 환매하며

부모가 걱정하면 와락더라[60] 부르대며[61]

아낙이 사설하면 밥상 치고 계집 치기

도망산에 뫼를 썼나[62] 저녁 굶고 또 나간다

포청 귀신 되었는지 듣도 보도 못헐레라

57) 장변리: 돈·곡식 등을 꿔주
고 한 해에 본전의 절반을
이자로 받는 고리대금.

58) 장체계: 장에서 돈을 비싼
이자로 꿔주고 장날마다 본
전의 일부와 이자를 거두어
들이는 일.

59) 책망 없이: 기대감이 없어졌
다는 의미.

60) 와락더라: 모지락스럽고 악
독하게.

61) 부르대며: 말대답하며.

62) 도망산에 뫼를 썼나: 역마살
이 끼었나.

노처녀가(老處女歌)

옛적에 한 여자 있으되 일신이 갖은 병신이라

나이 사십이 넘도록 출가치 못하여

그저 처녀로 있으니 옥빈홍안(玉鬢紅顔)이 스스로 늙어가고

설부화용(雪膚花容)이 공연히 없어지니 설움이 골수에 맺히고

분함이 심중에 가득하여 미친 듯 취한 듯 좌불안석하여

세월을 보내더니 일일(一日)은 가만히 탄식 왈(曰)

하늘이 음양을 내시매 다 각기 정함이 있거늘

나는 어찌하여 이러한고 섧기도 측량(測量)없고

분하기도 그지없네 이처로 방황하더니

문득 노래를 지어 화창(話唱)하니[1] 갈왔으되

어와 내 몸이여 섧고도 분한지고 이 설움을 어이하리

인간만사 설운 중에 이내 설움 같을쏜가

설운 말 하자 하니 부끄럽기 측량없고

분한 말 하자 하니 가슴 답답 그 뉘 알리

남 모르는 이런 설움 천지간에 또 있는가

밥이 없어 설워할까 옷이 없어 설워할까

이 설움을 어이 풀리 부모님도 야속하고

친척들도 무정하다 내 본시 둘째딸로

쓸데없다 하려니와 내 나이를 헤어보니

1) 화창하다: 이야기하듯 노래
하다.

오십줄에 들었구나 먼저는 우리 형님
십구 세에 시집가고 셋째의 아우년은
이십에 서방 맞아 태평으로 지내는데
불쌍한 이내 몸은 어찌 그리 이러한고
어느덧 늙어지고 츠릉군[2]이 되었구나
시집이 어떠한지 서방맛이 어떠한지
생각하면 싱숭생숭 쓴지 단지 내 몰라라
내 비록 병신이나 남과 같이 못할쏘냐
내 얼굴 얽다 마소 얽은 궁게[3] 슬기 들고
내 얼굴 검다 마소 분칠하면 아니 흴까
한 편 눈이 멀었으나 한 편 눈은 밝아 있네
바늘귀를 능히 꿰니 보선볼을 못 박으며
귀먹다 나무라나 크게 하면 알아듣고
천둥소리 능히 듣네
오른손으로 밥 먹으니 왼손 하여 무엇 할꼬
왼편 다리 병신이나 뒷간 출입 능히 하고
콧구멍이 맥맥하나 내음새는 일쑤 맡네
입시음이 푸르기는 연지빛을 발라보세
엉덩뼈가 너르기는 해산 잘할 장본(張本)[4]이오
가슴이 뒤 앉기[5]는 진일[6] 잘할 기골(氣骨)일세
턱 아래 검은 혹은 추어보면 귀격(貴格)이오
목이 비록 옴쳤으나 만져보면 없을쏜가
내 얼굴 볼작시면
곱든 비록 아니하나 일등 수모(手母)[7] 불러다가
헌거롭게 단장하면 남대되[8] 맞는 서방
낸들 설마 못 맞을까 얼굴 모양 그만두고

2) 츠릉군: '츠기(가엾게, 측은
히) 여기다'에서 나온 말로
측은한 자신의 신세를 말함.

3) 궁게: 구멍에, 여기서는 천연
두를 앓은 자국.

4) 장본: 일의 발단이 되는 근본.
5) 가슴이 뒤 앉기는: '가슴이
뒤에 앉아 있다'라는 의미로
곱추의 형색을 묘사.
6) 진일: 궂은일.

7) 수모: 혼인할 때 신부의 단장
을 해주고 예절에 관해 받들
어 주는 여자.
8) 남대되: 남들은 죄다, 사람마
다.

시속행실 으뜸이니 내 본시 총명키로

무슨 노릇 못할쏘냐 기역 자(字) 나냐 자를

십년만에 깨쳐내니 효행록 열녀전을

무수히 숙독하매 모를 행실 바이 없고

구고(舅姑) 봉양 못할쏜가

중인(衆人)이 모인 곳에 방귀 뀌어본 일 없고

밥주걱 엎어놓아 이를 죽여본 일 없네

장독소래[9] 벗겨내어 뒷물 그릇 한 일 없고

양치대를 집어내어 추목하여본 일 없네

이내 행실 이만하면 어디 가서 못 살쏜가

행실 자랑 이만하고 재조 자랑 들어보소

도포 짓는 수품(手品)[10] 알고

홑옷이며 핫옷[11]이며 누비 상침 모를쏜가

세 폭 붙이 홑이불을 삼일 만에 맞춰내고

행주치마 지어낼 제 다시 고쳐본 일 없네

함박쪽박 깨어지면 솔뿌리로 기워내고

버선본를 못 얻으면 닛뷔자로[12] 제일이오

보자(褓子)[13]를 지을 제는 안반(案盤)[14] 놓고 말아내니

슬기가 이만하고 재조가 이만하면

음식 숙설(塾設)[15] 못할쏜가

수수전병 부칠 제는 외꼭지를 잊지 말며

상치쌈을 먹을 제는 고추장이 제일이오

청국장을 담을 제는 묵은 콩이 맛이 없네

청대콩을 삶지 말고 모닥불에 구워 먹소

음식묘리(飮食妙理) 이만 알면 봉제사(奉祭祀)를 못할쏜가

내 얼굴 이만하고 내 행실 이만하면

---

9) 소래: 소래기. 접시 모양으로 생긴 넓은 질그릇으로 독의 뚜껑이나 그릇으로 쓰임.

10) 수품: 솜씨.

11) 핫옷: 솜을 넣은 옷.

12) 닛뷔자로: 닛뷔(풀잎으로 만든 비)나 잇비(잇짚으로 만든 비)의 자루.

13) 보자: 보자기.

14) 안반: 떡을 칠 때 쓰는 넓고 두꺼운 나무판.

15) 숙설: 잔치할 음식을 만드는 일.

무슨 일이 막힐쏜가

남이라 별 수 있고 인물인들 별날쏜가

남대되 맞는 서방 내 홀로 못 맞으니

어찌 아니 설울쏜가

서방만 얻었으면 뒤 거두기[16] 잘 못할까

내 모양 볼작시면 어른인지 아해런지

바람 맞은 병인(病人)인지 광객(狂客)인지 취객인지

열없기도[17] 그지없고 부끄럽기 측량없네

어와 설운지고 내 설움 어이할꼬

뒤 귀밑에 흰 털 나고 이마 위에 살 잡히니

운빈화안(雲鬢花顔)[18]이 어느덧 어데 가고 속절없이 되었구나

긴 한숨에 자른 한숨

먹는 것도 귀치않고 입는 것도 좋지 않다

어른인 체하자 하니 머리 땋은 어른 없고

내인(內人)이라 하자 하니 귀밑머리 그저 있네

얼씨고 좋을씨고 우리 형님 혼인할 제

숙수(熟手)[19] 앉혀 음식하며 지의(地衣)[20] 깔고 차일 치며

모란병풍 둘러치고 교주상에 와룡촉대(臥龍燭臺) 세워놓고

부용향(芙蓉香) 피우면서 나주불[21] 질러놓고

신랑 온다 왁자하고 전안(奠雁)[22]한다 초례(醮禮)[23]한다

왼 집안이 들빌 적에 빈 방안에 혼자 있어

창틈으로 여어보니[24] 신랑의 풍신 좋고

사모풍대[25] 더욱 좋다 형님도 저러하니

나도 아니 저러하랴 차례로 할작시면

내 아니 둘째런가 형님을 치웠으니

16) 뒤 거두기: 자식을 낳고 기르기.

17) 열없기도: 부끄럽기도.

18) 운빈화안: 구름같이 탐스러운 귀밑머리와 꽃 같은 얼굴.

19) 숙수: 잔치할 때 음식을 만드는 사람.
20) 지의: 가장자리를 헝겊으로 꾸미고 폭을 연장하여 넓게 만든 돗자리.
21) 나주불: 나좃대에서 나는 불. 나좃대는 혼례식 때 신부집에서 초처럼 켜는 물건.
22) 전안: 신랑과 신부가 서로 맞절 하기 전에 신랑이 신부의 혼주에게 기러기를 전달하는 예식.
23) 초례: 혼인을 하는 예식.
24) 여어보니: 엿보니.
25) 사모풍대: 사모관대로 잘 차려 입은 풍채.

나도 저러할 것이라 이처로 정한 마음

그대로 아니 되어 괴악(怪惡)한 아우년이

먼저 출가한단 말가 꿈결에나 생각하며

의심이나 있을쏜가 도래떡이 안팎 없고[26]

후생목(後生木)이 우뚝하다[27]

원수로 온 중매어미 날은 아니 치워주고

사주단자(四柱單子) 의양단자(衣樣單子)[28] 오락가락 하올 적에

내 비록 미련하나 눈치조차 없을쏜가

용심(用心)이 절로 나고 화증(火症)이 복발(復發)한다

풀쳐 생각 잠깐 하면 선하품이 절로 난다

만사에 무심하니

앉으면 눕기 좋고 누으면 일기 싫다

손님 보기 부끄럽고 일가 보기 더욱 싫다

이 신세를 어이할꼬 살고 싶은 뜻이 없네

간수[29] 먹고 죽자한들 목이 쓰려 어찌 먹고

비상 먹고 죽자한들 내음새를 어찌할꼬

부모유체(父母遺體) 난처하다 이런 생각 저런 생각

빈방 중에 혼자 앉아 온가지로 생각하나

입맛만 없어지고 인물만 초췌하다

생각을 마자 하나 자연이 절로 나고

용심을 말자 하나 스스로 먼저 나네

곤충도 짝이 있고 금수도 자웅(雌雄) 있고

헌 짚신도 짝이 있어 음양의 배합법을

낸들 아니 모를쏜가 부모님도 보기 싫고

형님도 보기 싫고 아우년도 보기 싫다

26) 도래떡이 안팎 없고: 일이 얽혀서 어떤 판단을 내릴 수 없는 상태가 되었다는 의미.

27) 후생목이 우뚝하다: 뒤에 생긴 나무가 더 커졌다는 말로 선후가 뒤바뀌었음을 뜻함.

28) 의양단자: 신랑 또는 신부의 옷치수를 적은 종이.

29) 간수: 소금이 습기를 만나 저절로 녹아 흐르는 물.

날다려 이른 말이 불쌍하다 하는 소리

더구나 듣기 싫고 눈물만 솟아나네

내 신세 이러하고 내 마음 이러한들

뉘라서 걱정하며 뉘라서 염려하리

이런 생각 마자 하고 혼자 앉아 맹세하여

마음을 활짝 풀고 잠이나 자자하니

무슨 잠이 차마 오며 자고 깨면 원통하다

아무 사람 만나볼 제 헛웃음이 절로 나고

무안하여 돌아서면 긴 한숨이 절로 나네

웃지 말고 새침하면 남 보기에 매몰하고

게정풀이[30] 하자 하면 심술궂은 사람되네

아무리 생각하나 이런 팔자 또 있는가

이리 하기 더 어렵고 저리 하기 더 어렵다

아주 죽어 잊자함이 한두 번이 아니로되

목숨이 길었딘지 무슨 낙을 보렸던지

날이 가고 달이 가매 갈수록 설운 심사

어찌하고 어찌하리 베개를 탁 던지고

입은 채 드러누워 옷가슴을 활짝 열고

가슴을 두드리며 답답하고 답답하다

이 마음을 어찌할꼬 미친 마음 절로 난다

대체로 생각하면 내가 결단 못할쏜가

부모동생 믿다가는 서방맞이 망연(茫然)하다

오늘 밤이 어서 가고 내일 아침 돌아오면

중매파(仲媒婆)를 불러다가 기운 조작으로[31] 표차로이[32]

구혼하면 어찌 아니 못될쏜가

이처로 생각하니 없던 웃음 절로 난다

30) 게정풀이: 심술이 궂고 불평
하는 말과 행동.

31) 기운 조작으로: 힘을 써서.
강제로.
32) 표차로이: 남 못지 않게 두
드러지게. 별나게.

음식 먹고 체한 병에 정기산(正氣散)[33]을 먹은 듯이

급히 앓는 곽란병(霍亂病)[34]에 청심환을 먹은 듯이

활짝 일어 앉으면서 돌통대[35]를 입에 물고

끄덕이며 궁리하되

내 서방을 내 갈히지[36] 남다려 부탁할까

내 어찌 미련하여 이 의사(意思)를 못 냈던고

만일 벌써 깨쳤더면 이 모양이 되었을까

청각(淸覺) 먹고 생각하니 아주 쉬운 일이로다

적은 염치 돌아보면 어느 년(年)에 출가할까

고름 맺고 내기하며 손바닥에 침을 뱉아

맹세하고 이른 말이

내 팔자에 타인 서방 어떤 사람 몫에 질꼬

쇠침이나 하여보세 알고지고 알고지고

어서 바삐 알고지고 내 서방이 뉘가 되며

내 낭군이 뉘가 될까 천정배필(天定配匹) 있었으면

제라서 마다 한들 내 고집 내 억지로

우김성에 아니 들까 소문에도 들었으니

내 눈에 아니 들까 저 건너 김도령이

날과 서로 연갑(年甲)[37]이오 뒤 골목에 권수재(秀才)[38]는

내 나[39]보단 더 한지라 인물 좋고 줄기차니

수망(首望)[40]에는 김도령이오 부망(副望)[41]에는 권수재라

각각 성명 써가지고 쇠침통을 흔들면서

손 고초와[42] 비는 말이 모년 모월 모일 야(夜)에

나이 사십 넘은 노처녀는 엎디어 묻잡나니

곽곽선생[43] 이순풍(李淳風)[44]과 소강절(邵康節)[45] 원천강
(袁天剛)[46]은

33) 정기산: 위장병을 다스리는
탕약.

34) 곽란병: 음식이 체하여 갑자
기 토하고 설사가 심한 급성
위장병.

35) 돌통대: 흙이나 나무로 만든
담뱃대.

36) 갈히지: 가려 선택하지.

37) 연갑: 동갑.

38) 수재: 미혼 남자에 대한 존
칭.

39) 나: 나이.

40) 수망: 관원을 임명할 때 올
리는 삼망(三望) 중에 제일
처음.

41) 부망: 삼망 중에 두번째.

42) 고초와: 곧추세워.

43) 곽곽선생: 곽박(郭璞) 선생
의 오기인듯. 곽박은 하동
(河東) 사람으로 귀신같이
점복을 잘하였다고 함.

44) 이순풍: 당나라 사람으로 천
문역산(天文歷算)에 밝았다
고 함.

45) 소강절: 『황극경세서』를 지
은 소옹(邵雍)의 시호.

46) 원천강: 성도(成都) 사람으
로 주역에 능통한 인물.

신지영(神祇靈)하오시니[47] 감이순통(感而順通)[48]하옵소서
후취(後娶)에 참여할까 삼취(三娶)에 참여할까
김도령이 배필 될까 권수재가 배필 될까
내 일로 되게 하여 신통함을 뵈옵소서
흔들흔들 높이 들어 소침 하나 빼어내니
수망(首望) 치던 김도령이 첫가락에 나단말가
얼씨고 좋을씨고 이야 아니 무던하냐
평생 소원 이뤘구나 옳다 옳다 내 이제는
큰 소리를 하여보자 형님 불워 쓸데없고
아우년 저만 것이 나를 어이 숭을 보랴
큰기침 절로 나고 어깨춤이 절로 난다
누워시락 앉아시락 지게문을 자주 열며
어씨 오늘 너니 새노 오늘 빔은 젊도 길다
역정스레 누우면서 기지개를 길게 켜고
이리저리 돌아누우며 이마 위에 손을 없고
정신을 진정하니 잠깐 사이 잠이 온다
평생에 맺힌 인연 오늘 밤 춘몽중(春夢中)에
혼인이 되었구나
앞뜰에 차일 치고 뒷뜰에 숙수 앉고
화문방석(花紋方席) 만화방석(滿花方席)
안팎 없이 포설(鋪設)하고 일가권속 가득 모여
가화(假花) 꽂은 다담상이 이리저리 오락가락
형님이며 아주미며 아우년 조카붙이
긴 담장 자른 담장 거룩하게 모였으니
일기는 화창하고 향내는 촉비(觸鼻)한다
문전이 요란하며 신랑을 맞아들 제

47) 신지영하오시니: 신지(神祇)가 영험하시니.
48) 감이순통: 신이 반응하여 소원을 이루어지게 함.

위의(威儀)도 거룩하다

차일 밑에 전안(奠雁)[49]하고 초례하러 들어올 제

내 몸을 굽어보니 어이 그리 잘났던고

큰머리 떠는 잠(簪)에 준주투심[50] 갖추오고

귀의 고리 용잠(龍簪)이며

속속들이 비단옷과 진홍 대단치마 입고

옷고름에 노리개를 어찌 이루 다 이르랴

용문대단(龍紋大緞) 활옷 입고 홍선(紅扇)을 손에 쥐고

수모와 중매어미 좌우에 옹위하여

신랑을 맞을 적에 어찌 이리 거룩한고

초례교배(醮禮交拜) 마친 후에 동뢰연(同牢宴)[51] 합환주[52]로

백년기약 더욱 좋다

감은 눈을 잠깐 뜨고 신랑을 살펴보니

수망 치던 김도령이 날과 과연 배필이다

내 점이 영검하여 이처로 만났는가

하늘이 유의하여 내게로 보내신가

이처로 노닐다가 짓독에 바람 들어

인연을 못 일우고 개 소리에 놀라 깨니

침상일몽(寢上一夢)이라

심신이 황홀하여 섬거이 앉아보니

등불은 희미하고 월색(月色)은 만정(滿庭)한데

원근의 계명성(鷄鳴聲)은 새벽을 재촉하고

창밖에 개 소리는 단잠을 깨는구나

아까울사 이내 꿈을 어찌 다시 얻어보리

꿈을 상시 삼고 그 모양 상시 삼아

혼인이 되려무나

49) 전안: 혼인날 신랑이 기러기를 가지고 가서 상 위에 놓고 재배(再拜)하는 예.

50) 준주투심: 진주를 깊이 박은 모양.

51) 동뢰연: 신랑과 신부가 맞절을 마친 후에 서로 술잔을 나누는 것.

52) 합환주: 혼인 때에 신랑과 신부가 서로 나눠 마시는 술.

미친증이 대발(大發)하여 벌떡 일어 앉으면서

입은 치마 다시 찾고 신은 버선 또 찾으며

방춧돌[53]을 옆에 끼고 짖는 개를 때릴 듯이

와당퉁탕 냅들 적에 업더지락 곱더지락

바람벽에 이마 박고 문지방에 코를 깨며

면경(面鏡) 석경(石鏡) 성적함(成赤函)[54]을 낱낱이 다 깨치고

한숨 지며 하는 말이

아깝고 아까울사 이내 꿈 아까울사

눈에 암암 귀에 쟁쟁

그 모양 그 거동을 어찌 다시 하여보리

남이 알까 부끄리나 안 슬픈 일 하여보자

홍두깨에 자를 매어 갓 씌우고 옷 입히니

사람 모양 거의 같다 쓰다듬어 세워놓고

새 저고리 긴 치마를 호기있게 떨쳐 입고

머리 위에 팔을 들어 제법(制法)으로 절을 하니

눈물이 종행(縱橫)하여 입은 치마 다 적시고

한숨이 복발하여 곡성이 날 듯하다

마음을 강잉(强仍)하여[55] 가만히 헤어보니

가련하고 불쌍하다 이런 모양 이 거동을

신령(神靈)은 알 것이니 지성이면 감천이라

부모들도 의논하고 동생들도 의논하여

김도령과 의혼(議婚)하니 첫마디에 되는구나

혼인택일 가까우니 엉덩춤이 절로 난다

주먹을 불끈 쥐고 종종걸음 보살피며

삽살개 귀에 대고 넌지시 이른 말이

53) 방춧돌: 다듬잇돌.

54) 성적함: 화장을 할 때 필요한 물품을 넣어두는 그릇.

55) 강잉하여: 마지못해 그대로 함.

나도 이제 시집간다 네가 내 꿈을 깨던 날에

원수같이 보았더니 오늘이야 너를 보니

이별할 날 멀지 않고 밥 줄 사람 나뿐이랴

이처로 말한 후에 혼일(婚日)이 다다르니

신부의 칠보단장 꿈과 같이 거룩하고

신랑의 사모풍대 더구나 보기 좋다

전안초례 마친 후에 방친영(房親迎)[56] 더욱 좋네

신랑의 동탕(動蕩)함[57]과 신부의 아남함[58]이

차등(差等)이 없었으니

천정한 배필인 줄 오늘이야 알겠구나

이렇듯이 쉬운 일을 어찌하여 지완(遲緩)턴고

신방에 금침 펴고 부부 서로 동침하니

원앙은 녹수에 놀고 비취[59]는 연리지(連理枝)[60]에 길들임
같으니

평생 소원 다 풀리고 온갖 시름 바히 없네

이전에 있던 새암[61] 이제록 생각하니

도리어 춘몽 같고 내가 설마 그러하랴

이제는 기탄없다 먹은 귀 밝아지고

병신 팔을 능히 쓰니 이 아니 희한한가

혼인한 지 십 삭 만에 옥동자를 순산하니

쌍태(雙胎)[62]를 어이 알리 즐겁기 측량없네

개개이 영준(英俊)이오 문재(文才)가 비상하다

부부의 금슬 좋고 자손이 만당(滿堂)하며

가산(家産)이 부요(富饒)하고 공명(功名)이 이음차니[63]

이 아니 무던한가

이 말이 가장 우습고 희한하기로 기록하노라

56) 방친영: 혼례식을 마친 후에
신부가 신랑을 맞이하는 일.
57) 동탕하다: 얼굴이 토실토실
하게 잘생기다.
58) 아남하다: 아담하다.
59) 비취: 물새의 한 종류로 부
부 사이의 금슬이 매우 좋음.
60) 연리지: 한 나무의 가지가
다른 나무의 가지와 맞닿아
서 서로 결이 통한 것을 일
컫는 말로 부부의 동심일체
혹은 깊은 인연을 의미함.

61) 사암: 시샘. 질투.

62) 쌍태: 쌍둥이.

63) 이음차다: 계속 이어지다.

덴동어미 화전가

가세 가세 화전(花煎)을 가세 꽃 지기 전에 화전 가세
이때가 어느 땐가 때마침 삼월이라
동군(東君)[1]이 포덕택(布德澤)하니[2] 춘화일난(春和日暖)[3]
때가 맞고
화신풍(花信風)[4]이 화공(畫工) 되어 만화방창(萬化方暢)[5]
단청(丹靑) 되네
이런 때를 잃지 말고 화선놀음 하여보세
불출문외(不出門外) 하다가 소풍도 하려니와
우리 비록 여자라도 흥체있게 놀아보세
어떤 부인은 맘이 커서 가로[6] 한 말 퍼내놓고
어떤 부인은 맘이 적어 가로 반 되 떠내주고
그렁저렁 주워 모니 가로가 닷 말 가웃질네
어떤 부인은 참기름 내고 어떤 부인은 들기름 내고
어떤 부인은 많이 내고 어떤 부인은 적게 내니
그렁저렁 주워 모니 기름 반 동이 실하고나
놋소래[7]가 두세 채라 짐꾼 없어 어이할꼬
상단아 널랑 기름 여라 삼월이 불러 가로 여라
취단일랑 가로 이고 향단이는 놋소래 여라
열여섯 열일곱 신부녀(新婦女)는 갖은 단장 옳게 한다
청홍사(靑紅絲) 감아 들고 눈썹을 지워내니

1) 동군: 태양의 다른 이름. 봄을 주관하는 신(神)을 뜻함.
2) 포덕택하니: 은택을 베푸니.
3) 춘화일난: 봄이 되어 날씨가 따뜻해짐.
4) 화신풍: 꽃이 피는 것을 알리는 바람.
5) 만화방창: 따뜻한 봄날에 모든 생물이 한창 피어나 자람.
6) 가로: 쌀가루.
7) 놋소래: 놋대야.

"""

세붓으로 그린 듯이 아미(蛾眉) 팔자 어여쁘다
양식단[8] 겹저고리 길상사(吉祥紗)[9] 고장바지[10]
잔줄누비[11] 겹허리띠 맵시있게 잘끈 매고
광월사[12] 초마의 분홍단기[13] 툭툭 털어 들쳐 입고
머리고개 곱게 빗어 잣기름 발라 손질하고
공단댕기 갑사댕기 수부귀(壽富貴) 다남자(多男子)[14] 딱딱 박아
청준주 홍준주[15] 곱게 붙여 착착 접어 곱게 매고
금죽절(金竹節)[16] 은죽절 좋은 비녀 뒷머리에 살짝 꽂고
은장도 금장도 갖은 장도 속고름에 단단이 차고
은조롱[17] 금조롱 갖은 패물 겉고름에 비껴 차고
일광단(日光緞)[18] 월광단 머리보는 섬섬옥수 감아 들고
삼승(三升)[19] 보선 수당혜[20]를 날 출자로 신었고나
반만 웃고 썩 나서니 일행 중에 제일일세
광한전(廣寒殿) 선녀가 강림했나 월궁(月宮) 항아(姮娥)[21] 가 하강했나
있는 분은 그렇거니와 없는 분은 그대로 하지
양대포[22] 겹저고리 수품(手品)[23]만 있게 지어 입고
칠승포에다 갈마물[24] 들여 일곱폭 초마 덜쳐 입고
칠승포 삼베 허리띠를 제모[25]만 있게 둘러 띠고
굵은 무명 겹보선을 술술하게 빨아 신고
돈 반짜리 짚세기라 그도 또한 탈속하다
열일곱살 청춘과녀 나도 같이 놀러 가지
나도 인물 좋건마는 단장할 마음 전혀 없어
때나 없이 세수하고 거친 머리 대강 만져
놋비녀를 슬쩍 꽂아 눈썹 지워 무엇하리

8) 양식단: 씨와 날의 빛깔이 서로 다른 실로 짠 비단의 한가지.
9) 길상사: 중국에서 나는 생사로 짠 깁.
10) 고장바지: 고쟁이.
11) 잔줄누비: 안감에서 솔기마다 풀칠하여 줄을 세우는 누비질.
12) 광월사: 질좋은 비단.
13) 단기: 밑단.
14) 수부귀 다남자: 오래 살고 부귀를 누리며 아들을 많이 낳으라는 뜻.
15) 청준주 홍준주: 청진주 홍진주.
16) 금죽절: 화려하고 값비싼 대로 만든 비녀.
17) 조롱: 주머니끈이나 옷끈에 액막이로 차는 물건.
18) 일광단: 옛 비단의 일종. 해 무늬를 놓음.
19) 삼승: 몽고에서 나는 무명의 일종.
20) 수당혜: 수놓은 비단으로 울을 만든 가죽신.
21) 항아: 남편이 가지고 있는 불사약을 훔쳐 달로 달아났다는 예(羿)의 아내. 달의 이칭.
22) 양대포: 감이 두껍고 질긴 피륙의 일종.
23) 수품: 솜씨.
24) 갈마물: 칡물.
25) 제모: 가지런한 모양.

광당목[26] 반물치마[27] 끝동 없는 흰저고리
흰고름을 달아 입고 전에 입던 고장바지
대강대강 수습하니 어련 무던 관기차데
건넛집에 덴동어미 엿 한 고리 이고 가서
가지 가지 가고말고 낸들 어찌 안 가릿가
늙은 부녀 젊은 부녀 늙은 과부 젊은 과부
앞서거니 뒤서거니 일자행차 장관이라
순흥[28]이라 비봉산(飛鳳山)은 이름 좋고 놀기 좋아
골골마다 꽃빛이요 등등마다 꽃이로세
호산나비 병나비야 우리와 같이 화전하나
두 나래를 툭툭 치며 꽃송이마다 종구하니[29]
사람 간 곳에 나비 가고 나비 간 곳에 사람 가니
이리 가나 저리로 가나 간 곳마다 동행하니
꽃아 꽃아 두견화[30] 꽃아 네가 진실로 참꽃이다
산으로 일러 두견산은 귀촉도 귀촉도 관중이요
새로 일러 두견새는 불여귀 불여귀 산중이요
꽃으로 일러 두견화는 불긋불긋 만산이라
곱고 곱다 창꽃[31]이요 사랑하다 창꽃이요
탕탕(蕩蕩)하다 창꽃이요 색색(色色) 하다 창꽃이라
치마 앞에도 따 담으며 바구니에도 따 담으니
한 줌 따고 두 줌 따니 춘광(春光)이 건입(入)채롱[32]중을
그 중에 상송이[33] 뚝뚝 꺾어 양쪽 손에 갈라 쥐고
잡아 뜯을 맘이 전혀 없어 향기롭고 이상하다
손으로 덥석 쥐어도 보고 몸에도 툭툭 털어보고
낯에다 살짝 문대보고 입으로 함빡 물어보고
저기 저 새댁 이리 오게 고예[34]고예 꽃도 고예

26) 광당목: 넓은 폭의 당목.
27) 반물치마: 남빛 치마.
28) 순흥: 경상북도 영풍군 소백
   산 자락에 있는 지명.
29) 종구하니: 밝고 다니니.
30) 두견화: 진달래.
31) 창꽃: 진달래.
32) 채롱: 싸릿개비나 버들가지
   따위로 만든 채그릇.
33) 상송이: 가장 좋은 꽃송이.
34) 고예: 곱네.

오리불신 고운 빛은 자네 얼굴 비슷하이

방실방실 웃는 모양 자네 모양 방불하이

앵고부장 속수염은 자네 눈썹 똑같으네

아무래도 딸 맘 없어 뒷머리 살짝 꽂아노니

앞으로 보아도 화용(花容)이요 뒤로 보아도 꽃이로다

상단이는 꽃 데치고 삼월이는 가로짐 풀고

취단이는 불을 넣어라 향단이가 떡 굽는다

청계반석(淸溪盤石)[35] 너른 곳에 노소를 갈라 좌차리고[36]

꽃떡을 일변 드리나마 노인부터 먼저 드리어라

엿과 떡과 함께 먹으니 향기의 감미가 더욱 좋다

함포고복(含哺鼓腹) 실컷 먹고 서로 보고 하는 말이

일년일차 화전놀음 여자놀음 제일일세

노고지리 신질(迅疾)[37] 떠서 빌빌낄낄 피리 불고

오고 가는 벅궁새는 벅궁벅궁 벅구치고

봄빗자는 꾀꼬리는 좋은 노래로 벗 부르고

호랑나비 범나비는 머리 위에 춤을 추고

말 잘하는 앵무새는 잘도 논다고 치하하고

천인화표(千仞華表)[38] 학두루미 요지연[39]인가 의심하네

어떤 부인은 글 용해서 내칙(內則)편[40]을 외워내고

어떤 부인은 흥이 나서 칠월편[41]을 노래하고

어떤 부인은 목성 좋아 화전가를 잘도 보네

그중에도 덴동어미 멋나게도 잘도 놀아

춤도 추며 노래도 하니 웃음소리 낭자한데

그중에도 청춘과녀(寡女)[42] 눈물 콧물 귀쥐하다[43]

한 부인이 이른 말이 좋은 풍경 좋은 놀음에

무슨 근심 대단해서 낙루한심(落淚寒心) 웬일이요

35) 청계반석: 맑은 시냇가의 큰 바위.

36) 좌차리고: 자리를 펼치고.

37) 신질: 빠르고 날쌤.

38) 천인화표: 천길이나 되는 돌 기둥. 신선이 학이 되어 고향의 화표기둥에 날아와 앉았다는 전설이 있다.

39) 요지연: 중국 곤륜산에 있는 연못으로 신선이 산다고 함.

40) 내칙편: 예기(禮記)의 편명. 가정 내의 윤리규범을 다루고 있음.

41) 칠월편: 『시경』의 편명. 자연의 변화와 인간사를 연결시켜 표현한 내용.

42) 과녀: 홀로 된 여인. 과부.

43) 귀쥐하다: 꾀죄죄하다.

나건(羅巾)[44]으로 눈물 닦고 내 사정을 들어보소

열네살에 시집올 때 청실홍실 늘인 인정

원불상리(遠不相離) 맹세하고 백년이나 살잤더니

겨우 삼년 동거하고 영결종천(永訣終天) 이별하니

임은 겨우 십육이요 나는 겨우 십칠이라

선풍도골(仙風道骨) 우리 낭군 어느 때나 다시 볼꼬

방정맞고 가련하지 애고애고 답답하다

십육세 요사(夭死) 임뿐이요 십칠세 과부 나뿐이지

삼사년을 지냈으나 마음에는 안 죽었네

이웃사람 지나가도 서방님이 오시는가

새소리만 귀에 오면 서방님이 말하는가

그 얼굴이 눈에 삼삼 그 말소리 귀에 쟁쟁

남남하년 우리 낭군 자나깨나 잊을쏜가

잠이나 자러 오면 꿈에나 만나지만

잠이 와야 꿈을 꾸지 꿈을 꿔야 임을 보지

간밤에야 꿈을 꾸니 정든 임을 잠깐 만나

만단정담(萬端情談)을 다하잤더니 일장설화(一場說話)를
채 못하여

꾀꼬리 소리 깨달으니 임은 정녕 간 곳 없고

촛불만 경경(耿耿)[45] 불멸하니 아까 울던 저놈의 새가

자네는 듣고 좋다 하되 나와 백년 원수로세

어디 가서 못 울어서 구태여 내 단잠 깨우는고

정정(定情)한 마음 둘 데 없어 이리저리 재던 차에

화전놀음이 좋다 하기 심회를 조금 풀까 하고

자네를 따라 참여하니 촉처감창(觸處感愴)[46]뿐이로세

보나니 족족 눈물이요 듣나니 족족 한심일세

44) 나건: 비단으로 만든 수건.

45) 경경: 불빛이 깜박깜박함.

46) 촉처감창: 닥치는 곳마다 슬픈 감정이 듦.

천하만물이 짝이 있건만 나는 어찌 짝이 없나

새소리 들어도 회심하고 꽃핀 걸 보아도 비창한데

애고 답답 내 팔자야 어찌하여야 좋을거나

가자 하니 말 아니요 아니 가고는 어찌할꼬

덴동어미 듣다가서 썩 나서며 하는 말이

가지 마오 가지 마오 제발 적선 가지 말게

팔자 한탄 없을까마는 가단 말이 웬말이요

잘 만나도 내 팔자요 못 만나도 내 팔자지

백년해로도 내 팔자요 십칠세 청상(靑孀)도 내 팔자요

팔자가 좋을 양이면 십칠세에 청상 될까

신명도망(神命逃亡)[47] 못할지라 이내 말을 들어보소

나도 본디 순흥 읍내 임이방의 딸일러니

우리 부모 사랑하사 어리장 고리장 키우다가

열여섯에 시집가니 예천 읍내 그중 큰집에

치행 차려 들어가니 장이방의 집일러라

서방님을 잠깐 보니 준수비범(俊秀非凡) 풍후하고

구고(舅姑)님[48]께 현알(見謁)하니 사랑한 맘 거룩하데

그 이듬해 처가 오니 때마침 단오러라

삼백 장(丈) 높은 가지 추천(鞦韆)을 뛰다가서

추천줄이 떨어지며 공중지기 메박으니

그만에 박살이라 이런 일이 또 있는가

신정(新情)이 미흡하데 십칠세에 과부 됐네

호천통곡(呼天痛哭) 슬피운들 죽은 낭군 살아올까

한숨 모아 대풍(大風) 되고 눈물 모아 강수(江水) 된다

주야 없이 하 슬피 우니 보는 이마다 눈물 내네

시부모님 하신 말씀 친정 가서 잘 있거라

47) 신명도망: 운명을 피하여 달아나는 일.

48) 구고님: 시부모님.

나는 아니 가려 하니 달래면서 개유(開諭)하니
할 수 없어 허락하고 친정이라고 돌아오니
삼백장이나 높은 나무 나를 보고 느끼는 듯
떨어지던 곳 임의 넋이 나를 보고 우니는 듯
너무 답답 못 살겠네 밤낮으로 통곡하니
양 곳 부모 의논하고 상주읍에 중매하니
이상찰의 며느리 되어 이승발 후취로 들어가니
가서도 웅장하고 시부모님도 자록(慈祿)[49]하고
낭군도 출중하고 인심도 거룩한데
매양 앉아 하는 말이 포(逋)[50]가 많아 걱정하더니
해로 삼년이 못다 가서 성 쌓던 조등내 도임하고
엄한 중에 수금하고 수만 냥 이포[51]를 추어내니
남전북납 좋은 선시(出地) 추풍낙엽 떠나가고
안팎 줄행랑 큰 기와집도 하루 아침에 남의 집 되고
압다기둥 마전켠 뒤지며 큰 황소 적대마 서산나구
대양푼 소양푼 세수대야 큰 솥 작은 솥 단밤가마
놋주걱 술국이[52] 놋쟁반에 옥식기 놋주발 실굽달이[53]
게사다리 옷걸이며 대병풍 소병풍 산수병풍
자개함농 반다지에 무쇠두멍[54] 아루쇠[55] 받침
쌍용(雙龍) 그린 빗접고비[56] 걸쇠등경[57] 놋등경에
백통재판[58] 청동화로 요강 타구 재털이거짐
용두머리[59] 장목비[60] 아울러 아주 훨쩍 다 팔아도
수천 냥 돈이 모자라서 일가친척에 일족하니[61]
삼백 냥 이백 냥 일백 냥에 하지하(下之下)[62]가 쉰 냥이라
어느 친척이 좋다 하며 어느 일가가 좋다 하리
사오만 냥을 출판(出判)[63]하여 공채필납(公債必納)을 하

49) 자록: 자애롭고 후덕함.
50) 포: 미납한 조세.
51) 이포: 아전이 공금을 집어
    쓴 빚.
52) 술국이: 술구기. 술을 뜰 때
    쓰는 국자와 비슷한 기구.
53) 실굽달이: 밑바닥에 받침이
    달려 있는 그릇.
54) 두멍: 물을 길어붓고 쓰는
    큰 가마나 큰 독.
55) 아루쇠: 무엇을 끓이거나 데
    울 때 화로 위에 걸치는 기
    구.
56) 빗접고비: 빗·솔 등을 꽂아
    걸어두는 물건.
57) 등경: 등잔.
58) 재판: 방안에 담배통·재떨
    이·타구·요강 등을 놓기
    위해 깔아두는 널빤지.
59) 용두머리: 베틀 앞다리 위
    끝에 얹는 나무.
60) 장목비: 꿩의 꽁지깃을 묶어
    만든 비.
61) 일족하니: '일조(一助)하니'
    의 오기인 듯.
62) 하지하: 가장 작은 것.
63) 출판: 재산을 탕진하여 끝장
    이 남.

고 나니

시아버님은 장독이 나서 일곱달 만에 상사(喪事) 나고
시어머님이 앳병[64] 나서 초종[65] 후에 또 상사 나니
근 이십 명 남노여비(男奴女婢) 시실새실 다 나가고
시동생 형제 외임(外任) 가고 다만 우리 내외만 있어
남의 건넌방 빌어 있어 세간살이 하자 하니
콩이나 팥이나 양식 있나 질노구 바가지 그릇이 있나
누구가 날 보고 돈 줄쏜가 하는 두수 다시 없네[66]
하루 이틀 굶고 보니 생목숨 죽기가 어려워라
이 집에 가 밥을 빌고 저 집에 가 장을 빌어
증한소혈도 없이 그리저리 지내가니
일가친척은 날까 하고 한 번 가고 두 번 가고 세 번 가니
두번째는 눈치가 다르고 세번째는 말을 하네
우리 덕에 살던 사람 그 친구를 찾아가니
그리 여러번 안 왔겄만 안면박대 바로 하네
무슨 신세를 많이 져서 그저께 오고 또 오는가
우리 서방님 울적하여 이역 설움을 못 이겨서
그 방안에 궁글면서 가슴을 치며 통곡하네
서방님아 서방님아 울지 말고 우리 둘이 가다 보세
이게 다 없는 탓이로다 어디로 가든지 빌어보세
전전걸식(轉轉乞食) 가노라니 경주 읍내 당도하여
주인 불러 찾아드니 손군노(軍奴)의 집이로다
둘러보니 큰 여객(旅客)이 남내북거(南來北去) 분주하다
부엌으로 들이달아 설거지를 걸신하니
모은 밥을 많이 준다 양주(兩主) 앉아 실컷 먹고
아궁에나 자려 하니 주인마누라 후하기로

64) 앳병: 애가 타서 병이 남.
화병.
65) 초종: 초종장사(初終葬事).
초상이 난 후의 모든 절차를
뜻함.

66) 두수 다시 없네: 달리 주선
이나 변통할 여지가 없다.

아궁에 어찌 자려는가 방에 들어와 자고 가게
중노미⁶⁷⁾ 불러 당부하데 아까 그 사람 불러들여
봉놋방⁶⁸⁾ 재우라 당부하데 재삼 절하고 치사하니
주인 마누라 긍측(矜惻)하여 곁에 앉히고 하는 말이
그대 양주를 아무리 봐도 걸식할 사람 아니로세
본디 어느 곳 살았으며 어찌하여 저리 됐나
우리는 본디 살기는 청주 읍내 살다가서
신명팔자 괴이하고 가화(家禍)가 공참(孔慘)하여⁶⁹⁾
다만 두 몸이 살아나서 이렇게 개걸(丐乞)하나이다
사람을 보아도 순직(順直)하니 안팎 담살이⁷⁰⁾ 있어주면
밖사람은 일백오십 냥 주고 자네 사전⁷¹⁾은 백 냥 줌세
내외 사전을 합하고 보면 이백쉰 냥 아니 되나
신명(身命)은 소금 고되나마 의식(衣食)이야 긱정인가
내 맘대로 어찌 하오릿가 가장과 의논하사이다
이내 봉놋방 나가서 서방님을 불러내어
서방님 소매 부여잡고 정답게 일러 하는 말이
주인마누라 하는 말이 안팎 담살이 있고 보면
이백오십 냥 준다 하니 허락하고 있사이다
나는 부엌어미 되고 서방님은 중노미 되어
다섯해 작정만 하고 보면 한 만금(萬金)을 못 버릿가
만 냥 돈만 벌었으면 그런대로 고향 가서
이전만치는 못 살아도 남에게 천대는 안 받으리
서방님은 허락하고 지성으로 버사이다
서방님이 내 말 듣고 둘의 낯을 한데 대고
눈물 뿌려 하는 말이 이 사람아 내 말 듣게
임상찰의 따님이요 이상찰의 아들로서

67) 중노미: 여관이나 식당에서
허드렛일을 하는 하인.
68) 봉놋방: 대문 가까이 있는
여러 사람이 합숙하는 방.

69) 가화가 공참하여: 집안에 닥
친 재앙이 매우 참혹하여.

70) 담살이: 머슴살이.
71) 사전: 품삯.

돈도 돈도 좋지마는 내사 내사 못하겠네

그런대로 다니면서 빌어먹다가 죽고 말지

아무리 신세가 곤궁하나 군노놈의 사환 되어

한수만 가뜩[72] 잘못하면 무지한 욕을 어찌 볼꼬

내 심사도 할말 없고 자네 심사 어떠할꼬

나도 울며 하는 말이 어찌 생전에 빌어먹소

사나운 개가 무서워라 누가 밥을 좋아 주나

밥은 빌어먹으나마 옷은 뉘게 빌어입소

서방님아 그 말 말고 이전 일도 생각하게

궁팔십(窮八十) 강태공도 광장삼천조 하다가

주 문왕(周文王)을 만난 후에 달팔십(達八十) 하여 있고[73]

표모기식(漂母寄食)[74] 한신(韓信)이도 도중 소년 욕보다가[75]

한 고조를 만난 후에 한중대장 되었으니

우리도 이리해서 벌어가지고 고향 가면

이방을 못하며 호장[76]을 못하오 부러울 게 무엇이오

우리 서방님 하신 말씀 나는 하자면 하지마는

자네는 여인이라 내 마침 모르겠네

나는 조금도 염려 말고 그리 작정 하사이다

주인 불러 하는 말이 우리 사환 할 것이니

이백 냥은 우선 주고 쉰 냥일랑 갈 때 주오

주인이 웃으며 하는 말이 심부름만 잘하고 보면

칠월벌이 잘 된 후에 쉰 냥 돈을 더 주오리

행주치마 털트리고 부엌으로 들이달아

사발 대접 종지 접시 몇 죽 몇 개 헤아려서

날마다 궁구(窮究)하여 솜씨나게 잘도 한다

우리 서방님 거동 보소 돈 이백 냥 받아놓고

72) 한수만 가뜩: 한번만.

73) 궁팔십~하여 있고: 강태공
이 80세까지 위수에서 낚시
질을 하다가 주문왕을 만나
출세하게 된 일을 말하는 것
으로 가난했던 전반부를 '궁
팔십'이라 하고 영화를 누린
후반부를 '달팔십'이라고
함.

74) 표모기식: 한나라 고조때 한
신이 어려울 때 빨래하는 여
자에게 몸을 의탁했음을 뜻
함.

75) 도중 소년 욕보다가: 한신이
어려울 때 길거리에서 소년
들에게 모욕을 당한 일을 말
함.

76) 호장: 고을 아전의 맨 윗자
리.

일수 월수 체계놀이[77] 내 손으로 서기(書記)하여
낭중(囊中)에다 간수하고 수자수건[78] 골동이고
마죽 쑤기 소죽 쑤기 마당 쓸기 봉당 쓸기
상 들이기 상 내기 오며가며 거드친다[79]
평생에도 아니 하던 일 눈치 보아 잘도 하네
삼년을 나고 보니 만여 금 돈 되었고나
우리 내외 마음 좋아 다섯해까지 갈 것 없이
돈추심[80]을 알뜰이 하여 내년에는 돌아가세
병술년 괴질 닥쳤구나 안팎소실(小室)[81] 삼십여 명이
함박 모두 병이 들어 사흘 만에 깨나보니
삼십명 소실 다 죽고서 주인 하나 나 하나뿐이라
수천 호(戶)가 다 죽고서 살아난 이 몇 없다네
이 세상 천지간에 이린 일이 또 있는가
서방님 시체 틀어잡고 기절하여 엎드러져서
아주 죽을 줄 알았더니 겨우 인사를 차려내
애고애고 어일거나 가이없고 불쌍하다
서방님아 서방님아 아주 벌떡 일어나게
천유여리 타관객지 다만 내외 왔다가서
나만 하나 이곳 두고 죽단 말이 웬말인가
죽어도 같이 죽고 살아도 같이 살지
이내 말만 명심하고 삼사년 근사(勤仕)[82] 헛일일세
귀한 몸이 천인 되어 만여 금 돈을 벌었더니
일수 월수 장변체계 돈 쓴 사람이 다 죽었네
죽은 낭군이 돈 달라나 죽은 사람이 돈을 주나
돈 낼 놈도 없거니와 돈 받은들 무엇할꼬
돈은 같이 벌었으나 서방님 없이 쓸데없네

77) 체계놀이: 장에서 돈을 비싼
   이자로 꾸어주고 장날마다
   본전의 일부와 이자를 거두
   어들이는 일.
78) 수자수건: 수자(繻)로 만든
   수건.
79) 거드친다: 거들어서 치운다.
80) 추심: 찾아내서 가지거나 받
   아냄.
81) 소실: 여기서는 '식솔'의 의
   미로 쓰인 듯.

82) 근사: 열심히 일을 함.

애고애고 서방님아 살뜰히도 불쌍하다

이럴 줄을 짐작하면 천집사(賤執事)⁸³⁾를 아니하지

오년 작정 하올 적에 잘살자고 한 일이지

울면서도 마달 적에 무슨 대수로 세웠던고

군노놈의 무지욕설 꿀과 같이 달게 듣고

수화중(水火中)⁸⁴⁾을 가리잖고 일호(一毫)라도 안 어기네

일정지심(一定之心)⁸⁵⁾ 먹은 마음 한번 살아 보쟀더니

조물이 시기하여 귀신도 야속하다

전생에 무슨 죄로 이생에 이러한가

금도 돈도 내사 싫네 서방님만 일어나게

아무리 호천통곡(呼天痛哭)한들 사자(死者)는 불가부생
(不可復生)이라

아무래도 할 수 없이 그렁저렁 장사(葬事)하고

죽으라고 애를 써도 생한 목숨 못 죽을네

억지로 못 죽고서 또다시 빌어먹네

이 집 가고 저 집 가나 임자 없는 사람이라

울산 읍내 황도령이 나에게 하는 말이

여보시오 저 마누라 어찌 저리 슬퍼하오

하도 내 신세 곤궁키로 이내 마음 비창(悲愴)하오

아무리 곤궁한들 나와 같이 곤궁할까

우리 집이 자손 귀해 오대독신 우리 부친

오십이 넘도록 자식 없어 일생 한탄 무궁타가

쉰다섯에 날 낳으니 육대독자 나 하나라

장중보옥(掌中寶玉)⁸⁶⁾ 으뜸같이 안고 지고 키우더니

세살 먹어 모친 죽고 네살 먹어 부친 죽네

강근지족(強近之族)⁸⁷⁾ 본디 없어 외조모 손에 키나더니⁸⁸⁾

열네살 먹어 외조모 죽고 열다섯에 외조부 죽고

외사촌형제 같이 있어 삼년 초토[89]를 지나더니

남의 빚에 못 견뎌서 외사촌형제 도망하고

의탁할 곳이 전혀 없어 남의 집에 머슴 들어

십여년을 고생하니 장가 밑천이 되더니만

서울장사 남는다고 새경돈 말짱 추심하여

참깨 열통 무역하여 대동선[90]에 부쳐 싣고

큰북을 둥둥 울리면서 닻 감는 소리 신명난다

도사공은 키만 들고 입사공은 춤을 추네

망망대해로 떠나가니 신선놀음 이 아닌가

해남관(海南關)머리 지나다가 바람소리 일어나며

왈칵덜컥 파도 일어 천둥 끝에 벼락치듯

물결은 줄렁 산덤[91] 같고 하늘은 캄캄 안 보이데

수천 석 실은 그 큰 배가 회리바람[92]에 가랑잎 뜨듯

뱅뱅 돌며 떠나가니 살 가망이 있을런가

만경창파 큰 바다에 기망(期望) 없이 떠나가다

한 곳에다 들이받쳐 수천 석을 실은 배가

편편파쇄(片片跛碎) 부서지고 수십 명 적군들이

인홀불견(因忽不見) 못 볼러라 나도 역시 물에 빠져

파도머리에 밀려가다 마침 눈을 떠서 보니

배쪽 하나 둥둥 떠서 내 앞으로 들어오니

두 손으로 더위잡아 가슴에다가 붙여놓으니

물을 무수히 토하면서 정신을 조금 수습하니

아직 살긴 살았다마는 아니 죽고 어찌 할꼬

오르는 전더미 손으로 헤이고 내리는 전더미 가만히 있

으니

89) 초토: 거적자리나 흙베개의 뜻으로 상중(喪中)임을 가리키는 말.

90) 대동선: 조선후기 대동미를 운반하던 관아의 배.

91) 산넘: 산너미.
92) 회리바람: 회오리바람.

힘은 조금 들지마는 몇달 며칠 기한 있나

기한 없는 이 바다에 몇달 몇일 살 수 있나

밤인지 낮인지 정신없이 기한 없이 떠나간다

풍랑소리 벽력 되고 물거품이 운애(雲靉)[93] 되네

물귀신의 울음소리 응열응열 귀 맥힌다

어느 때나 되었던지 풍랑소리 없어지고

만경창파 잠을 자고 가마귀 소리 들리거늘

눈을 들어 살펴보니 백사장이 뵈는구나

두 발로 박차며 손으로 헤어 백사장 가에 닿는구나

엉금엉금 기어나와 정신없이 누웠다가

마음을 단단히 고쳐 먹고 다시 일어나 살펴보니

나무도 풀도 돌도 없고 다만 해당화 붉어 있다

몇날 며칠 굶었으니 밴들 아니 고플쏜가

엉금 설설 기어가서 해당화 꽃을 따 먹으니

정신이 점점 돌아나서 또 그 옆을 살펴보니

절로 죽은 고기 하나 커다란 게 게 있고나

불이 있어 굴 수 있나 생으로 실컷 먹고 나니

본정신이 돌아와서 눈물 울음도 인제 나네

무인절도 백사장에 혼자 앉아 우노라니

난데없는 어부들이 배를 타고 지나다가

우는 걸 보고 괴이 여겨 배를 대이고 나와서

나를 흔들며 하는 말이 어떤 사람이 혼자 우나

울음 그치고 말을 해라 그제야 자세 돌아보니

육팔 인이 앉았는데 모두다 어부더라

그대들은 어데 살며 이 섬중은 어디잇가

이 섬은 제주 한라섬이요 우리는 다 정의[94]에 있노라

93) 운애: 구름이나 안개가 끼어 흐릿한 공기.

94) 정의: 지명(地名).

고기 잡으러 지나다가 울음소리 따라왔다
어느 곳에 사람으로 무슨 일로 예 와 우나
나는 본디 울산 살더니 장삿길로 서울 가다가
풍파 만나 파선하고 물결에 밀려 내쳤노니
죽었다가 깨난 사람 어느 곳인 줄 아오릿가
제주도 우리 조선이라 가는 길을 인도하오
한 사람이 일어서며 손을 들어 가리키되
제주 읍내는 저리 가고 대정 정의는 이리 가지
제주 읍내로 가오릿가 대정 정의로 가오릿가
밥과 고기 많이 주며 자세히 일러 하는 말이
이곳에서 제주읍 가자 하면 사십 리가 넉넉하다
제주본관 찾아들어 본사정을 발괄[95]하면
우선 호구(糊口) 할 것이요 고향 가기 쉬우리라
신신이 당부하고 배를 타고 떠나간다
가리키던 그 그대로 제주본관 찾아가니
본관 사또 들으시고 불쌍하게 생각하사
돈 오십 냥 처급(處給)하고 전령(傳令) 한 장 내주시며
네 이곳에 있다가서 왕래선이 있거들랑
사공 불러 전령 주면 선가(船價) 없이 잘 가거라
그렁저렁 삼 삭 만에 왕래선이 건너와서
고향이라 돌아오니 돈 두 냥이 남았구나
사기점(沙器店)에 찾아가서 두 냥어치 사기 지고
촌촌가가 도부(到付)하며 밥을랑은 빌어먹고
삼사 삭을 하고 나니 돈 열닷 냥은 되었고만
삼십 넘은 노총각이 장가 밑천 가망없네
애고 답답 내 팔자야 언제 벌어 장가갈까

95) 발괄[白活]: 관청에 억울한
사정을 말함.

머슴 살아 사오백 냥 창해일속(滄海一粟) 부쳐두고

두 냥 밑천 다시 번들 언제 벌어 장가갈까

그런 날도 살았는데 슬퍼 마오 우지 마오

마누라도 슬프다 하되 내 설움만 못하오리

여보시오 말씀 듣소 우리 사정을 논지컨대

삼십 넘은 노총각과 삼십 넘은 홀과부라

총각의 신세도 가련하고 마누라 신세도 가련하니

가련한 사람 서로 만나 같이 늙으면 어떠하오

가만이 솜솜 생각하니 먼저 얻은 두 낭군은

홍문(鴻門) 안에 사대부요 큰부자의 세간살이

패가망신하였으니 홍진비래 그러한가

저 총각의 말 들으니 육대독자 내려오다가

죽을 목숨 살았으니 고진감래 할까보다

마지못해 허락하고 손 잡고서 이내 말이

우리 서로 불쌍히 여겨 허물없이 살아보세

영감은 사기 한짐 지고 골목에서 크게 외고

나는 사기 광우리 이고 가가호호에 도부한다

조석(朝夕)이면 밥을 빌어 한 그릇에 둘이 먹고

남촌북촌에 다니면서 부지런히 도부하니

돈백이나 될 만하면 둘 중에 하나 병이 난다

병구려[96] 약시세[97] 하다보면 남의 신세를 지고나고

다시 다니며 근사[98] 모아 또 돈백이 될 만하면

또 하나가 탈이 나서 한푼 없이 다 쓰고 나네

도부장사 한 십년 하니 장바구니에 털이 없고

모가지가 자라목 되고 발가락이 무지러졌네

산밑에 주막의 주인하고 궂은비 실실 오는 날에

96) 병구려: 병구완.

97) 약시세: 앓는 사람을 위해
약을 쓰는 일.

98) 근사: 부지런히. 애써.

건너 동네 도부 가서 한 집 건너 두 집 가니

천둥소리 볶아치며 소나기비가 쏟아진다

주막 뒷산이 무너지며 주막터를 빼 가지고

동해수(東海水)로 달아나니 살아날 이 누굴런고

건너다가 바라보니 망망대해뿐이로다

망측하고 기막힌다 이런 팔자 또 있는가

남해수(南海水)에 죽을 목숨 동해수에 죽는구나

그 주막에나 있었더면 같이 따라서 죽을 것을

먼저 괴질에 죽었더면 이런 일을 아니 볼걸

고대 죽을 걸 모르고서 천년 만년 살자 하고

도부가 다 무엇인고 도부 광우리 무여박고

해암[99] 없이 앉았으니 억장이 무너져 기막힌다

죽었으면 좋겠으나 생한 목숨이 못 죽을네라

아니 먹고 굶어 죽으려 하니 그 집댁네가 강권하니

죽지 말고 밥을 먹게 죽은들 시원힐까

죽으면 쓸 데 있나 살기만도 못하리라

저승을 누가 가봤는가 이승만은 못하리라

훌쩍이며 하는 말이 내 팔자를 세 번 고쳐

고생이라도 살고 보지 죽어지면 말이 없네

이런 액운이 또 닥쳐서 시체도 한번 못 만지고

동해수에 영결종천(永訣終天)하였으니 애고애고 어찌어
찌 살아볼꼬

주인댁이 하는 말이 팔자 한번 또 고치게

세 번 고쳐 곤한 팔자 네 번 고쳐 잘 살는지

세상일은 모르나니 그런대로 살다 보게

다른 말 할 것 없이 저 꽃나무 두고 보지

99) 해암: 혜암. 생각.

이삼월에 춘풍 불면 꽃봉오리 고은 빛을

벌은 앵앵 노래하며 나비는 펄펄 춤을 추고

유객(遊客)은 왕왕 놀다 가고 산조(山鳥)는 영영 홍락(興

樂)이라

오뉴월 더운 날에 꽃은 지고 잎만 나면

녹음이 만지(滿地)하여 좋은 경(景)이 별로 없다

팔구월에 추풍 불어 잎사귀조차 떨어진다

동지섣달 설한풍(雪寒風)에 찬 기운을 못 견디다가

다시 춘풍 들이불면 부귀춘화(復歸春花) 우후홍(雨後紅)을

자네 신세 생각하면 설한풍을 만남이라

　　　　(…)

이 뒷집에 조서방이 다만 내외 있다가

먼저 달에 상처(喪妻)하고 지금 혼자 살림하니

저 먹기는 태평이나 그도 또한 가련한데

자네 팔자 또 고쳐서 내 말대로 살다보게

이왕사를 생각하고 갈까 말까 망상이다[100]

마지못해 허락하니 그 집으로 인도하네

그 집으로 들이달아 우선 영감을 자세 보니

나이는 비록 많으나 기상이 든든 순후하다

영감 생애 무엇이요 내 생애는 엿장사라

마누라는 어찌하여 이 지경에 이르렀나

내 팔자가 무상하여 만고풍상 다 겪었소

그날부터 양주 되어 영감 할미 살림한다

나는 집에서 살림하고 영감은 다니며 엿장사라

호두약엿 잣박산[101]에 참깨박산 콩박산에

산자과[102] 질민 사과를 갖추갖추 하여주면

100) 망상이다: 마음이 갈피를 잡지 못하고 헤매다가.

101) 잣박산: 잣으로 만든 박산. 박산은 얇게 썬 엿에 잣 따위를 붙여 만든 유밀과의 일종.

102) 산자과: 산사정과(山査正果), 산사자로 만든 정과.

상자고리에 담아 지고 장마다 다니며 매매한다

의성장 안동장 풍산장과 노로골 내성장 풍기장에

한달 육장(六場) 매장(每場) 보니 엿장사 조첨지 별호 되
네

한달 두달 이태 삼년 사노라니 어찌하다가 태기 있어

열달 배불러 해복하니 참말로이지 옥동자라

영감도 오십에 첫아들 보고 나도 오십에 첫아이라

영감 할미 마음 좋아 어리장 고리장 사랑하다

젊어서 어찌 아니 나고 늙어서 어찌 생겼는고

홍진비래 적은 나도 고진감래 할라는가

(…)

한창 이리 놀리다가 어떤 친구 오더니만

수농별신 큰별신[103]을 아무날부터 시작하니

밑천이 적거들랑 뒷돈은 내 대줌세

호두약엿 많이 고고 갖은 박산 많이 하게

이번에는 수가 나리 영감님이 옳게 듣고

찹쌀 사고 기름 사고 호두 사고 추자(楸子) 사고

참깨 사고 밤도 사고 칠팔십 냥 밑천이라

닷동이들이 큰 솥에다 삼사 일을 고노라니

한밤중에 바람 일자 굴뚝으로 불이 났네

온집안에 불 붙어서 화광(火光)이 충천(衝天)하니

인사불성 정신 없어 그 엿물을 다 퍼없고

안방으로 들이달아 아들 안고 나오다가

불더미에 엎더져서 구부려서 나와 보니

영감은 간 곳 없고 불만 자꾸 타는구나

이웃사람 하는 말이 아 살리러 들어가더니

103) 수동별신 큰별신· 별신은 별신굿의 의미로 마을에서 공동으로 여는 큰 굿으로 추정.

지금까지 안 나오니 이제 하마 죽었구나
한마루때[104] 떨어지며 기둥조차 다 탔구나
일촌사람 달려들어 부헤치고[105] 찾아보니
포수놈이 불고기하듯 아주 함박 구웠구나
요런 망한 일 또 있는가 나도 같이 죽으려고
불더미로 달려드니 동네사람이 붙들어서
아무리 몸부림하나 아주 죽지도 못하고서
온몸이 콩껍질 되었구나 요런 년의 팔자 있나
감짝 사이에 영감 죽어 삼혼구백(三魂九魄)이 불꽃 되어
불티와 같이 동행하여 아주 펄펄 날아가고
귀한 아들도 불에 데서 죽는다고 소리 치네
엄아 엄아 우는 소리 이내 창자가 끊어진다
세상사가 귀찮음에 이웃집에 가 누웠으니
덴동이를 안고 와서 가슴을 헤치고 젖 물리며
지성으로 하는 말이 어린아이 젖 먹이게
이 사람아 정신 차려 어린아기 젖 먹이게
우는 거동 못 보겠네 일어나서 젖 먹이게
나도 아주 죽을라네 그 어린것이 살겠는가
그 거동을 어찌 보나 아주 죽어 모를라네
덴다 한들 다 죽는가 불에 덴 이 허다하지
그 어미라야 살려내지 다른 이는 못 살리네
자네 한번 죽어지면 살 거라도 아니 죽나
자네 죽고 아 죽으면 조첨지는 아주 죽네
살아날 것이 죽고 보면 그도 또한 할 일인가
조첨지를 생각거든 일어나서 아 살리게
어린 것만 살고 보면 조첨지 사뭇 안 죽었네

104) 한마루때: 서까래나 대들
보의 의미인 듯.
105) 부헤치고: 여기저기 모두
헤치면서.

그댁네 말을 옳게 듣고 마지못해 일어 앉아
약시세하며 젖 먹이니 삼사 삭 만에 나았으나
살았다고 할 것 없네 갖은 병신이 되었구나
한짝 손은 오그라져 조막손이 되어 있고
한짝 다리 뻗드러져서 장채다리 되었으니
성한 이도 어렵거든 갖은 병신 어찌 살꼬
수족 없는 아들 하나 병신뉘를 볼 수 있나
덴 자식을 젖 물리고 가르더 안고 생각하니
지난 일도 기막히고 이 앞일도 가련하다
건널수록 물도 깊고 넘을수록 산도 높다
어떤 년의 고생팔자 일평생을 고생인고
이내 나이 육십이라 늙어지니 더욱 슬퍼
자식이나 성했으면 지나 믿고 싶지마는
나이는 점점 많아가니 몸은 점점 늙어가네
이렇게도 할 수 없고 저렇게도 할 수 없다
덴동이를 딥다 업고 본고향을 돌아오니
이전 강산 의구하나 인정물정 다 변했네
우리 집은 터만 남아 쑥대밭이 되었구나
아는 이는 하나 없고 모르는 이뿐이로다
그늘 맺던 은행나무 불개청음대아귀(不改淸蔭待我歸)[106]라
난데없는 두견새가 머리 위에 둥둥 떠서
불여귀 불여귀 슬피 우니 서방님 죽은 넋이로다
새야 새야 두견새야 내가 올 줄 어찌 알고
여기 와서 슬피 울어 내 설움을 불러내나
반가워서 울었던가 서러워서 울었던가
서방님의 넋이거든 내 앞으로 날아오고

106) 불개청음대아귀: 변함없이 시원한 나무 그늘을 간직하고 내가 돌아오기를 기다림.

임의 넋이 아니거든 아주 멀리 날아가게
두견새가 펄쩍 날아 내 어깨에 앉아 우네
임의 넋이 분명하다 애고 탐탐 반가워라
나는 살아 육신이 왔네 넋이라도 반가워라
근오십년 이곳 있어 날 오기를 기다렸나
어이할꼬 어이할꼬 후회막급 어이할거나
새야 새야 울지 마라 새 보기도 부끄러워
내 팔자를 내 생각하니 새 보기도 부끄럽잖지
첨에 당초에 친정 와서 서방님과 함께 죽어
저 새와 같이 자웅 되어 천만년이나 살아볼걸
내 팔자를 내가 속아 기어이 한번 살아볼라고
첫째 낭군은 추천에 죽고 둘째 낭군은 괴질에 죽고
셋째 낭군은 물에 죽고 넷째 낭군은 불에 죽어
이내 한번 못 잘살고 내 신명이 그만일세
첫째 낭군 죽을 때에 나도 한가지 죽었거나
살더래도 수절하고 다시 가지나 말았더면
산을 보아도 부끄럽잖고 저 새 보아도 무렴(無廉)잖지
살아생전에 못 된 사람 죽어서 귀신도 악귀로다
나도 수절만 하였다면 열녀각은 못 세워도
남이라도 칭찬하고 불쌍하게나 생각할걸
남이라도 욕할 게요 친정일가들 반가할까
잔디밭에 물게 앉아 한바탕 실컷 울다 가니
모르는 한 노인 나오면서 어떤 사람이 슬피 우나
울음 그치고 말을 하게 사정이나 들어보세
내 설움을 못 이겨서 이곳에 와서 우나니다
무슨 설움인지 모르거니와 어찌 그리 설워하나

노인일랑 들어가오 내 설움 알아 쓸데없소
일분인사(一分人事)를 못 차리고 땅을 헤비며 자꾸 우니
그 노인이 민망하여 곁에 앉아 하는 말이
간 곳마다 그러하나 이곳 와서 더 설운가
간 곳마다 그러릿가 이곳에 오니 더 서럽소
저 터에 살던 임상찰이 지금에 어찌 살아 있으리
그 집이 벌써 결단나고 지금 아무도 없나니라
더군다나 통곡하니 그 집을 어찌 알았던가
저 터에 살던 임상찰이 우리 집과 오촌이라
자세히 본들 알 수 있나 아무 형님이 아니신가
달려들어 두 손 잡고 통곡하며 설워하니
그 노인도 알지 못해 형님이란 말이 웬말인고
그러나 저러나 들어가세 손목 잡고 들어가니
청삽사리 웡웡 짖어 난 모른다고 소리치고
큰 대문 안에 거위 한쌍 게욱게욱 달려드네
안방으로 들어가니 늙으나 젊으나 알 수 있나
부끄러이 앉았다가 그 노인과 한데 자며
이전 이야기 대강하고 신명타령 다 못할레
엉송이 밤송이 다 쪄보고 세상의 별고생 다 해봤네
살기도 억지로 못하겠고 재물도 억지로 못하겠데
고약한 신명도 못 고치고 고생할 팔자는 못 고칠네
고약한 신명은 고약하고 고생할 팔자는 고생하지
고생대로 할 지경엔 그른 사람이나 되지 말지
그른 사람 될 지경에는 옳은 사람이나 되지 그려
옳은 사람 되어 있어 남에게나 칭찬 듣지
청춘과부 가려 하면 양식 싸고 말릴라네

고생팔자 타고 나면 열번 가도 고생일레
이팔청춘 청상들아 내 말 듣고 가지 말게
아무 동네 화령댁은 스물하나에 혼자 되어
단양으로 갔다더니 겨우 다섯달 살다가
제가 먼저 죽었으니 그건 오히려 낫지마는
아무 동네 장임댁은 갓스물에 청상 되어
제가 춘광(春光)을 못 이겨서 영춘으로 가더니만
몹쓸 병이 달려들어 앉은뱅이 되었다네
아무 마실에 안동댁도 열아홉에 상부하고
제가 공연히 발광나서 내성으로 갔다더니
서방놈에게 매를 맞아 골병이 들어서 죽었다네
아무 집의 월동댁도 스물둘에 과부 되어
제집 소실을 모함하고 예천으로 가더니만
전처 자식을 몹시 하다가 서방에게 쫓겨나고
아무 곳에 단양이네 갓스물에 가장 죽고
남의 첩으로 가더니만 큰어미가 사나워서
삼시 사시 싸우다가 비상을 먹고 죽었다네
      (…)
앉아 울던 청춘과부 황연대각(晃然大覺) 깨달아서
덴동어미 말 들으니 말씀마다 개개 옳애[107]
이내 수심 풀어내어 이리저리 부쳐보세
이팔청춘 이내 마음 봄 춘자로 부쳐두고
화용월태 이내 얼굴 꽃 화자로 부쳐두고
술술 나는 긴 한숨은 세우춘풍 부쳐두고
밤이나 낮이나 숱한 수심 우는 새나 가져가게
일촌간장 쌓인 근심 도화유수로 씻어볼까

107) 개개 옳애: 모두 옳다.

천만첩이나 쌓인 설움 웃음 끝에 하나 없네
구곡간장 깊은 설움 그 말 끝에 실실 풀려
삼동설한 쌓인 눈이 봄 춘자 만나 실실 녹네
자네 말은 봄 춘자요 내 생각은 꽃 화자라
봄 춘자 만난 꽃 화자요 꽃 화자 만난 봄 춘자라
얼씨구나 조을씨고 조을씨고 봄 춘자
화전놀음 봄 춘자 봄 춘자 노래 들어보소
가련하다 이팔청춘 내게 당한 봄 춘자
노년(老年)의 갱환고원춘(更喚故園春)[108] 덴동어미 봄 춘자

(…)

화전 흥이 마진(磨盡)하여[109] 해가 하마 석양일 제
사월 해가 길다더니 오늘 해는 자르도나
하나님이 감동하사 사흘 해만 겸해주소
사흘 해를 겸하여도 하루 해는 맛창이지[110]
해도 해도 길고 보면 실컷 놀고 가지만은
해도 해도 자를시고 이내 그만 해가 가네
산그늘은 물 건너고 가막같이[111] 자라드네[112]
각기 귀가(歸家)하리로다 언제 다시 놀아볼꼬
꽃 없이는 재미없어 명년 삼월 놀아보세

108) 노년의 갱환고원춘: 노년에 다시 고향의 봄을 즐긴다.

109) 마진하여: 다하여.

110) 맛창이지: 마찬가지이지.

111) 가막같이: 검은 빛에 가까운.
112) 자라드네: 희미해진다.

잡가

유산가(遊山歌)

    화란춘성(花爛春城)하고 만화방창(萬化方暢)[1]이라 때 좋
다 벗님네야 산천경개를 구경을 가세 죽장망혜(竹杖芒鞋)[2]
단표자(簞瓢子)[3]로 천리강산을 들어를 가니 만산홍록(萬山
紅綠)들은 일년일도(一年一度)[4] 다시 피어 춘색을 자랑노라
색색이 붉었는데 창송취죽(蒼松翠竹)[5]은 창창울울(蒼蒼鬱
鬱)하고 기화요초난만(奇花瑤草爛漫)[6] 중에 꽃 속에 잠든
나비 자취없이 날아든다 유상앵비(柳上鶯飛)는 편편금(片片
金)[7]이요 화간접무(花間蝶舞)는 분분설(分分雪)[8]이라 삼춘
가절(三春佳節)이 좋을시고 도화만발점점홍(桃花滿發點點
紅)[9]이로구나 어주축수애산춘(漁舟逐水愛山春)[10]이어든 무
릉도원이 예 아니냐 양류세지사사록(楊柳細枝絲絲綠)[11]하
니 황산곡리당춘절(黃山谷裏當春節)[12]에 연명오류(淵明五
柳)[13]가 예 아니냐 제비는 물을 차고 기러기 무리져서 거지
[14] 중천(中天)에 높이 떠서 두 나래 훨씬 펴고 펄펄 백운간
에 높이 떠서 천리강산 머나먼 길에 어이갈꼬 슬피 운다 원
산은 첩첩 태산은 주춤 기암은 층층 장송은 낙낙 에이 구부
러져 광풍에 흥을 겨워 우줄우줄 춤을 춘다 층암 절벽상에
폭포수는 콸콸 수정렴(水晶簾)[15] 드리운 듯 이 골물이 주루
루룩 저 골물이 쏼쏼 열에 열 골 물이 한데 합수하여 천방
져 지방져 소코라지고 펑퍼져 넌출지고 방울져 저 건너 병

1) 화란춘성만화방창: 꽃이 만
　발한 봄날의 경치와 온갖 생
　물이 번성하는 것을 말함.
2) 죽장망혜: 대지팡이와 짚신.
3) 단표자: 도시락과 표주박.
4) 일년일도: 일년에 한번.
5) 창송취죽: 푸른 소나무와 대
　나무.
6) 기화요초난만: 아름다운 꽃
　과 풀이 만발한 모양.
7) 유상앵비편편금: 버들 위의
　꾀꼬리는 금조각 같다.
8) 화간접무분분설: 꽃 가운데
　춤추는 나비는 어지럽게 날
　리는 눈과 같다.
9) 도화만발점점홍: 복사꽃이
　만발하여 점점이 붉었다.
10) 어주축수애산춘: 고기잡이
　배가 물을 따라가니 봄이 온
　산을 사랑하다.
11) 양류세지사사록: 버드나무
　의 가는 가지가 실처럼 늘어
　져 푸르렀도다.
12) 황산곡리당춘절: 황산곡 속
　에 봄철을 만났구나.
13) 연명오류: 도연명이 집앞에
　심었다는 다섯 그루 버드나
　무.
14) 거지: 거진. 거의.
15) 수정렴: 수정으로 만든 주렴.

풍석으로 으르렁 콸콸 흐르는 물결이 은옥같이 흩어지니
소부(巢父) 허유(許由)[16] 문답하던 기산영수(箕山潁水)가 예
아니냐 주곡제금(奏穀啼禽)은 천고절(千古節)[17]이오 적다
정조(積多鼎鳥)는 일년풍(一年豊)[18]이라 일출낙조(日出落
照)가 눈앞에 벌였으니 경개 무궁이 좋을시고

십이잡가

선유가(船遊歌)

가세 가세 자네 가세 가세 가세 놀러를 가세 배를 타고
놀러를 가세 지두덩기여라 둥게둥덩덩시루 놀러 가세

앞집이며 뒷집이라 각위각집 처자들은 장부간장 다 녹인
다 동삼월(冬三月) 계삼월(季三月)아 회양도 봉봉 돌아를
오소 아나 월선(月仙)이 돈받소 가든 님은 잊었는지 꿈에
한번 아니 뵌다 내 아니 잊었거든 전들 설마 잊을쏘냐

가세 가세 자네 가세 가세 가세 놀러를 가세 배를 타고
놀러를 가세 지두덩기여라 둥게둥덩덩시루 놀러 가세

이별이야 이별이야 이별 두 자 내인 사람 날과 백년 원수
로다 동삼월 계삼월아 회양도 봉봉 돌아를 오소 아나 월선
(月仙)이 돈받소 살아 생전 생이별은 생초목에 불이 나니
불 꺼줄 이 뉘 있음나

가세 가세 자네 가세 가세 가세 놀러를 가세 배를 타고
놀러를 가세 지두덩기여라 둥게둥덩덩시루 놀러 가세

16) 소부, 허유: 요임금 시절 기
   산(箕山)에 은거한 은자들.
17) 주곡제금천고절: 주걱새 우
   는 소리는 천고의 절개라는
   뜻. 주곡은 주걱새(두견이)
   를 한자로 표기한 것.
18) 적다정조일년풍: 솥 적다
   새 우니 풍년이로구나. 적다
   (積多)는 우리말로 '적다'
   임. 그래서 적다정은 '솥 적
   다'의 뜻.

나는 죽네 임자로 하야 나는 죽네 나 죽는 줄 알 양이면
불원천리(不遠千里)하련마는 동삼월 계삼월아 회양도 봉봉
돌아를 오소 아나 월선(月仙)이 돈받소

　박랑사중(博浪沙中)[1] 쓰고 남은 철퇴 천하장사 항우를 주
어 깨치리라 깨치리라 이별 두 자를 깨치리라

　가세 가세 자네 가세 가세 가세 놀러를 가세 배를 타고
놀러를 가세 지두덩기여라 둥게둥덩덩시루 놀러 가세

십이잡가

1) 박랑사중: 박랑은 중국 하남
성에 있는 지명. 진시황이 이
곳을 지날 때에 장자방(張子
房)이 창해역사(滄海力士)를
시켜 저격했으나 실패했음.

소춘향가(小春香歌)

　춘향의 거동 보아라 오른손으로 일광(日光)을 가리우고
왼손 높이 들어 저 건너 죽림 뵌다 대 심어 어울하고[1] 솔
심어 정자라 동편에 연당이요 서편에 우물이라 노방(路傍)
에 시매고후과(時賣故侯瓜)요 문전(門前)에 학종선생류(學
種先生柳)[2] 긴 버들 휘늠 느러진 늙은 장송 광풍에 흥을 겨
워 우줄 활활 춤을 춘다 사립문 안에 삽사리 거기 앉아 먼
산만 바라보며 꼬리 치는 저 집이오니 황혼에 정녕히 돌아
를 오소 떨치고 가는 형상 사람의 간장을 다 녹인다 어야
너는 어인 계집아이완데 장부의 뼈다귀를 다 녹이노어야
너는 어인 계집아이완데 나를 종종 속이느냐 녹음방초승화
시(綠陰芳草勝華時)[3]에 해는 어이 더디 가노 오동야월(梧桐
夜月) 달 밝은데 밤은 어이 쉬이 가노 일월무정(日月無情)이

1) 어울하고: 울울하고. 울창하
고.

2) 노방시매고후과 문전학종선
생류: 당나라 때 왕유(王維)
의 시. 길가에는 예전 벼슬하
던 사람이 때때로 참외를 팔
러 오고 문앞에는 도연명의
오류수를 심었도다.

3) 녹음방초승화시: 나뭇그늘이
우거지고 꽃다운 풀이 피어
난 여름.

덧없도다 옥빈홍안(玉鬢紅顏)이 공노(空老)[4]로다 우는 눈
물 받아내면 배도 타고 가련마는 지척동방천리(咫尺洞房千
里)[5]되어 바라를 보니 눈에 암암.

십이잡가

4) 옥빈홍안공노: 꽃같이 아름
다운 얼굴이 속절없이 늙다.

5) 지척동방천리: 지척에 있으
면서도 천리나 떨어져 있는
듯하다.

아리랑타령

아리랑 고개다 정거장 짓고 전기차 오기만 기다린다
아리랑 아리랑 아라리오 아리랑 띄어라 노다 가세
용안 예지 당대초[1]는 정든 님 공경으로 다 나간다
아리랑 아리랑 아라리오 아리랑 띄어라 노다 가세
나는 좋아 나는 좋아 정든 친구가 나는 좋아
아리랑 아리랑 아라리오 아리랑 띄어라 노다 가세
전기차는 가자고 왼고동을 트는데 정든 님 잡고서 낙루
(落淚)한다
아리랑 아리랑 아라리오 아리랑 띄어라 노다 가세
정거수 여보 정거 좀 해주 우리 집 서방님 돈 가질러 갔소
아리랑 아리랑 아라리오 아리랑 띄어라 노다 가세
남산 밑에 장충단을 짓고 군악대 장단에 받들어 총만 한다
아리랑 아리랑 아라리오 아리랑 띄어라 노다 가세
아이고 데고 통곡을 말아라 죽었던 낭군이 살아를 올까
아리랑 아리랑 아라리오 아리랑 띄어라 노다 가세
나는 가네 나는 가네 떨떠리고 나는 가

1) 용안 예지 당대초: 용안과 예
지는 약초로 쓰는 과실. 당대
초는 중국산 대추.

아리랑 아리랑 아라리오 아리랑 띄어라 노다 가세

인제 가면 언제 오나 오마는 한(限)이나 일러주오

아리랑 아리랑 아라리오 아리랑 띄어라 노다 가세

만경창파 거기 둥둥 떠나는 배야 거기 좀 닻 주어라 말
물어보자

아리랑 아리랑 아라리오 아리랑 얼씨구 아라리야

세월도 덧없도다 돌아간 봄이 다시 온다

아리랑 아리랑 아라리오 아리랑 띄어라 노다 가세

인생 한 몸 돌아가면 움이 나나 싹이 나나

아리랑 아리랑 아라리오 아리랑 띄어라 노다 가세

친구가 남이언만 어이 그리 유정(有情)한가 아리랑 띄어
라 노다 가세

경기잡가

맹꽁이타령

저 건너 신진사집 시렁 위에 얹은 청둥

청정미 청차좁쌀이냐 슳은[1] 청둥 청정미 청차좁쌀이냐

아니 슳은 청둥 청정미 청차좁쌀이냐

아래대 맹꽁이 다섯 우대 맹꽁이 다섯

문안 맹꽁이 다섯 문밖 맹꽁이 다섯

흥인지문(興仁之門)[2] 썩 내달아 왕십리 첫 둘 셋째 논에
울고 우는 맹꽁이 다섯

1) 슳은: 쌀겨를 벗긴.

2) 흥인지문: 동대문.

그리로 동수구문(東水口門)[3] 두 사이에 오간수(五澗水)[4] 밑에서 놀던 맹꽁이가

오뉴월 장마통에 떠내려오는 나막신짝을 잡아 타고 선유 (船遊)하는 맹꽁이 다섯

그리로 훈련원[5] 있는 맹꽁이는 첫 남편을 이별하고 둘째 남편을 얻었더니 손톱이 길어[6] 감옥소 가고 셋째 남편을 얻었더니 육칠월 배춧잎에 싸여 밟혀 죽었기로 백지 한장 사 들고서 재돈[7] 찾으러 가는 암맹꽁이 다섯

그리로서 광통교[8] 다리 밑에서 놀던 맹꽁이가 아침인지 점심인지 저녁인지 한술 밥을 얻어먹고 긴 장죽에다 담배 한대를 흠씬 눌러 담아 붙여 물고 서퇴(暑退)[9]를 할 양으로 종로 한 마루터기 썩 올라서서 어정어정 거닐다가 행순하 는 순라군한테 결박찜을 당하고서 덜미를 치며 어서 가자 재촉하니 아니 가겠다고 드러누워 앙탈하는 맹꽁이 다섯

그리로 삼청동 막바지 장원서(掌苑署)[10] 다리 밑에서 놀 던 맹꽁이가 포백장이[11] 밥을 도적하여 먹다가 빨래방치[12] 로 제독을[13] 맞고 머리가 깨져 해산 선머리[14]를 질끈 동이 고 구보로 하여 달아나는 맹꽁이 다섯

그리로 경복궁 안 연못에 울고 노는 맹꽁이가 지나간 임 진년에 함을 물고 벙어리 되어 말 못하니 연잎 뚝 따 물 담 방 떠서 들고 대골대골 굴러 수은 장사하는 맹꽁이 다섯

그중 처녀 맹꽁이 중에 한 맹꽁이 시집을 갔더니 시집간 지 삼일 만에 시앗을 보아 서방한테 방망이로 얻어맞고 살 림살이 판을 치고 반짇고리 뒤짊어 업고 실 한 바람[15] 끊어 꽁무니에 차고 고초나무로 목매달러 가는 맹꽁이를 그 중 에 홀아비 맹꽁이가 뒤를 따라오며 하는 말이 네 지금 청춘

3) 동수구문: 동대문과 광희문.

4) 오간수: 청계천이 도성을 빠 져나가던 곳.

5) 훈련원: 군사의 선발, 무예의 연습, 병서(兵書)의 강습을 맡은 관아. 지금의 동대문운 동장.

6) 손톱이 길어: 도둑질한다는 뜻.

7) 재돈: 억울하게 죽어서 나라 에서 지급하는 장례비.

8) 광통교: 지금의 광교.

9) 서퇴: 더위를 피함.

10) 장원서: 궁중 정원의 꽃이 나 과일나무를 관리하던 관 청.

11) 포백장이: 생포목을 빨거나 삶는 일을 하는 사람.

12) 빨래방치: 빨랫방망이.

13) 제독을: 제대로. 정통으로.

14) 해산 선머리: 봉두난발이 된 머리.

15) 바람: 한 발쯤 되는 길이.

이라 내가 홀아비니 죽지 말고 나고 살자 하고 손목을 잡아
당기는 맹꽁이 다섯

그중에 수맹꽁이를 찾으려 하고 칠월이라 백중날에 공회
를 한다 모화관(慕華館)[16] 반송(盤松)[17] 수양버들 가지 밑에
수두룩이 모여 밑에 맹꽁이가 우에 맹꽁이를 치어다보고
압다 요놈아 염치없이 너무 누르지 말아라 무겁다 맹꽁 우
의 맹꽁이는 밑에 맹꽁이를 내려다보며 압다 요놈아 무엇
이 무겁다고 자깝스럽게 군말을 하느냐 조금만 참으라고
맹꽁

그중에 수맹꽁이를 찾으려고 숭례문밖 썩 내달아 칠패,
팔패[18] 이문동 도저골[19] 네거리 쪽다리 배다리 돌모루 끝을
썩 나서서 첫 둘 셋 넷 다섯 여섯 일곱 여덟 아홉 열째 미나
리 논에서 머리를 풀어 산발하고 눈물을 졸졸 방귀 뽕뽕 오
줌을 잘금 싸고 두 다리 바싹 꼬고 앉았는 맹꽁이를 수맹꽁
이로 여겼더니

그리로 녹수청산 깊은 곳에 백수풍진(白首風塵)[20]을 휘날
리는 노인 맹꽁이가 손자 맹꽁이를 무릎에 앉히고 저리 가
거라 뒤태를 보자 이리 오너라 앞맵시를 보자 앉아라 보자
서거라 보자 쥐암쥐암 곤지곤지 짝짜꿍 도리도리 길나라
비[21] 훨훨 하는 맹꽁이가 수맹꽁인가 그중에 우리 집 장독
간에서 우는 맹꽁이가 수맹꽁인가

경기잡가

16) 모화관: 중국 사신을 영접
하던 곳. 지금의 서대문 밖
북서쪽에 위치.
17) 반송: 키가 짧고 가지가 사
방으로 퍼져 자란 소나무.

18) 칠패, 팔패: 남대문 밖에서
용산 쪽으로 가는 데 있던
지역.
19) 이문동, 도저골. 성파동에
서 용산 쪽으로 가는 데 있
었던 지역.

20) 백수풍진: 늙바탕에 치르는
온갖 고생. 흰 머리를 의미.

21) 길나라비: '길라잡이'에서
온 듯. 길라잡이는 수령이
외출할 때 길을 인도하던 나
장.

바위타령

배고파 지은 밥이 뉘도 많고 돌도 많다 그 밥에 어떤 돌이 들었더냐

초벌로[1] 새문안[2] 거지바위 문턱바위 둥구재 배꼽바위 안바위 밧바위 유각골로 나려 필운대 삿갓바위 남산 꾀꼬리바위 애오개 걸바위 너분바위 쌍용정 개좃바위 봉학정 벼락바위 모화관 선바위 홍제원 치마바위 돌바위 하마바위 남문에 잠바위 우수재 위 두텁바위 헌다리 땅바위 삼개 병바위 길마재 말바위 김포로 감바위 통진 붉은바위 이태원 석바위 과천 관악산 염불암 쇠소바위 앉은바위 형제바위 수원 한나루 영웅바위 광주 서성바위 이천은 곤지바위 음죽은 안바위 여주 흰바위 양근 덕바위 황해도로 나려 금천 쉴바위 연안 건들바위 서홍 병풍바위 동설령 새남터 찌꺽바위 황주 족두리바위 평양 감영 장경문(長慶門)안 쇠바위 떡바위 순안 세바위 숙천 허바위 도로 올라 한양경성 정토절 법당 안에 개젓바위 서강에 농바위 같은 돌멩이 같은 밥에 청대콩 둔 듯이 듬성듬성 배겼구나 그 밥을 먹고 나서 누른 밥을 훑으려고 솥뚜껑을 열고 보니 해태[3] 한 쌍이 기어 나온다.

경기잡가

1) 초벌로: 먼저. 첫째로.
2) 새문안: '새문'은 돈의문을 이르는 말로, 지금의 서대문 부근.

3) 해태: 선악을 가릴 줄 안다는 상상의 동물.

수심가(愁心歌) 1

놉세다 놉세다 젊어만 놉세다 나이 많아 백수(白鬚)가지
면 못 놀리라
　인생 한번 돌아가면 만수장림(萬樹長林)에 운무(雲霧)로
다 청춘홍안을 아끼지 말고 마음대로 놉세다

　이 몸이 번루(煩累)[1]하여 설상가상에 매화꽃이오 무릉도
원에 범나비로구나 선선사사로 님 그러 못실짔네

　약사몽혼(若使夢魂)으로 행유적(行有跡)이면[2] 문전석로
(門前石路)가 반성사(半成沙)라[3] 창망한 구름 밖에 님의 소
식이 망연이로다

　우리네 두 사람이 연분은 아니오 원수로구나 만나기 어
렵고 이별이 종종 잦아서 못살갔네

　금수강산이 하 좋다고 할지라도 님 곧 없으면 적막(寂寞)
이로구나 차마 가산(嘉山) 정주(定州)[4]가 가로막혀 나 못살
갔네

　인생이 죽어지면 만수장림에 운무로구나 아니 놀고 아니

1) 번루: 번거로운 근심과 걱정.

2) 약사몽혼으로 행류적이번: 만일 혼이라도 꿈에 다녀간 자취가 있다면.

3) 문전석로가 반성사라: 문앞의 돌길이 반은 모래가 되었겠구나.

4) 가산, 정주: 평안북도에 있는 지명.

쓰지는 못하리로다

따라라 따라라 날 따라 오려무나 수화사지(水火死地)라
도 날 따라 오려무나 차마 진정 네 화용(花容) 그리워서 나
못살갔네

오르며 내리며 조르는 경상에[5] 말쑥한 냉수가 이 내 목
메는구나 차마 진정 가지로[6] 기가 막혀 나 못살갔네

님이 날 생각하고 오르며 내리며 대성통곡에 얼마나 울
었는지 큰 길 노변에 한강수로구나 참으로 님의 생각이 간
절하여서 나 못살갔구나

모란봉 꼭대기에 칠성단 무어놓고[7] 노랑대가리 쥐 물어
가라고 기도만 하누나 차마 가지로 설워서 못살갔네

님이라 하는 것은 어느 장모님 딸님이완데 잠들고 병들
기까지는 못 잊갔구나

잘살아라 잘살아라고 구정(舊情)을 잊고 신정(新情)을 고
야서 부디 평안이 잘살아라 차마 진정 가지로 설워 못살갔
네

남산이 고와서 바라다 볼까요 정든 님 계시게[8] 바라다
보지요 차마 진정 님의 화용 그리워 나 못살갔네

5) 경상에: 정상(情狀)에. 딱한
   모습에.
6) 가지로: 가지록. 갈수록.

7) 무어놓고: 쌓아놓고.

8) 계시게: 계시기에.

수로구나 수로구나 대천지 중에도 원수로구나 남의나 님 정 두라는 것이 원수로구나

사로구나 난사로구나 난사 중에라도 겹난사로구나 남의 님께다 정들여놓고 살자고 하기도 겹난사로구나 차마 진정 가지로 설워서 나 못살갔네

나를 조르다 병 나신 몸이 제 병에 죽어도 내 탓이라는구 나 차마 진정 나 못살갔네

님의 집을 격장(隔墻)[9]에 두고 보지 못하니 심불안(心不安)하고 사정(事情)치 못하니 나 죽갔구나

님이 가실 제 오마고 하더니 가구나 영절(永絶)에[10] 무소 식이로구나 차마 진정 나 죽갔구나

밤중마다 님의 생각 날 적에 어느 다정한 친구님 전에다 설분설한(雪憤雪恨)[11]을 하잔 말인가

남산을 바라보니 진달화초[12]는 다 만발하였는데 웃동 짧 고 아래 아랫동 팡파짐한 아해야 날 살려라

태산이 가로막힌 것은 천지간 조작이오 님의 소식 가로 막힌 것은 인간 조작이로구나 차마 진정 못살갔네

남산송죽에 홀로 앉아 우는 저 뻐꾹새야 님 죽은 혼령이

9) 격장: 담을 사이에 둔 이웃.

10) 영절에: 영원히 끊어져.

11) 설분설한: 분풀이하고 원한
을 씻음.

12) 진달화초: 진달래.

어든 네 아니 불쌍탄 말이가 차마 가지로 님의 생각 간절하
여 나 못살겄구나

    풍진소식막래전(風塵消息莫來傳)[13]하고 가는 춘풍을 더위
잡으리란 말이가 차마 진정 나 못살겄구나

    천리원정(千理遠程)에 님 이별하고 곡귀강남(哭歸江
南)[14]으로 나 돌아간다 차마 진정코 나 못살겄네

    우수 경칩에 대동강 풀리더니 정든 님 말씀에 요내 속 풀
리누나 차마 진정 님의 생각 그리워 나 못살겄구나

    강촌일일[15]에 환수생(還樹生)[16]하니 강풀만 푸르러도 님
생각이라 차마 진정 님 생각 간절하여 나 못살겄구나

    비나이다 비나이다 하나님 전에 비는 수로구나 간 곳마
다 님 생겨달라고 비는 수로구나 심사가 울울하여 나 못살
겄네

    불친(不親)이면 무별(無別)이오 무별이면 불상사(不想思)
라 상사불견(想思不見)으로 하시자던 낭군이 간 곳이 없구
나 참으로 네 모양 그리워 나 못살겄구나

    유전(有錢)이면 금수강산이오 무전(無錢)이면 적막강산
이로구나 차마 진정 나 못살겄네

13) 풍진소식막래전: 세상 밖 소식을 전하지 말고.

14) 곡귀강남: 울며 강남으로 돌아감.

15) 강촌일일: 강촌의 하루하루.
16) 환수생: 나무가 다시 살아남.

돈풍년 질 적에 님 사태나더니 돈 떨어지자 님 종자 말라
서 나 어찌 살잔 말이가 차마 진정 나 못살겠네

인생이 늙는 것은 연세가 높아서 늙는 것 아니요 정든 님
작별에 나 백수 지는구나[17] 참말 가지로 나 못살겄구나

일생일사는 만승천자(萬乘天子) 왕후장상(王侯將相) 두목
지(杜牧之)[18] 소동파(蘇東坡) 이적선(李謫仙)[19] 동방삭(東方
朔)일지라도 막무가내하로구나[20] 젊어 청춘에 마음대로 노
자는구나

꿈이 정녕 허사런마는 흔사만사가 백만사로구나 어젯날
몽중에 오셨던 님이 간 곳이 없구나

우리기 피치 남북에 살아도 불변심(不變心) 서자만 꼭 잊
지 말자야 만나는 날이면 그리웠던 회포를 풀어나 볼까

무정한 세월이 덧없이 가더니 무심한 백발이 날 침노하
는구나 청춘지년을 허송치 말고 마음대로 노자

유정(有情)이면은 불가망(不可忘)이오 무정(無情)이면은
불상사(不相思)로다 상사불견하던 님이 간 곳이 없구나

바람 불어서 누운 남기[21] 억수빌 만난댄들 제 느러셀이
란 말가 님으로 하여 얻은 병은 백약이 무효라

17) 백수 지는구나: 머리가 하
얘지는 구나.

18) 두목지: 당나라 때 시인.
19) 이적선: 이백.
20) 막무가내하로구나: 어찌할
수 없구나.

21) 남기: 나무.

공산야월(空山夜月)에 우는 뻐꾹새야 너는 무슨 회포 있어서 슬피 우느냐 나도 엊그제 님을 잃고서 슬퍼하노라

청초 우거진 곳에 누었느냐 잠들었느냐 향혼(香魂)은 어데 가고 백골만 남았다만은야 잔 들고 권할 이 없으니 슬퍼하노라

자귀야 울지 마라 울라거든 너 혼자 울지 낭군의 잠든[22] 날 깨우니 원수로구나

서도잡가

수심가(愁心歌) 2

천수만한(千愁萬恨)[1] 서리밤에 일일야야(日日夜夜) 수심일다
　내 마음 풀어내어 수심가를 부르리라
　슬프다 우리 낭군 어데 간고 수심일다
　한번 가고 아니 오니 이내 마음 수심일다
　관산(關山)이 어드메요 바라보니 수심일다
　난간이 적막한데 사람 그려 수심일다
　겨울 가고 봄이 오니 이내 시름 수심일다
　붉은 꽃이 희어지니 삼월모춘(三月暮春)[2] 수심일다
　청년이별 생각하니 눈물 솟아 수심일다

1) 천수만한: 수심이 가득함.

2) 삼월모춘: 늦봄.

동원도리편시춘(東園桃李片時春)[3]에 주야(晝夜) 답답 수심일다

해 다 지고 밤이 오니 상사불견 수심일다

명월이 만정(滿庭)한데 독취배회(獨醉徘徊) 수심일다

도화 같은 귀밑에 서리 차니 수심일다

독수공방 홀로 누워 전전반측(轉轉反側) 수심일다

세월이 무정하여 여리박빙(如履薄氷)[4] 수심일다

공지남산(空地南山) 송백수(松栢樹)는 제작중수(製作重修) 수심일다

추풍에 지는 잎이 흩날릴 제 수심일다

아이 불러 옷을 지어 관산부송(關山付送)[5] 수심일다

외오[6] 두고 지은 옷을 내 못 보니 수심일다

슬프다 저 이해야 불시불면(不食不眠) 수심일다

산고수심(山高水深) 험한 곳에 어이갈까 수심일다

창외(窓外)에 있는 오동 베고서 수심일다

명월야(明月夜) 긴긴 밤에 실솔성(蟋蟀聲)이 수심일다

청천(靑天)에 우는 홍안(鴻雁) 지나갈 제 수심일다

어화 이 사람을 그인 줄 알고 수심일다

소소낭군(小小郎君) 찾을 적에 하마 불견(不見) 수심일다

운산(雲山) 첩첩한데 소식 몰라 수심일다

수심수심 수심 중에 임 이별이 수심일다

서도잡가

3) 동원도리편시춘: 동쪽 동산에 복사꽃과 오얏꽃이 펄펄 날리는 봄.

4) 여리박빙: 살얼음을 디디는 것과 같음. 『시경』의 한 구절.

5) 관산부송: 관산(전쟁터)으로 보낸다는 뜻.

6) 외오: 외로이 멀리.

영변가(寧邊歌)

아서라 말려무나 네가 그리 말아
사람의 인정의 괄세를 네 그리 말아
영변에 약산은 동대 동대야
네 부디 편안히 히이에허이 네 잘 있거라
내년 양춘(陽春)은 가절(佳節)로 또 다시 보자

아서라 말려무나 네가 그리 말아
사람의 인정의 괄세를 네 그리 말아
오동에 복판이로다 이에에에 거문고로다
살가당 지루당실 소리가 저절로 난다

아서라 말려무나 네가 그리 말아
사람의 인정의 괄세를 네 그리 말아
달아 에이 달아 달아 허공 중천에 에히에헤루 두둥실 걸
린 달아
님의나 창전(窓前)이로구나 걸리신 달아

아서라 말려무나 네가 그리 말아
사람의 인정의 괄세를 네 그리 말아
지척이 남북이로다 이에에에히

바라다 보기가 망연이로구나
삼산(三山)은 반락(半落)이요 이에에에히 이수(二水)는
꺼겅중 뛰어 자라옷이라[1]

아서라 말려무나 네가 그리 말아
사람의 인정의 괄세를 네 그리 말아
자규야 우지 마라.
이에에에히 울라거든 너 혼자 울지
낭군의 잠든 날 깨우니 원수로구나

아서라 말려무나 네가 그리 말아
사람의 인정의 괄세를 네 그리 말아
남산을 바라보니 진딜화초는 디 만발하였는데
웃동 짧고 아래 아랫동 팡파짐한 아이야 날 살려라

아서라 말려무나 네가 그리 말아
사람의 인정의 괄세를 네 그리 말아

서도잡가

1) 삼산은 ~ 자라옷이라: 이백의 등금릉봉황대(登金陵鳳凰臺)에서 따온 말. 원문은 삼산반락청천외(三山半落靑天外) 이수중분백로주(二水中分白鷺洲)로, '삼산은 하늘 밖에 반쯤 솟아 있고, 이수는 백로주에서 나뉘어 흐른다'는 뜻. '자라옷'은 지명인 듯.

민요

보리타작 노래

에오 에오
여개요 에오
저개요 에오

몽글땅몽글땅 에오
보리가 나온다 에오
중놈의 대가리가 에오
나온다 에오
처재[1] 보린가 에오
애초롬하다 에오

여개를 때려라 에오
저개를 때려라 에오
주인내 이망을 에오
때려라 에오

도리깨 소리가 에오
다르다 에오
술을 안 보링깨[2] 에오
삐죽삐죽한다 에오
술을 올라야 한다 에오

1) 처재: 처자(處子)의.

2) 보링깨: 보니까.

허리를 꾸부림성 에오
오금쟁이로 에오
오쫄오쫄해라 에오

떠나온다 에오
술병이 떠나온다 에오
묵고 재미지기 에오
타작을 하지 에오

경남 함양

논매기 노래

어어루 상사디야
뒷동산에 할매꽃은
어어루 상사디야
늙으나 젊으나 꼬부라졌네
어어루 상사디야
뒷동산에 고목나무
어어루 상사디야
내 속캉같이 또 다 썩었네
어어루 상사디야

경남 거창

모 노래

물고랑 철철 헐어놓고 쥔네 양반 어데 갔노
문어야 전복 손에 들고 첩의 방에 놀러 갔네

경남 함양

찔레꽃을 똑 떼내서 임의 보손 잔볼받세
임을 보고 보손 보니 임 줄 정이 뜻이 없네

경남 함양

삼가합천(三嘉陜川) 공갈못[1]에 연실(蓮實) 따는 저 처자야
연실던실 내 따주께 요내 품에 잠을 자게

경남 함양

이 논배미 모를 숭거 감실감실 영화로세
우리 동상 곱기 길러 갓을 씨와 영화로세

경남 함양

1) 공갈못: 상주에 있는 공검지(恭儉池).

갈 제 올 제 빛만 뵈고 장부간장 다 녹인다
내다보소 내다보소 문이나 열고 내다보소

경남 함양

저 건네라 황새봉에 청실홍실 군디[2] 매네
님카 나카 둘이 띠어 떨어질까 염려로다

군디줄은 떨어져도 사랑을랑 떼지 마소
나종에랑 오마더니 오만 말도 허사로다

딸각딸각 끄는 소리 우리 님의 짚신소리
쌀랑쌀랑 부는 바람 우리 님의 한산[3] 바람

남방초야 네가 왔나 우리 님이 보내더냐
우리 님이 보낼 적에 아모 말쌈 안하던가

경남 함양

다풀다풀 다박머리 해 다 진데 어데 가노
울어머니 산소(山所) 등에 젖 먹으러 내가 가네

경남 함양

해 다 지고 저문 날에 우얀 수자가[4] 울고 가네
어린 동상 옆에 끼고 잘 데 없어 울고 가네

경남 함양

2) 군디: 그네

3) 한산: 한산 모시옷.

4) 우얀 수자가: 웬 총각이.

여보소 농부들아 이내 말을 들어보소
이 논배미에 모를 심으니 장잎5)이 펄펄 영화로구나
얼럴럴 상사루야

남훈전(南薰殿)6) 달 밝은데 순(舜)임금의 놀음이요
오뉴월이 당도하니 우리 농부 시절이로다

패랭이 꼭지 상화7)를 꽂고 마을 애기 춤이나 추어보세
얼럴럴 상사루야

경남 동래

영창문을 반만 열고 침자질8)하는 저 큰악아
침자질도 좋거니와 고개만 살금 들어봐라

경남 함안

깜둥 부씨9) 딸각 쳐서 담배 한대 먹어보세
담배맛이 요러하면 쌀밥맛은 어떠할꼬

경남 함안

모시야 적삼 시적삼에 분통 같은 저 젖 봐라
많이 보면 병난다네 살금살금 보고 가자

충남 청양

5) 장잎: 기다란 벼잎사귀.

6) 남훈전: 순임금이 거처하던
궁전.

7) 상화: 상화지(霜花紙)로 만
든 꽃.

8) 침자질: 바느질과 수놓는 일
을 함께 일컫는 말.

9) 부씨: 부싯돌.

유자야 탱자는 의가 좋아 한 꼭지에 둘이 여네
처자 총각은 의가 좋아 한 베개에 잠이 드네

충남 청양

저 달은 하나라도 팔도(八道)를 보건마는
요내 눈은 둘이라도 님 하나밖에 못 보네

충남 청양

처자 각시 배를 깎아 총각 낭군 주는구나
주는 배는 아니 받고 요내 손목 담삭 쥐네

경북 경주

방실방실 웃는 님을 못다 보고 해가 지네
걱정 말고 한탄 마소 새는 날에 다시 보세

물 밑에 고기 중에 잉어고기 제맛일레
나무 끝에 실과 중에 청실배[10]가 제맛일레

수건 수건 반포수건[11] 님 떠주는 반포수건
수건 귀가 떨어지면 님의 정도 떨어지네

10) 청실배: 청술레. 물기가 많
으며 맛이 좋은 배.

11) 반포수건: 반물빛의 폭이
좁은 무명수건.

잠 못 잘새 잠 못 잘새 궁디 시레[12] 잠 못 잘새
덮어주소 덮어주소 한산 소매로 덮어주소

경북 영양

비 묻었네 비 묻었네 갈미봉에 비 묻었네
그 비가야 비 아니라 억만군사 눈물일세

경남 울산

날 오란다네 날 오란다네 산골 처자가 날 오란다네
청장미[13] 조밥에 새우젓 놓고 혼자 묵기 심심해서 날 오
란다네

경남 창원

모야 모야 노랑모야 너 언제 커서 열매 열고
이달 크고 훗달 크고 칠팔월에 열매 열지

경북 달성

임도 눕고 나도 눕고 전깃불랑 누가 끌고
ㄲ기사 ㄲ지마는 임을 못 놓아 못 ㄲ겠네

충남 부여

12) 궁디 시레: 엉덩이가 시려.

13) 청장미: 청정미(靑精米).

여윈 몸 부여잡고 호미질 하느라니
한낮이 돌아오매 땀만 몹시 듣는구나
아무리 고생한들 가슬할 바람[14] 없네
온손배미[15]다 거두어도 한솥이 못 차누나
관청의 세금 재촉 갈수록 심하여서
동네의 구실아치 문앞에 와 고함친다

충남 예산

14) 가슬할 바람: 추수를 할 희
망.
15) 온손배미: 논·밭 전체.

이리저리 흩어질새 처자를 돌볼쏘냐
어제 한 집 없어지고 오늘 한 집 또 나간다
남쪽으로 울력 가고 북쪽으로 징병 가네
이내 몸 생겨난 뒤 이 어인 고생인가
잘 먹고 잘 입는 돈 잘 쓰는 양반님네
우리네 고생살이 그들은 못보는가

충남 예산

시집살이 노래 1

시집가든 사흘 만에 호망자리[1] 둘러메고 밭매로야 가라
칸다

1) 호망자리: 호미자루.

머슴들아 머슴들아 밭매로야 가자시라

마당겉이 굳은 밭을 미겉이도 지슴 밭[2]을 남산겉이 넓은 밭을

한 골 매고 두 골 매고 삼시 골로 거듭 매고 점심때가 되었구나

머슴들아 머슴들아 점심 먹을 집에 가자

집이라고 돌아오니 시아버지 하는 말이

번개같이 뛰나오매 그게라상 일이라고 점심 찾아 벌써 오나

쪼바리 같은 시어마님 쪼불시가[3] 기나오매

그게라상 일이라고 점심 찾어 벌써 오나

흔들흔들 맞동세는 실렁실렁 나오메야

고게라상 일이라고 짐심 찾어 벌써 오나

기가 차고 매가 차여 점심 쪼매 주이시소

삼년 묵은 보리밥을 식기 굽에 분체수고[4]

장을 조꼼 달라 하니 삼년 묵은 등게장을

종지 굽에 문체주고 몽당숟가락을 던져주니

밥그릇을 가주고야 장방 우에 얹어놓고

농문으로 열어치고 우리 아배 떠온 처매 우리 어매 눈공처매

한 폭 따여 고깔 짓고 두 폭 따여 행전 짓고 시 폭 따여 바랑 짓고

오랑망태 둘러메고 시금시금 시어마님 나는 가네

시금시금 시어마님 시집살이 몬해가주

나는 가네 나는 가네 가그덩 가고 말그덩 말고

새상방에 가가주고 서방군아 서방군아

2) 지슴 밭: 짙은 밭. 잡초가 우거진 밭.

3) 쪼불시가: 몸을 오그리고.

4) 문체주고: 묻혀주고

시집살이 할 수 없어 나는 가네 나는 가네

가지 마오 가지 마오 내 말 듣고 가지 마오

어야든동 가지 마소 그 시어른 맹 사는가

그 동세가 맹 사는가 내 말 듣고 가지 마소

손톱 밑에 흘안옇고[5] 발톱 밑에 흘안옇고

앉아가주 글만 아든 저 선비가

손톱 밑에 흘로 옇고 두 발로 당두거리며

기가 차게 눈물로 지우나[6] 할 수 없어 떠나가네

동해사 절로 가서 한 대문을 열어치고 두 대문을 열어치니

늙은 중캉 젊은 중캉 동미중[7]캉 앉었구나

동미중아 벗이중아 이내 말쌈 들어봐라 내 머리를 깎어
도고

정들어를 나여두고[8] 머리 깎다 왼말이고 잔말 말고 깎어
도고

동미중아 머리 깎어 친정골에 시주 가자 이내 머리 깎어
도고

한 귀때기 깎고 나니 눈물이 진동하고

두 귀때기 깎고 나니 팔월이라 원두밭에 돌수박이 되었
구나

바랑망태 짊어지고 친구중아 벗이중아

친정골에 시주 가자 친정골을 시주 가자

친정에 삽지끌[9]에 들어서여

시주 왔소 동냥 왔소 이 댁에 시주 왔소

어마시가 하는 말이 문을 열고 내바더보매

삽지끌에 저 대사는 우리 딸이 건성하다[10]

요보시오 그 말 마소 동서남북 다 댕기도 같은 사람 만석

5) 흘안옇고: 흙 안 넣고.

6) 지우나: 말리나.

7) 동미중: 연배가 비슷한 중.

8) 정들어를 나여두고: 정든 이
들은 남겨두고.

9) 삽지끌: 삽짝문 곁.

10) 건성하다: '분명하다'의 뜻
인 듯.

해소
　사랑문을 열어놓고 아부지가 하는 말이
　삽작밖에 저 대사는 우리 딸이 건성하다
　요보시오 그 말 마소 동서사방 다 댕기도 같은 사람 만석
해소
　시누부올케 하는 말이 삽작밖에 저 중으는 시누부 건성
하다
　요보시오 그 말 마소 동서사방 다 댕기면 같은 사람 만석
해소
　마루 밑에 있던야 청삽살이 훌쩍훌쩍 뛰나오매
　꽁지 설설 흔들메야 치매꼬리 물고 뛰고 땡게시니
　개가 그카이 보고 기가 차여 흩어져여 개를 안고
　대성양을[11] 눈물 지우니 그 가운데 알어채리고
　어마시가 두 걸음을 뛰나오야
　행전 벗어 집어치고 바랑 벗어 집어치고 고깔 벗이 집어
치고
　야야야야 이 웬일고 이게 무신 모양이고
　큰 방을 들이가자 이게 무슨 웬말이고
　정들은 어따 두고 니 일신이 이래 됐노
경북 영천

11) 대성양을: 큰소리로.

시집살이 노래 2

울도 담도 없는 집에 시집 삼년을 살고 나니

시어머님 하시는 말씀 아가 아가 메느리아가

진주낭군을 볼라거든 진주남강에 빨래를 가게

진주남강에 빨래를 가니 물도나 좋고 돌도나 좋고

이리야 철썩 저리야 철썩 어절 철썩 씻고나 나니

하날 겉은 갓을 씨고 구름 같은 말을 타고 못 본 체로 지
내가네

검둥 빨래 검께나 씻고 흰 빨래는 희게나 씨여

집에라고 돌아오니 시어머님 하시는 말씀

아가 아가 메느리아가 진주낭군을 볼라그덩

건넛방에 건너나 가서 사랑문을 열고나 봐라

건넛방에 건너나 가서 사랑문을 열고나 보니

오색가지 안주를 놓고 기생첩을 옆에나 찌고 희희낙락
하는구나

건넛방에 건너나 와서 석자 시치 멩지수건[1] 목을 매어서
내 죽었네

진주낭군 버선발로 뛰어나와

첩으야 정은 삼년이고 본처야 정으는 백년이라

아이고 답답 웬일이고

경북 영양

1) 멩지수건: 명주수건.

시집살이 노래 3

형님 온다 형님 온다 분고개로 형님 온다
형님 마중 누가 갈까 형님 동생 내가 가지
형님 형님 사촌형님 시집살이 어떱데까
이애 이애 그 말 말아 시집살이 개집살이
앞밭에는 당초 심고 뒷밭에는 고추 심고
고추 당초 맵다 해도 시집살이 더 맵더라
둥글둥글 수박 식기 밥 담기도 어렵더라
도리도리 도리소반 수저 놓기 더 어렵더라
오리 물을 길어다가 십리 방아 찧어나가
아홉 솥에 불을 때고 열두 방에 자리 걷고
외나무다리 어렵대야 시아버니같이 어려우랴
나뭇잎이 푸르대야 시어머니보다 더 푸르랴
시아버지 호랑새요 시어머니 꾸중새요
동세 하나 할림새[1]요 시누 하나 뾰족새요
시아지비 뾰중새요 남편 하나 미련새요
나 하나만 썩는 샐세
귀 먹어서 삼년이요 눈 어두워 삼년이요
말 못해서 삼년이요 석삼년을 살고 나니
배꽃 같은 요내 얼굴 호박꽃이 다 되었네
삼단 같은 요내 머리 비사리춤[2]이 다 되었네

1) 할림새: 남의 허물을 잘 고해
바치는 사람.

2) 비사리춤: 비를 엮는 싸리 묶
음.

백옥 같은 요내 손길 오리발이 다 되었네
열새무명 반물치마 눈물 씻기 다 젖었네
두폭붙이 행주치마 콧물 받기 다 젖었네
울었던가 말았던가 벼개머리 소(沼)이겼네[3]
그것도 소이라고 거위 한쌍 오리 한쌍
쌍쌍이 떠들어오네

3) 소이겼네: 연못을 이루겠네.

충남 예산

밀양아리랑

날 좀 보소 날 좀 보소 날 좀 보소
동지섣달 꽃 본 듯이 날 좀 보소
아리아리랑 스리스리랑 아라리가 났네
아리랑 어절시구 넘어 넘어간다

정든 님 오시는데 인사를 못해
행주치마 입에 물고 입만 벙긋
아리아리랑 스리스리랑 아라리가 났네
아리랑 어절시구 넘어 넘어간다

울 너머 총각의 각피리 소리
물 긷는 처녀의 한숨소리
아리아리랑 스리스리랑 아라리가 났네

아리랑 어절시구 넘어 넘어간다

잊으랴 잊으랴 굳은 맹세 하였건만
창외(窓外) 삼경 세우(細雨) 시(時)엔 또 못 잊어 우네
아리아리랑 스리스리랑 아라리가 났네
아리랑 어절시구 넘어 넘어간다

세상에 핀 꽃은 울긋불긋
내 마음에 핀 꽃은 울렁울렁
아리아리랑 스리스리랑 아라리가 났네
아리랑 어절시구 넘어 넘어간다

천리를 갈거나 만리를 갈거나
님을 따라간다면 어데든지 가요
아리아리랑 스리스리랑 아라리가 났네
아리랑 어절시구 넘어 넘어간다

네가 잘나 내가 잘나 그 누가 잘나
양인이 정들면 다 잘났지
아리아리랑 스리스리랑 아라리가 났네
아리랑 어절시구 넘어 넘어간다

내가 죽으면 누가 울어줄까
뒷동산 소나무 매아미나 울어줄거다
아리아리랑 스리스리랑 아라리가 났네
아리랑 어절시구 넘어 넘어간다

경남 밀양

정선아리랑 1

눈이 올려나 비가 올려나
억수장마 질라나
만수산 검은 구름이
막 모여든다
아리랑 아리랑 아라리요
아리랑 고개 고개로 날 넘겨주게

세월이 갈라면
저 혼자나 가지
알뜰한 청춘을
왜 데리고 가나
아리랑 아리랑 아라리요
아리랑 고개 고개로 날 넘겨주게

아우라지 뱃사공아
배 좀 건너주게
싸리골 올동백이
다 떨어진다
아리랑 아리랑 아라리요
아리랑 고개 고개로 날 넘겨주게

네가 죽든지 내가 죽든지
무슨 야단 나야지
새로 든 정분에
뼛골이 살짝 녹는다
아리랑 아리랑 아라리요
아리랑 고개 고개로 날 넘겨주게

담뱃불이야 번득번득에
임 오시나 했더니
그놈의 개똥불이야
날 속였네
아리랑 아리랑 아라리요
아리랑 고개 고개로 날 넘겨주게

앞 남산의 피나무 단풍은
구시월에 들고요
이내 가슴 속단풍은
시시때때로 든다
아리랑 아리랑 아라리요
아리랑 고개 고개로 날 넘겨주게

정선 읍내 물레방아는
사시장철 물살을 안고 빙글빙글 도는데
우리 집 서방님은
날 안고 돌 줄 모르네

아리랑 아리랑 아라리요
아리랑 고개 고개로 날 넘겨주게

호랑 계모 어린 신랑
날 가라고 하네
삼베 질쌈 못한다고
날 가라고 하네
아리랑 아리랑 아라리요
아리랑 고개 고개로 날 넘겨주세

술 잘 먹고 돈 잘 쓸 때는
금수강산일러니
술 못 먹고 돈 못 쓰니는
적막강산일세
아리랑 아리랑 아라리요
아리랑 고개 고개로 날 넘겨주게

강원도 정선

정선아리랑 2

물동이 여다 놓고
물그림자 보니
촌갈보 노릇하기

제 아니 원통합니까
아리아리랑 아라리요
아리랑 고개로 둘이 넘세

울타리 밑에다
님 세워놓고
호박잎이 넌출넌출하여
임 못 보겠네
아리아리랑 아라리요
아리랑 고개로 둘이 넘세

가지잎 같은 혀를 물고
연적 같은 젖을 만지고
전통[1] 같은 팔을 비비고
단둘이 누웠으니
정신이 아물아물
나 죽겠네
아리아리랑 아라리요
아리랑 고개로 둘이 넘세

강원도 정선

1) 전통(箋筒): 편지 따위를 넣
   어두는 통.

진도아리랑

서산에 지는 해는 지고 싶어 지느냐
날 두고 가시는 임 가고 싶어 가느냐
아리아리랑 쓰리쓰리랑
아라리가 났네
아리랑 응응응 아라리가 났네
십오야 밝은 달은 내 사랑 같고
그믐의 어둔 밤은 내 간장 녹이네

떳다 보아라 공산은 두견이로다
울고 간다 각새소리
아리아리랑 쓰리쓰리랑
아라리가 났네
아리랑 응응응 아라리가 났네
십오야 밝은 달은 내 사랑 같고
그믐의 어둔 밤은 내 간장 녹이네

너 보고 날 봐라 내가 너 따라 살더냐
눈으로 못 보는 정에 너 따라 살제
아리아리랑 쓰리쓰리랑
아라리가 났네

아리랑 응응응 아라리가 났네
십오야 밝은 달은 내 사랑 같고
그믐의 어둔 밤은 내 간장 녹이네

물 긷는 소리는 오돔방톰방
날 오라는 손길은 깐당깐당
아리아리랑 쓰리쓰리랑
아라리가 났네
아리랑 응응응 아라리가 났네
십오야 밝은 달은 내 사랑 같고
그믐의 어둔 밤은 내 간장 녹이네

바람이 불라면 논바람이나 불고
풍년이 들라면 처녀풍년이나 들어라
아리아리랑 쓰리쓰리랑
아라리가 났네
아리랑 응응응 아라리가 났네
십오야 밝은 달은 내 사랑 같고
그믐의 어둔 밤은 내 간장 녹이네

남의 집 서방님은 가방을 드는데
우리 집 낭군님은 개똥망태만 든다
아리아리랑 쓰리쓰리랑
아라리가 났네
아리랑 응응응 아라리가 났네
십오야 밝은 달은 내 사랑 같고

그믐의 어둔 밤은 내 간장 녹이네

오늘 갈지 내일 갈지 모르는 세상
내가 심은 호박넌출 담장을 넘네
아리아리랑 쓰리쓰리랑
아라리가 났네
아리랑 응응응 아라리가 났네
십오야 밝은 달은 내 사랑 같고
그믐의 어둔 밤은 내 간장 녹이네

전남 진도

근대요 1

전답의 좋은 것은 철도로 가고
기집애 고운 것은 갈보로 간다

남산 밑에 정거장 짓고
십삼도(十三道) 호걸이 다 모여든다

기차는 가자고 잔고동 트는데
임을 잡고서 낙루(落淚)하네

경북 김천

근대요 2

아주까리 동백아 열지 말아
춘년의 기름머리 눈꼴 난다

낙동강 칠백리 공글¹⁾ 놓고
하이카라 잡놈이 왕래한다

1) 공글: 콘크리트.

경남 함안

근대요 3

신작로 둑에 아까사²⁾ 숭가
자동차 바람에 단풍든다

물 여다 놓고 거렁지³⁾ 보니
촌갈보 되기도 원통하다

갈보질 갈라고 빗은 머리
동남풍 불어서 난(亂)머리져

3) 아까사: 아까시나무.

3) 거렁지: 그늘. 그림자.

경북 영천

근대요 4

산천초목은 젊어가고
인간의 청춘은 늙어간다
아리랑 아리랑 아라리요
아리랑 고개를 넘어간다

성황당 까마귀 깍깍 짖고
정든 님 병환은 날로 깊어
아리랑 아리랑 아라리요
아리랑 고개를 넘어간다

무산자(無産者) 누구냐 탄식 마라
부귀와 빈천은 돌고 돈다
아리랑 아리랑 아라리요
아리랑 고개를 넘어간다

감발을 하고서 주먹을 쥐고
용감하게도 넘어간다
아리랑 아리랑 아라리요
아리랑 고개를 넘어간다

밭 잃고 집 잃은 동무들아

어디로 가야만 좋을까 보냐
아리랑 아리랑 아라리요
아리랑 고개를 넘어간다

괴나리 봇짐을 짊어지고
아리랑 고래로 넘어간다
아리랑 아리랑 아라리요
아리랑 고개를 넘어간다

아버지 어머니 어서 오소
북간도 벌판이 좋다더라
아리랑 아리랑 아라리요
아리랑 고개를 넘어간다

쓰라린 가슴을 움켜쥐고
백두산 고개를 넘어간다
아리랑 아리랑 아라리요
아리랑 고개를 넘어간다

감발을 하고서 백두산 넘어
북간도 벌판을 헤매인다
아리랑 아리랑 아라리요
아리랑 고개를 넘어간다

원수로다 원수로다
총 가진 포수(砲手)가 원수로다

아리랑 아리랑 아라리요
아리랑 고개를 넘어간다

일간두옥(一間斗屋)의 우리 부모
생각할수록 눈물이라
아리랑 아리랑 아라리요
아리랑 고개를 넘어간다

아리랑 고개는 얼마나 멀게
한번 넘어가면 영영 못 오나
아리랑 아리랑 아라리요
아리랑 고개를 넘어간다

우리의 앞길에 성님군아
뜻과 같이 성공을 하세
아리랑 아리랑 아라리요
아리랑 고개를 넘어간다

경기도

작가 소개

강익(姜翼, 1523~?): 조선 중종 때의 학자. 호는 개암(介菴)·송암(松菴). 조식(曺植)의 문인. 저서『개암집(介菴集)』.

계랑(桂娘, 1513~50): 기생. 성(姓)은 이(李), 본명은 향금(香今). 호는 매창(梅窓)·계생(桂生)·계랑(桂娘). 부안(扶安)의 명기로서 가무(歌舞), 현금(玄琴), 한시 등에 능했다고 한다.

광덕(廣德, 생몰 미상): 신라 문무왕 때의 승려. 엄장(嚴莊)과 소막을 짓고 도를 닦으며 서방 정토에 극락왕생을 기원하는 「원왕생가(願往生歌)」를 지었다.

권근(權近, 1352~1409): 고려말 조선초의 학자·문신. 호는 양촌(陽村). 이색(李穡)의 문하였으며 정도전·하륜 등과 친교가 있었다. 고려가 망하자 조선 건국에 참여했으며, 주요 요직을 거치면서 조선 초기 문병(文柄)을 잡았다. 저서『양촌집(陽村集)』.

권호문(權好文, 1532~87): 조선 중종·선조 때의 학자로 이황의 문인. 호는 송암(松巖). 경기체가『독락팔곡(獨樂八曲)』과 시조『한거십팔곡(閑居十八曲)』을 지었다. 문집『송암집(松巖集)』.

길재(吉再, 1353~1419): 고려말 조선초의 문신·학자. 호는 야은(冶隱). 1400년(정종 2)에 이방원(李芳遠)에 의해 태상 박사(太常博士)가 되었으나 두 왕조를 섬길 수 없다 하여 거절하고 오직 성리학적 도(道)를 닦으며 후진 양성에 전력했다. 이색(李穡)·정몽주(鄭夢周)와 함께 고려의 삼은(三隱)으로 일컬어진다. 저서『야은집(冶隱集)』.

김광욱(金光煜, 1580~1656): 조선 중기의 문신. 호는 죽소(竹所). 1611년(광해군 3) 정언으로 있을 때 대북파(大北派)의 영수인 정인홍(鄭仁弘)을 탄핵했으며, 이후 대북 정권이 추진하던 폐모론(廢母論)에 반대하여 삭직(削職)되었다. 인조반정 후 다시 등용되어 요직을 거쳤다.『진본 청구영언(珍本靑丘永言)』에「율리유곡」 17수가 실려 있다. 저서『죽소집(竹所集)』.

김굉필(金宏弼, 1454~1504): 조선 전기의 학자. 호는 한훤당(寒暄堂).『소학(小學)』에 심취하여 스스로 '소학동자(小學童子)'라 일컬었다. 무오사화 때 김종직의 문도로서 붕당을 만든 죄로 평안도 희천(熙川)에 유배되었다가 갑자사화 때 무오당인으로 지목되어 극형을 당하였으나, 중종반정으로 신원되었다. 저서『경현록(景賢錄)』『한훤당집(寒暄堂集)』 등.

김구(金絿, 1488~1534): 조선 전기의 문신. 호

는 자암(自庵). 기묘사화에 연루되어 남해(南海) 등지에 유배되었다. 저서로 『자암집(自庵集)』 등을 남겼으며, 시조 3수와 남해에 유배되었을 때 지은 가사 「화전별곡(花田別曲)」이 그의 문집에 전한다.

김덕령(金德齡, 1567~96): 임진왜란 때의 의병장. 임진왜란이 일어나자 담양 부사 이경린(李景麟)·장성 현감 이귀(李貴)의 천거로 종군하였으며, 1694년 의병을 정돈하고 선전관이 된 후, 권율(權慄)의 휘하에서 의병장 곽재우(郭再祐)와 함께 종군하였다. 충청도 이몽학(李夢鶴) 반란을 토벌하려다 도중에 회군하였는데, 이몽학과 내통하였다는 무고를 당해 구금되어 고문으로 인해 옥사하였다.

김득연(金得硏, 1555~1637): 조선 중기의 문인. 호는 갈봉(葛峯). 그의 집안은 누대에 걸쳐 근기(近畿) 지방에서 벼슬을 했으나 김종직의 문하였던 김용석(金用石) 대에 안동지방으로 이주하여 이 지방의 재지사족으로 자리잡았다. 시조 70여수가 전한다. 저서 『갈봉선생문집(葛峯先生文集)』.

김상헌(金尙憲, 1570~1652): 조선 중기의 문신. 호는 청음(淸陰). 67세 때 병자호란을 당하여 척화를 주장하다가 파직당하고 이후 두 차례에 걸쳐 심양(瀋陽)으로 잡혀갔다가 76세에 석방되었다. 이후 벼슬이 좌의정(左議政)·영돈령부사(領敦寧府事)에 이르렀다. 저서 『청음집(淸陰集)』 등.

김성기(金聖器, 생몰 미상): 조선 후기 숙종·영조 때 거문고 명인이자 가객. 호는 낭옹(浪翁)·어은(漁隱). 상의원(尙衣院) 궁인(弓人)으로 궁중의 활 만드는 일을 관장하였으나 음악에 재질이 있어 가객이 되었다. 이른바 '여항육인'의 한 사람으로 김천택(金天澤) 등과 교유하였다. 금보(琴譜)인 「어은보(漁隱譜)」가 전해진다.

김수장(金壽長, 1690~?): 조선 영조 때의 가객. 호는 노가재(老歌齋). 숙종조에 기성(騎省)의 서리(書吏)를 지냈으며 『해동가요(海東歌謠)』를 편찬했다. 서울 화개동(花開洞)에 노가재를 짓고 여러 풍류객들과 어울리며 이른바 노가재가단을 형성하였다. 『해동가요』 『청구가요(靑丘歌謠)』와 기타의 가집에 120여수의 시조가 전한다.

김영(金煐, 생몰 미상): 자는 경명(景明). 정조 때 무과에 급제하여 벼슬이 형조 판서(刑曹判書)에까지 올랐다.

김장생(金長生, 1548~1631): 조선 중기의 문신·학자. 호는 사계(沙溪). 예학(禮學)을 깊이 연구하여 조선 예학의 태두가 되었으며 인조반정 이후 서인의 영수격으로 당시 정국에 많은 영향력을 행사하였다. 예(禮)에 관한 저서 다수. 시문집 『사계선생전서(沙溪先生全書)』.

김종서(金宗瑞, 1390~1453): 고려말 조선초의 무신. 호는 절재(節齋). 1433년(세종 15) 함길도 관찰사(咸吉道都觀察使)가 되어 야인들의 변경 침입을 격퇴했고, 육진을 설치하여 두만강을 경계로 국경선을 확정하는 데 공을 세웠다. 문종이 죽자 왕의 고명(顧命)을 받아 황보인(皇甫仁) 등과 함께 단종을 보필했다. 수양대군에 의해 1453년

두 아들과 함께 참살되었다. 저서 『제승방략(制勝方略)』.

김창흡(金昌翕, 1653~1722): 조선 중기의 문신. 호는 삼연(三淵). 김상헌(金尙憲)의 증손. 1673년 (현종 14) 진사시에 합격하였으나 나가지 않고 백악산(白岳山) 기슭에 낙송루(洛誦樓)를 짓고 글을 읽으며 지냈다. 저서 『삼연집(三淵集)』『심양일기(瀋陽日記)』등.

김천택(金天澤, 생몰 미상): 조선 영조 때의 중인 가객. 자는 백함(伯涵) 또는 이숙(履叔), 호는 남파(南坡). 1728년(영조 4)에 『진본 청구영언』을 편찬하였으며 이른바 여항육인(閭巷六人)을 중심으로 활발한 가악 활동을 하였다. 약 80여수의 작품이 『진본 청구영언』에 전한다.

김태석(金兌錫, 생몰 미상): 조선 영조 때의 중인 가객. 『청구가요(靑邱歌謠)』에 시조 2수가 전한다.

김홍도(金弘道, 1745~?): 조선 영·정조 때의 화가. 자는 사능(士能), 호는 단원(檀園)·단구(丹邱). 화원으로 영조와 정조의 어진(御眞) 제작에 참여하였으며 1791년부터 1795년까지 연풍현감을 지내기도 했다. 산수, 도석인물(道釋人物), 풍속, 화조 등 다양한 작품을 남겼으며 특히 풍속화로 유명하다.

남구만(南九萬, 1629~1711): 조선 중기의 문신. 호는 약천(藥泉). 대사간(大司諫) 등 요직을 두루 거쳐 1679년(숙종 5)에 한성부 좌윤(漢城府佐尹)이 되었으나 윤휴(尹鑴) 등 남인(南人)을 탄핵하다가 남해(南海)로 유배되었다. 1694년(숙종 20) 남인이 실각하자 복직되어 영의정을 역임하였다. 1701년(숙종 27) 장희빈의 처벌에 대해 노론에 맞서 경형(輕刑)을 주장하다 숙종이 장희빈의 사사(賜死)를 결정하자, 사직하고 낙향하기도 하였다. 저서 『약천집(藥泉集)』.

남이(南怡, 1441~68): 조선 전기의 무신. 태종의 외손. 서북변(西北邊)의 건주위(建州衛)를 토벌할 때 우상대장(右廂大將)이 되어 여진족장 이만주(李滿住)를 참살하고 그 공으로 공조 판서가 되었다. 1468년(세조 14) 병조 판서로 발탁되었으나 한명회(韓明澮) 등 훈신들에 의해 해직되어 28세에 유자광(柳子光)의 참소(讒訴)로 강순(康純) 등과 함께 주살되었다.

낭원군(朗原君, 1640~99): 본명은 이간(李侃), 자는 화숙(和叔), 호는 최락당(最樂堂). 선조의 손자인 인흥군(仁興君)의 아들. 전서·예서를 잘 써 「송광사사원사적비(松廣寺嗣院事蹟碑)」「백련사사적비(白蓮寺事蹟碑)」등의 작품이 남아 있다.

득오(得烏, 생몰 미상): 신라 효소왕(孝昭王) 때의 화랑. 삼국 통일의 공훈을 세운 죽지랑(竹旨郎)의 문도로 「모죽지랑가(慕竹旨郎歌)」를 지었다.

맹사성(孟思誠, 1360~1438): 조선 전기의 문신. 호는 고불(古佛). 1386년(고려 우왕 12년)문과에 급제하여 춘추관 검열 등을 역임하였다. 조선이 건국된 뒤 대제학(大提學), 좌의정(左議政) 등에 올랐다. 청렴결백한 재상으로 이름을 떨쳤다.

박문욱(朴文郁, 생몰 미상): 조선 숙종·영조 때 가객. 서리 출신으로 김수장의 『해동가요』의 '고금창가제씨(古今唱歌諸氏)' 56명 가운데 올라 있으며 『청구가요』에 시조 17수가 전한다.

박인로(朴仁老, 1561~1642): 조선 중기의 향반. 호는 노계(蘆溪). 향반이었으나 임진왜란 때 의병장 정세아(鄭世雅)의 막하에서 종군하기도 했고, 수군절도사(水軍節度使) 성윤문(成允文)의 발탁으로 종군하기도 했다. 1599년(선조 32) 무과에 급제하여 수문장(守門將)·선전관(宣傳官)·조라포수군만호(助羅浦水軍萬戶) 등을 역임했다. 도학(道學)과 애국심·자연애를 바탕으로 「태평사(太平詞)」「사제곡(莎堤曲)」「누항사(陋巷詞)」 등의 가사와 「입암별곡(立巖別曲)」「훈민가(訓民歌)」 등의 시조를 남겼다.

박팽년(朴彭年, 1417~56): 조선 전기의 문신·학자. 사육신의 한 사람. 호는 취금헌(醉琴軒). 1443년(세종 25) 알성시(謁聖試)에 급제하여 집현전(集賢殿) 학사가 되어 여러 편찬사업에 종사하였다. 1456년(세조 2) 성삼문·하위지 등과 단종복위를 도모하다 발각되어 옥중에서 죽었다.

박효관(朴孝寬, 1781~1880): 조선 후기 고종 때의 가객. 호는 운애(雲崖). 안민영(安玫英)과 더불어 『가곡원류(歌曲源流)』를 편찬하여 당시까지 전승되는 가곡을 총정리하였으며 승평계(昇平稧)와 노인계(老人稧)를 중심으로 당시 가곡계를 이끌었다. 대원군의 총애를 받아 운애(雲崖)라는 호를 하사받았다고 한다.

서익(徐益, 1542~87): 조선 중기의 문신. 호 만죽(萬竹). 1569년(선조 2) 별시문과(別試文科)에 급제. 1583년 군수(郡守)가 되고 이어 종부시첨정(宗簿寺僉正)으로 순문관(巡問官)이 되어 북방에 파견되었다. 1585년 의주 목사(義州牧使) 때 탄핵받은 이이(李珥)를 변호하다가 파직되었다. 문집 『만죽헌집(萬竹軒集)』.

성삼문(成三問, 1418~56): 조선 전기의 문신·학자. 사육신의 한 사람. 집현전 학사로 뽑혀 정음청(正音廳)에서 정인지(鄭麟趾)·최항(崔恒) 등과 함께 훈민정음 창제에 공헌하였다. 박팽년(朴彭年)·유응부(兪應孚) 등과 함께 단종복위운동을 꾀하다가 발각되어 처형당했다. 저서 『성근보집(成謹甫集)』.

성종(成宗, 1457~94): 조선 제9대 왕이며 재위기간은 1469~94년이다. 휘(諱)는 이혈(李娎). 재위기간 동안에 통치체제의 기반을 다졌으며, 김종직(金宗直)을 중심으로 한 사림(士林)을 등용하여 훈구(勳舊)와 사림의 세력균형을 도모함으로써 왕권을 안정시켰다. 『악학궤범(樂學軌範)』『동국여지승람(東國與地勝覽)』『동국통감(東國通鑑)』 등 편찬.

성혼(成渾, 1535~98): 조선 중기의 문신·학자. 호는 묵암(默庵). 백인걸(白仁傑)에게서 글을 배웠으며 이이(李珥)와 성리학을 토론하기도 했다. 이이(李珥)의 천거로 장령(掌令)에 임명되었으나 병으로 나가지 못했다. 명나라에서 왜군과 화친을 주장할 때 유성룡(柳成龍)과 함께 주화를 주장하여 척화파에 의해 참소되었다. 저서 『우계집(牛溪集)』.

송계연월옹(松桂烟月翁, 생몰 미상): 조선 영조 때의 가객. 본명 미상. 『고금가곡(古今歌曲)』의 편찬자로 시조 14수가 수록되어 있다.

송순(宋純, 1493~1582): 조선 전기의 문신·학자. 호는 기촌(企村)·면앙정(俛仰亭). 대사헌(大司憲)·한성부 판윤(漢城府判尹) 등을 역임했다. 1533년(중종 28) 김안로(金安老)가 권세를 잡자 귀향하여 면앙정(俛仰亭)을 짓고 시를 읊으며 지냈다. 면앙정은 그가 41세 때 담양의 제월봉 아래에 세운 정자로서 여기에는 임제(林悌), 김인후(金麟厚), 고경명(高敬命), 임억령(林億齡) 등 많은 인사들이 출입하며 시를 시있다. 문집 『면앙집(俛仰集)』.

송시열(宋時烈, 1607~89): 조선 중기의 문신·학자. 호는 우암(尤菴). 이이(李珥), 김장생(金長生)으로 이어지는 기호학파(畿湖學派)의 대표적 유학자로서, 일생을 주자학 연구에 바쳐 조선에 있어서는 가장 완벽하게 주자사상을 이해한 인물로 손꼽힌다. 저술로 1787년(정조 11)에 간행된 『송자대전(宋子大全)』 215권 102책이 있다.

신계영(辛啓榮, 1577~1669): 조선 중기의 문신. 호는 선석(仙石). 1624년(인조 2) 통신사 정립(鄭岦)의 종사관(從事官)으로 일본에 가서 귀국할 때는 임진왜란 때 포로가 되었던 146인과 함께 돌아왔으며, 1637년(인조 15)에는 속환사(贖還使)가 되어 병자호란 때 포로로 잡혀간 600인을 심양에서 데려왔다. 1639년에는 볼모가 된 소현세자(昭顯世子)를 맞으러 심양에 가기도 했다. 저서로 『선석유고(仙石遺稿)』가 있으며, 「전원사시가(田園四時歌)」를 포함하여 시조 16수가 전한다.

신충(信忠, 생몰 미상): 신라 때의 대신. 효성왕(孝成王)과는 어릴 때부터 친했으므로 잠저(潛邸) 시절에 장차 자기를 중용(重用)하겠다는 약속을 받았다. 그러나 왕이 즉위 후에 약속을 이행하지 않자 향가 「원가(怨歌)」를 지어 궁정의 잣나무에 걸어두었더니 그 나무가 시들었다고 한다. 이에 왕은 잘못을 뉘우치고 그를 중용하게 되었다. 노년에는 중이 되어 단속사(斷俗寺)를 짓고 효성왕의 명복을 빌었다.

신헌조(申獻朝, 1752~1807): 조선 후기의 문신. 호는 죽취당(竹醉堂). 상촌(象村) 신흠(申欽)의 8대손으로 여러 관직을 두루 거쳤다. 시조집 『봉래악부(蓬萊樂府)』 편찬.

신흠(申欽, 1566~1628): 조선 전기의 문신·학자. 호는 상촌(象村)·방옹(放翁). 1586년(선조 19) 별시(別試)에 급제한 후 요직을 두루 거쳤다. 1613년(광해군 5) 계축옥사(癸丑獄事)가 일어나자 파직되었고 1616년 인목대비 폐비·김제남(金悌男)의 가죄(加罪)와 함께 춘천으로 유배되었으며, 1621년(광해군 13)에 사면되었다. 인조반정 후 돌아와 영의정에 이르렀다. 그는 이정구(李廷龜)·장유(張維)·이식(李植)과 함께 조선 중기 한문학 4대가로 꼽힌다. 저서 『상촌집(象村集)』 등.

신희문(申喜文, 생몰 미상): 조선 후기의 가객으로 추정된다. 『육당본 청구영언(六堂本靑丘永言)』에 시조 14수가 수록되어 있다.

안민영(安玟英, 1816~85): 조선 순종·고종 때의 가객. 호는 주옹(周翁)·구포동인(口浦東人). 박효관(朴孝寬)과 함께 『가곡원류』를 편찬했다. 흥선대원군과 그의 아들인 이재면(李載冕)과도 교유가 있었으며 판소리 광대와도 어울리는 등 당시 풍류문화를 주도하였다. 개인가집 『금옥총부(金玉叢部)』에 180여수의 시조가 실려 있다.

양사언(楊士彦, 1517~84): 조선 중기의 문인. 호는 봉래(蓬萊). 산수를 즐겨 금강산을 자주 유람했으며, 「금강산유람기(金剛山遊覽記)」를 남기기도 했다. 글씨에도 뛰어나 안평대군(安平大君)·김구·한호(韓濩) 등과 함께 조선 전기 4대 서예가로 꼽힌다. 저서 『봉래시집(蓬萊詩集)』.

영재(永才, 생몰 미상): 원성왕(元聖王) 때의 낭승(郎僧). 지리산으로 가던 중 대현령(大峴嶺)에서 도둑떼를 만났을 때 「우적가(遇賊歌)」를 불렀더니 도둑이 회개하였다 한다.

오경화(吳擎華, 생몰 미상): 자는 자형(子衡). 조선 후기의 가객. 김수장이 편찬한 『해동가요』의 '고금창가제씨'에 이름이 올라 있으며 『하합본 가곡원류(河合本 歌曲源流)』에 '동국명가(東國名歌)'라고 소개 되어 있다.

왕방연(王邦衍, 생몰 미상): 세조 때 금부도사(禁府都事)로 있었는데 사육신 사건이 있은 뒤 왕명에 따라 상왕(上王) 단종이 노산군(魯山君)으로 격하되어 영월로 귀양갈 때 호송하였다. 당시의 심경을 읊은 시조 한 수를 남겼다.

우탁(禹倬, 1263~1342): 고려말의 문신·학자. 호는 백운(白雲)·단암(丹巖). 충선왕 즉위년 감찰규정(監察糾正) 때 충선왕이 숙창원비(淑昌院妃)와 밀통한 것을 알고 이를 극간한 뒤 벼슬을 내놓았다. 충숙왕이 그 충의를 가상히 여기고 누차 불렀으나, 사퇴하고 학문에 정진하였다. 당시 원나라를 통해 들어온 정주학(程朱學) 서적을 처음으로 해독, 이를 후진에게 가르쳤다. 경사(經史)와 역학(易學)에 통달하였다.

원천석(元天錫, 생몰 미상): 고려말의 은사(隱士). 호는 운곡(耘谷). 고려말에 정계가 문란함을 보고 치악산에 들어가서 농사를 지으며 부모를 봉양하는 한편, 이색(李穡) 등과 교유하면서 지냈다. 조선 태종이 어릴 때 원천석에게서 글을 배운 바 있어 즉위 후 자주 불렀으나 거절하였다.

월명사(月明師, 생몰 미상): 신라 경덕왕(景德王) 때의 낭승. 경주의 사천왕사(四天王寺)에 소속해 있으면서 달 밝은 밤에 피리를 불며 문앞 큰 길을 다녔는데 그때마다 달이 그를 위해 길을 밝혔으므로 그 길을 월명리(月明里)라 하고, 그의 이름도 월명이라 했다. 향가를 잘 지었으며 작품으로 「도솔가(兜率歌)」과 「제망매가(祭亡妹歌)」가 전한다.

월산대군(月山大君, 1454~88): 이름은 이정(李婷). 호는 풍월정(風月亭). 성종의 형. 1471년(성종 2) 월산대군(月山大君)에 봉해졌다. 양화도(楊

花渡) 북쪽 언덕에 위치한 희우정(喜雨亭)을 개축하여 망원정(望遠亭)이라 하고 이곳에서 강호를 벗삼으며 지냈다. 저서『풍월정집(風月亭集)』.

위백규(魏伯珪, 1727~98): 조선 중기의 향반. 호는 존재(存齋). 어려서부터 제가서(諸家書)를 탐독한 그는 향리 장천재(長川齋)에 기거하면서 향촌교화에 힘썼다. 과거에 계속 응시하였으나 급제하지 못하고 1794년(정조 18) 학행으로 천거받아 선공감 부봉사(繕工監副奉事)·옥과 현감(玉果縣監) 등을 역임했다. 문집에『존재집(存齋集)』이 있으며 국문시가로는 가사「자회가(自悔歌)」와 시조「농가구장(農歌九章)」이 있다.

유응부(兪應孚, ?~1456): 조선 전기의 무신. 사육신의 한 사람. 호는 벽량(碧梁). 일찍이 무과에 급제하여 평안도 도절제사, 동지 중추원사 등을 역임했다. 1456년(세조 2) 성삼문·박팽년 등과 단종복위를 꾀하다 발각되어 죽임을 당하였다.

윤선도(尹善道, 1587~1671): 조선 전·중기의 문신. 호는 고산(孤山). 1628년(인조 6) 별시 문과 초시에 장원급제한 후 봉림대군(鳳林大君)의 사부(師傅), 사헌부 지평 등 요직을 두루 거쳤다. 여러 차례의 유배와 은거생활을 통해「산중신곡(山中新曲)」「어부사시사(漁父四時詞)」「몽천요삼장(夢天謠三章)」등의 시조를 남겼다. 문집(文集)『고산선생유고(孤山先生遺稿)』, 친필가첩(親筆歌帖)『산중신곡(山中新曲)』『금쇄동집고(金鎖洞集古)』등.

융천사(融天師, 생몰 미상): 신라 진평왕(眞平王) 때의 낭승. 세 사람의 화랑이 금강산으로 놀러가려 했는데 갑자기 혜성(彗星)이 심대성(心大星)을 범하였다. 이때「혜성가(彗星歌)」를 지어 불렀더니 괴성이 없어지고 침범했던 왜구(倭寇)도 물러갔다고 한다.

이개(李塏, 1417~56): 조선 전기의 문신·학자. 사육신의 한 사람. 호는 백옥헌(白玉軒). 1436년(세종 18) 문과에 급제, 훈민정음 창제에도 참여하였다. 성삼문·박팽년 등과 더불어 단종의 복위를 꾀하다가 사전에 발각되어 혹독한 고문 끝에 죽었다.

이색(李穡, 1328~96): 고려말 조선초의 문신·학자. 호는 목은(牧隱). 삼은(三隱)의 한 사람. 고려말 성리학의 발전에 크게 기여했을 뿐만 아니라 이성계의 조선 건국에 반대해 절의를 지켰다. 조선 개국 후 이성계가 한산백(韓山伯)에 책봉했으니 사양하고, 이듬해 여강(驪江)으로 가던 중 죽었다. 문하에 권근(權近)·김종직(金宗直)·변계량(卞季良) 등을 배출, 학문과 정치에 커다란 발자취를 남겼다. 저서『목은시고(牧隱詩藁)』『목은문고(牧隱文藁)』등.

이순신(李舜臣, 1545~98): 조선 중기의 무신. 임진왜란이 일어나자 좌수영(左水營)의 수군을 이끌고 옥포(玉浦)·합포(合浦)·당포(唐浦)·당항포(唐項浦) 등의 해전에서 큰 공을 세웠다. 노량(鷺梁)해전에서 왜적의 유탄에 맞아 타계하였다.

이이(李珥, 1536~84): 조선 전·중기의 문신·학자. 호는 율곡(栗谷)·석담(石潭). 임진왜란 전에 십만양병설을 주장한 것으로 유명하다. 성리학자로서는 이황의 이기이원론(理氣二元論)에 맞서 이기일원론(理氣一元論)을 설파하였다. 황해도 해주에 은병정사(隱屛亭舍)를 짓고 「고산구곡가(高山九曲歌)」를 지었다. 저서 『율곡전서(栗谷全書)』.

이재(李在, 생몰 미상): 본관은 전주. 서천군(西川君) 광(洸)의 손자. 1760년(영조 36) 영천군수(榮川郡守)를 지내고 한성부 서윤(漢城府庶尹)에 이르렀다. 글씨를 잘 썼다.

이정보(李鼎輔, 1693~1766): 조선 중기의 문신. 호는 삼주(三洲). 1732년(영조 8) 탕평책을 반대하는 상소를 올렸다가 파직되었다. 부수찬(副修撰)으로 다시 기용되어 승지(承旨) 등을 역임하다 1750년(영조 20) 다시 탕평책을 반대하여 인천부사(仁川府使)로 좌천되었다. 그후 대제학(大提學), 예조판서 등을 역임하고 판중추부사(判中樞府使)가 되었다. 그는 음률에도 능했으며 시조 104수가 전한다. 당시 예인(藝人)들을 후원하기도 했다.

이정진(李廷藎, 생몰 미상): 영조 때의 가객. 자는 집중(集仲), 호는 백회재(百悔齋). 벼슬은 현감(縣監). 『가곡원류』 『육당본 청구영언』 등에 시조 15수가 전한다.

이조년(李兆年, 1269~1343): 고려말의 문신. 호 매운당(梅雲堂)·백화헌(百花軒). 시문에 뛰어났다.

이존오(李存吾, 1341~1371): 고려말의 문신. 정치가. 호는 석탄(石灘)·고산(孤山). 1366년(고려 공민왕 15) 우정언(右正言)이 되어 신돈(辛旽)의

횡포를 탄핵하다가 왕의 노여움을 샀으나 이색 등의 변호로 극형을 면하고 장사 감무(長沙監務)로 좌천, 후에 석탄(石灘)에서 은둔생활을 하다가 죽었다.

이직(李稷, 1362~1431): 고려말 조선초의 문신. 이조년(李兆年)의 증손자. 조선을 개국하는 데 협력함으로써 도승지(都承旨)로 발탁되었으며 개국공신(開國功臣) 3등과 성산군(星山君)에 책봉되었다. 왕자의 난이 일어났을 때 정도전을 도왔다. 세태의 흐름을 민감하게 좇았으며 도읍의 선정과 궁궐·도성의 조성 및 수보(修補) 등의 건축과 정비에 크게 기여하였다. 문집 『형재집(亨齋集)』.

이항복(李恒福, 1556~1618): 조선 중기의 문신. 호는 백사(白沙). 1575년(선조 8)에 진사시(進士試)에 합격한 후 요직을 두루 거쳐 영의정에 이르렀다. 1617년(광해군 9) 폐모론(廢母論)이 일어나자 이를 극력 반대하다가 이듬해 북청(北靑)으로 유배되어 그곳에서 세상을 떠났다. 저서 『백사집(白沙集)』 『북천일록(北遷日錄)』 등.

이현보(李賢輔, 1467~1555): 조선 전기의 문신. 호는 농암(聾巖). 1504년(연산군 10) 사간원 정언(司諫院正言)으로 권신들의 비행을 논박하다가 안동으로 유배되었으며, 중종반정으로 복직되어 호조 참판 등 요직을 역임하였다. 이황(李滉)·황준량(黃俊良) 등과 교유하였다. 구전하던 「어부가(漁夫歌)」를 정리하여 장가 9장, 단가 5장으로 만들었고 「효빈가(孝嚬歌)」 「농암가(聾巖歌)」 「생일가(生日歌)」 등 시조 8수를 지었다. 저서 『농암집

(聾巖集)』.

이황(李滉, 1501~70): 조선 중기의 학자. 호는 퇴계(退溪). 대표적인 성리학자로 1548년(명종 3) 풍기 군수로 있을 때 백운동서원(白雲洞書院)의 사액(賜額)을 요청하여 '소수서원(紹修書院)'이라는 편액(扁額)을 하사받기도 했다. 1569년(선조 2) 귀향하여 도산서원(陶山書院)에서 교육과 학문에 힘썼으며 국문시가로 「도산십이곡(陶山十二曲)」을 지었다. 그의 성리학 이론체계는 이기호발설(理氣互發說)을 핵심으로 하는 이기이원론(理氣二元論)으로 대표된다. 저서 『퇴계선생문집(退溪先生文集)』 『자성록(自省錄)』 『주자서절요(朱子書節要)』 등.

이휘일(李徽逸, 1619~72): 조선 중기의 학자. 호는 존재(存齋). 장흥효(張興孝)의 문인으로 맹자(孟子)의 존심양성(存心養性)에 뜻을 두고 구도에 전심, 특히 상제의례(喪祭儀禮)의 제도와 절목(節目)을 상세히 연구했다. 1661년(현종 2) 저곡(楮谷)에 옮겨 살면서 학문에 전념하였다. 뒤에 학행(學行)으로 천거되어 참봉(參奉)에 임명되었으나 부임하지 않았다. 저서 『존재집(存齋集)』.

인평대군(麟坪大君, 1622~58): 이름은 이요(李㴭) 호는 송계(松溪). 인조의 셋째 아들이며 효종의 동생. 1640년(인조 18) 볼모로 심양에 갔다가 이듬해 돌아왔고, 1650년(효종 1)부터 네 차례에 걸쳐 사은사에 임명되어 청나라에 다녀왔다. 그는 시(詩)·서(書)·화(畫)에도 능하였다. 현존하는 작품으로는 「고백도(古栢圖)」「산수도(山水圖)」「노승하관도(老僧遐觀圖)」 등이 있다. 저서 『송계집(松溪集)』 『연행록(燕行錄)』 등.

임제(林悌, 1549~87): 조선 중기의 문신. 호는 백호(白湖). 1576년(선조 9) 생원시(生員試)·진사시(進士試)에, 1577년 알성문과(謁聖文科)에 급제했다. 예조 정랑(禮曹正郎)과 지제교(知製敎)를 지내다가 동서(東西)의 당파싸움을 개탄, 명산을 찾아다니며 여생을 보냈다. 당대 명문장가로 명성을 떨쳤으며 시풍이 호방하고 명쾌했다. 저서 『화사(花史)』 『수성지(愁城誌)』 『임백호집(林白湖集)』 『부벽루상영록(浮碧樓觴詠錄)』 등.

정도전(鄭道傳, 1342~98): 조선초의 문신. 호는 삼봉(三峰). 이색의 문하에서 수학하였으며 정몽주(鄭夢周)·이숭인(李崇仁) 등과 교유하였고, 조준(趙浚)·남은(南闇) 등과 이성계를 추대하여 조선 건국에 결정적 역할을 하였다. 또한 『조선경국전(朝鮮經國典)』 등을 편찬하여 건국 초 통치의 기본원리를 확립하는 데 크게 기여하였다. 그러나 '제1차 왕자(王子)의 난'으로 이방원에 의해 피살되었다. 문집 『삼봉집(三峰集)』.

정몽주(鄭夢周, 1337~92): 고려말의 문신. 호는 포은(圃隱). 당시 신진사대부들 사이에 이성계를 추대하려는 음모가 있음을 알고 이성계 일파를 제거하려 했으나 선죽교(善竹矯)에서 이방원의 부하 조영규(趙英珪) 등에게 격살되었다. 의창(義倉)을 세워 빈민을 구제하고 유학을 보급하였으며, 성리학에 밝았다. 고려 삼은(三隱)의 한 사람으로 1401년(태종 1) 영의정에 추증되고 익양부원군(益陽府院君)에 추봉되었다. 문집 『포은집(圃隱集)』.

정서(鄭敍, 생몰 미상): 호는 과정(瓜亭). 인종비(仁宗妃) 공예태후(恭睿太后) 동생의 남편으로 왕의 총애를 받았으며 벼슬은 음보(陰補)로 내시낭중(內侍郎中)에 이르렀다. 1151년(의종 5) 폐신(嬖臣) 정함(鄭諴)·김존중(金存中)의 참소로 동래(東萊) 및 거제도로 유배되었다가 1171년(명종 1)에 풀려났다. 문장에 뛰어났으며 성격이 경박하고 재예(才藝)가 있었다. 저서 『과정잡서(瓜亭雜書)』가 있으며, 유배지에서 지은 「정과정곡(鄭瓜亭曲)」이 있다.

정철(鄭澈, 1536~93): 조선 중기의 문신. 호는 송강(松江). 1551년(명종 6) 전라도 창평으로 내려가 성산(星山) 기슭의 송강(松江) 가에서 임억령·송순 등과 교유하였다. 1580년(선조 13) 강원도 관찰사가 되었을 때 「관동별곡(關東別曲)」을 지었다. 그뒤 1585년(선조 18)부터 다시 고향에 은거하며 「사미인곡(思美人曲)」 「속미인곡(續美人曲)」 「성산별곡(星山別曲)」 등의 가사와 시조·한시 등을 지었다. 『송강집(松江集)』과 『송강가사(松江歌辭)』가 전한다.

정훈(鄭勳, 1563~1640): 조선 중기의 향반. 호는 수남방옹(水南放翁). 평생 관직에 나가지 않은 향반이었으나 이괄(李适)의 난 때에는 모병하여 출동하였고, 정묘·병자호란 때에는 두 아들을 출정시켰다. 이러한 그의 의식은 가사 「성주중흥가(聖主中興歌)」 「계해반정후계공신가(癸亥反正後戒功臣歌)」 「탄북인작변가(歎北人作變歌)」 등에 그대로 드러나 있다. 이외도 그는 「수남방옹가(水南放翁歌)」 「탄궁가(歎窮歌)」 「우활가(迂闊歌)」 등의 가사와 시조 20수를 지었다.

조식(曺植, 1501~72): 조선 중기의 학자. 호는 남명(南冥). 1538년(중종 33) 유일(遺逸)로 헌릉참봉(獻陵參奉)에 임명되었지만 관직에 나가지 않았고 이후에도 여러 벼슬에 임명되었지만 모두 사퇴하였다. 1551년(명종 6) 정인홍(鄭仁弘)·김우옹(金宇顒)·정구(鄭逑) 등 많은 학자들이 찾아와 학문을 배웠다. 1561년 지리산 기슭 진주 덕천동(德川洞, 지금의 산청군 시천면)으로 이거하여 산천재(山天齋)를 지어 죽을 때까지 그곳에 머물며 강학(講學)에 힘썼다. 저서 『남명집(南冥集)』 등.

조존성(趙存性, 1554~1628): 조선 중기의 문신. 호는 용호(龍湖). 1591년(선조 24) 대교(待教)에 올랐으나 정철의 당이라 하여 파면되었다. 임진왜란이 일어나자 의주(義州)의 행재소(行在所)에 가서 대교에 복직하였으나 광해군 때 생모추존(生母追尊)을 반대하여 파직당했다. 1624년(인조 2) 이괄의 난이 평정된 후 지의금부사(知義禁府事)가 되었다. 시조로 「호아곡(呼兒曲)」 4수가 전한다.

조찬한(趙纘韓, 1572~1631): 조선 중기의 문신. 호는 현주(玄洲). 성균관 학유(學諭), 전적, 형조·호조 좌랑, 정언 등을 역임하고 1617년(광해군 9) 영천 군수(永川郡守)로 있을 때 각지에 도적이 창궐하자 삼도 토포사(三道討捕使)가 되어 도

적을 토벌, 그 공으로 통정대부(通政大夫)에 올랐
다. 인조반정 후 형조 참의가 되어 승문원 제조를
겸임하였으며, 이듬해 선산 부사(善山府使)가 되
었다. 권필(權韠)·이안눌(李安訥) 등과 교유하였
다. 저서 『현주집(玄洲集)』.

주세붕(周世鵬, 1495~1554): 조선 전기의 학자.
자는 경유(景游), 호는 신재(愼齋). 1542년(중종
37) 풍기 군수(豊基郡守)로 부임하여 이듬해 주자
(朱子)의 백록동학규(白鹿洞學規)를 본받아서 백
운동서원(白雲洞書院)을 건립하였다. 「도동곡(道
東曲)」 「육현가(六賢歌)」 「엄연곡(儼然曲)」 「태평
곡(太平曲)」 등의 경기체가(景幾體歌)와 「훈민가
(訓民歌)」 등의 시조를 지었다. 저서 『죽계지(竹溪
志)』 『무릉잡고(武陵雜稿)』.

충담사(忠談師, 생몰 미상): 신라 경덕왕(景德
王) 때의 낭승. 차를 끓여 남산(南山) 삼화령(三花
領) 미륵세존(彌勒世尊)께 차공양을 하고 돌아오
던 중 왕 앞에 불려가 「안민가(安民歌)」를 지었다.
왕이 이 노래의 뜻에 감동하여 왕사(王師)로 모시
려고 했으나 굳이 사양했다고 한다. 그가 지은
「찬기파랑가」는 향가의 백미로 꼽힌다.

태종(太宗, 1367~1422): 조선의 제3대 왕. 이름
은 이방원(李芳遠). 태조 이성계의 다섯째 아들이
다. 이성계를 도와 조선 건국에 큰 공을 세웠고 이
른바 '왕자(王子)의 난(亂)'을 통해 실권을 장악
하였다. 집권 후 공신과 외척세력의 제거, 의정부
(議政府) 기능의 약화, 언관(言官)제도의 강화, 사
전(私田)에 대한 통제 강화 등을 통해 중앙집권체

제를 확립하였다.

한우(寒雨, 생몰 미상): 조선 선조 때의 평양기
생. 임제와 주고받은 시조가 유명하다.

한호(韓濩, 1543~1605): 서예가. 호는 석봉(石
峯). 어려서부터 어머니의 격려로 서예에 정진하
여 그때까지 중국의 서체와 서풍을 모방하던 풍조
를 벗어나 독자적인 경지를 확립하여 석봉류(石峯
流)의 호쾌하고 강건한 서풍을 창시했다. 후기의
김정희(金正喜)와 함께 조선 서예의 쌍벽을 이룬
다. 그러나 그의 필적으로는 『석봉서법(石峯書
法)』 『석봉천자문(石峯千字文)』 등이 모간(模刊)
되어 있는 것과 비문이 남아 있을 뿐이다.

홍랑(洪娘, 생몰 미상): 기생. 홍원(洪原) 출생.
1573년(선조 6) 삼당시인(三唐詩人)의 하나이 고
죽 최경창(孤竹崔慶昌)이 북평사(北評事)로 경성
(鏡城)에 주재할 때 그 막중(幕中)에 머물며 인연
을 맺었다. 임진왜란 중에도 고죽의 시고(詩稿)를
간직하였으며, 죽어서는 고양(高陽)에 있는 고죽
의 묘 아래에 묻혔다.

황진이(黃眞伊, 생몰 미상): 기생. 일명 진랑
(眞娘). 기명(妓名) 명월(明月). 개성(開城) 출생.
중종 때 진사의 서녀(庶女)로 태어났으며, 시·
서·음률에 뛰어났다. 15세 무렵에 동네 총각이
자기를 연모하다가 상사병으로 죽자 기계(妓界)
에 투신하였다고 한다. 서경덕(徐敬德)·박연폭
포(朴淵瀑布)와 함께 송도삼절(松都三絶)로 불렸
다.

황희(黃喜, 1363~1452): 조선 전기의 문신. 호

는 방촌(厖村). 고려말에 벼슬을 하기도 했으나 조선의 건국에 참여하여 요직을 두루 거쳐, 1431년(세종 13) 영의정(領議政)이 되었다. 농사의 개량, 예법의 개정, 천첩소생(賤妾所生)의 천역(賤役) 면제 등 많은 업적을 남겨 세종의 가장 신임받는 재상이 되었다. 저서 『방촌집(厖村集)』.

효종(孝宗, 1619~59): 조선 제17대 왕. 이름은 호(淏). 인조의 둘째 아들. 1626년(인조 4) 봉림대군(鳳林大君)에 봉해졌으며, 병자호란으로 소현세자(昭顯世子)와 함께 8년간 청나라에 볼모로 잡혀가 있었다. 1645년(인조 23) 소현세자가 변사한 뒤 세자에 책봉되어 1649년에 즉위하였다. 즉위 후 김상헌(金尙憲)·김집(金集) 등을 중용하여 북벌계획을 추진하였으나 그의 죽음으로 뜻을 이루지 못했다. 김육(金堉)의 주장으로 1652년에는 충청도에, 1657년에는 전라도에 대동법을 실시하였고 상평통보(常平通寶)를 주조하여 유통시키기도 했다.

희명(希明, 생몰 미상): 신라 경덕왕(景德王) 때 한기리(漢岐里)에 살던 여자로 「도천수대비가(禱千手悲歌)」를 지었다.

고전시가사의 흐름과 감상

고 미 숙

들어가는 말

노래가 흘러 넘치고 있다. 거리에서, 노래방에서, 그리고 각종 공연장과 스포츠 경기장, 또는 집회장에서. 흐르는 강물이 바위 틈새를 공략하듯, 노래는 삶의 곳곳에 틈입하여 견고한 영토를 구축하고 있다. 노동과 유희, 투쟁과 휴식, 사랑과 애욕, 원망과 기다림 등, 도대체 노래가 담아내지 못하는 영역을 상상할 수 있을까?

물론 그것이 삶의 근저를 변화시키는 원동력이라고까지 말하기는 어려울 것이다. 그러나 노래가 적어도 그것을 향유하는 개인과 개인, 집단과 집단을 이어주는 징검다리이자 시대의 진풍경을 보여주는 '창(窓)'이라는 사실을 부인하는 이는 없을 것이다.

노래, 그 부드러우면서도 집요한 무형의 생명체!

그러면 노래의 이 도저한 생명력은 어디에서 연원하는가? 다시 말해, 노래는 어디에서 와 어디로 흘러가는가? 이것이 바로 고전시가를 연구하는 이들의 중심 화두이다. 대체로 고전시가는 '지금 여기'와의 시간적 간격이 큰 까닭에 막연한 환상과 신비로 채색되는 경향이 있다. 그럼으로써 종종 그 생동하는 에너지가 사상된 채, 복고적 추상 속에 갇혀버리곤 한다. 고전시가의 올바른 접근법은 무엇보다 이러한 낡은 사고틀을 부수어버리는 데에 있다. 다시 말해, 우리 시대의 노래 속에 세기말을 통과하는 현대인의 삶의 애환과 정서가 다양하게 담겨 있듯이 고전시가에도 당대인의 꿈과 동경, 그리고 비애가 폭넓게 담겨 있다는 연속성을 투시하는 것이 절실히 요구된다. 그렇게 될 때 고전시가는 화석화된 과거의 휘장을 걷고 '지금 우리'의 현실과 뜨겁게 '접속(!)'될 수 있으리라. 우리 시대의 노래 속에서 과거의 여운을 찾아내고, 과거의 노래 속에서 미래를 향한 메아리를 감지하는 것, 이것이야말로 저 드넓은 고전시가의 바다를 유영(遊泳)하는 진정한 즐거움일 터이다.

향가에서 고려가요, 악장과 시조 및 가사, 그리고 잡가, 민요로 이어지는 유구한 경로를 간략하게 개괄하기 이전에 몇 가지 전제해야 할 사항이 있다. 시가사에서 근대 이전과 이후를 구별지어주는 가장 두드러진 특징은 정형적 리듬의 존재 여부이다. 그런데 이 점은 단순히 율격 차원의 문제가 아니라, 좀더 복합적인 존재방식의 문제를 내장하고 있다. 즉, 근대 이전의 노래양식이 보편적으로 지니고 있는 정형적 리듬은 그것이 시와 노래가 통일되어 있다는 점과 뗄 수 없이 연관되어 있다. 예컨대, 향가에서 잡가까지의 양식은 일단은 음악으로 존재했지만, 그렇다고 오늘날의 노래와 동일한 위상을 지니는 것은 아니다. 기본적으로는 노래이되, 오늘날 시가 하는 역할까지 떠맡고 있다고 보는 것이 옳을 것이다. 20세기초 들어 이러한 통일성이 해체되면서 '시(詩)'와 '가(歌)'가 각기 다른 길을 가게 되었고, 근대시의 자유로운 리듬은 이러한 경로 위에서 창출된 것이다.

또 하나 주목해야 할 것은 표기체계와 관련된 사항이다. 중세는 한문이라는 보편문어와 우리말이 공존하는 이중적 언어체계를 유지하고 있었다. 이것이 지배와 피지배 관계의 언어문화적 투영임은 물론이다. 따라서 고전시가의 전승수단은 때로는 향찰(鄕札)로, 때로는 구전(口傳)으로, 또 훈민정음(訓民正音) 등으로 끊임없이 변화해왔다. 어찌 보면 고전시가의 장르적 변천은 표기체계 사이의 갈등과 긴밀히 결합되어 있었으니, 그러한 긴장관계는 근대 이후 한문학이 무대에서 사라지고, 국어가 공식적 표기체계로 부상할 때까지 쉬임없이 계속되었다.

정형적 리듬, 시와 가의 통일, 표기체계 사이의 갈등 및 시대적 변천, 이 세 가지 사항은 근대 이전 세계문학의 보편적 특징이기도 하다. 고전시가사는 그같은 보편성 위에서 민족시가의 특수성을 가꾸어왔던바, 이제 그 구체적 도정을 살펴보도록 하자.

민족시가 형식의 출발——향가

향가는 민족시가 형식의 출발을 알리는 장르이다. 물론 그 이전에도 고대가요 세 편이 전해지기는 한다. 그러나 「구지가(龜旨歌)」 「공무도하가(公無渡河歌)」 「황조가(黃鳥歌)」 등은 우리 민족 고유의 미적 특질을 지녔다기보다는 원시문학이 지닌 보편적 속성이 더 지배적이다. 말하자면, 그 세 편은 아직 고대국가의 틀을 갖추지 못한 종족 집단의 산물이라 할 수 있다. 향가는 그같은 원시적 보편성의 탯줄을 과감히 끊고 민족적 성격을 체현하고 있는 양식인바, 향가의 출현과 더불어 우리 시가사는 비로소 고유한 역사를 가지게 되었다고 할 수 있다.

신라 3대 유리왕 5년, 왕이 나라를 순행하다가 굶주리고 얼어 죽어가는 노파를 발견했다. 왕은 "내가 하찮은 몸으로 왕위에 있으면서 백성을 기르지 못하여 늙은이와 어린이를 이 지경에 이르게 했으니, 이것은 나의 죄다"라고 하며 옷을 벗어 덮어주며 밥을 먹이고 곧 관리에게 명하여 늙은 홀아비, 홀어미, 고아, 늙어서 아들이 없는이, 늙고 병들어 스스로 생활할 수 없는 이를 위문하고 식량을 주어 부양하게 했다. 그랬더니 이웃나라 백성까지 모여들었다. 이 해에 민속이 환강(歡康)해졌으며 「도솔가(兜率歌)」를 지었는데 이것이 '가악(歌樂)'의 시작이다.

이것은 『삼국사기(三國史記)』의 기록이다. 여기서 「도솔가」는 월명사가 지은 4구체 향가가 아니라 '치리가(治理歌)' 혹은 '두릿노래'로, 그 뜻을 풀이하면 '편안하게 하는 노래'가 된다. 그리고 가악의 시작이란 최초의 노래라는 뜻이 아니라 노래가 새로운 단계로 접어들었음을 의미한다.

삼국시대에 들어서자 봉건체제가 본격적으로 정립되고 그에 상응하는 이념의 체계화가 요구되었다. 즉, 상층과 하층이 소통할 수 있는 질서가 필요하고 거기에 음악은 주요한 역할을 했던 것이다. 그리하여 삼국이 각기 독특한 노래를 산출하기 시작했는데, 그 과정에서 신라는 향가라는 형식을 창출하여 서정시의 발전에 눈부신 진전을 이루게 되었다.

향가는 고려 후기에 승려 일연(一然)이 지은 『삼국유사』에 14편, 고려 초기 『균여전(均如傳)』에 실린 「보현십원가(普賢十願歌)」 11편이 전해지고 있다. 이 가운데 후자는 불교 교의의 전파를 위한 찬불가의 성격을 띠기 때문에 향가의 일반적 속성과는 거리가 있다. 따라서 고려시대 이전의 향가로는 14편이 전부인 셈이고, 그나마도 몇 세기가 흘러 고려 후기에 채록된 것들이다. 자료의 빈약함이 안타깝기도 하지만, 달리 생각하면 이 14편이 일연의 손에 수집되어 지금 우리에게 전달되기까지의 과정이 실로 가슴 벅차게 느껴지기도 한다. 향가 한 편 한편이 소중하게 취급되어야 할 이유가 무엇보다 여기에 있다.

향가는 특징 갈래의 명칭이 아니라, 향찰(鄕札)로 표기된 노래의 총칭이다. 남아 있는 작품을 중심으로 형태를 구분해 보면 4구체, 8구체, 10구체 등으로 나누어지는데, 이 가운데 4구체와 8구체는 민요적 형식의 연장선상에서 이해하는 것이 일반적이다. 다시 말해 4구체 향가는 넉 줄 형식의 민요가 향찰 표기방식과 결합하여 정련된 양식으로 상승한 것이고, 4구체를 연속적으로 포개놓으면 8구체가 되므로 8구체 역시 궁극적으로는 같은 맥락에서 이해할 수 있다. 그러나 10구체에 이르면 사태는 판연히 달라진다. 10구체는 단순히 구를 열 개로 늘린 것이 아니라, 마지막 9, 10구(흔히 낙구 落句라고 부른다)에 독특한 완결장치를 설정한 양식이다. 즉, 9구 첫머리에는 늘 '아으' 혹은 '아야'라는 감탄사가 배치되어 정서를 고조시키고, 그 다음에 그 고조된 정서를 집약하여 마무리하는 방식으로 이어지는 것이다. 이러한 운율적 장치는 시의 서정성을 고도화할 수 있고, 또 정서표출의 폭을 한층 다채롭게 할 수 있다는 점에서 커다란 의의가 있다. 10구체 향가를 특별히 '사뇌가(詞腦歌)'라는 이름으로 지칭하고, 향가 가운데 빼어난 작품들이 대부분 10구체에 속하는 것이 결코 우연이 아닌 것이다. 그리고 이런 시상 전개방식은 이후 시조의 3장 완결장치에까지 이어지는바, 한마디로 고전시가사는 10구체 향가의 강력한 자장 안에 있었던 셈이다.

향가의 형식적 특질이 이처럼 다양하기 때문에 그 안에 담긴 내용적 폭이 풍부한 것은 지극히 당연하다. 향가에는 불교적 발원(「원왕생가 願往生歌」「도천수대비가 禱千手大悲歌」)에서부터 유교적 이념의 설파(「안민가 安民歌」), 뜨거운 구애의 열정(「서동요 薯童謠」「헌화가 獻花歌」) 및 실존적 고뇌(「제망매가 祭亡妹歌」), 화랑에 대한 찬미(「찬기파랑가 讚耆婆郎歌」) 등에 이르기까지 당대인들의 사유와 정서가 두루 무르녹아 있다. 게다가 그 풍부한 수사학은 또 어떠한가? 아내의 간통장면을 보고도 "빼앗긴 것을 어찌하리오"(「처용가 處容歌」)라고 토로하는, 통념을 뛰어넘는 체념의 미학에서부터 기파랑의 고매한 인격을 '달과 시내, 잣가지'의 이미지를 융합하여 표현해내는(「찬기파랑가」) 고도의 메타포, 그리고 도둑들의 위협 앞에서도 불교적 선업을 설파하는 「우적가(遇賊歌)」의 위트 섞인 반어에 이르기까지 향가가 연출해내는 멋진 표현들 역시 시가사의 소중한 자산이 아닐 수 없다.

물론 이러한 미덕은 향가의 담당층이 상하를 고루 포괄하고 있다는 점과도 깊이 관련되어 있을 터이다. 예컨대, 향가의 작자층은 평범한 서민에서부터 상층관료, 화랑이자 승려인 국선지도(國仙之道, 월명사 月明師·충담사 忠談師) 등에 걸쳐 있고,

향유층 역시 위로는 국왕에서부터 아래로는 도둑떼에 이르기까지 두텁게 형성되어 있다. 향가는 명실공히 당대의 상층과 하층이 소통할 수 있는 중요한 매체였던 셈이다.

바로 그러한 소통적 힘을 확인하게 해주는 것이 향가에 부기되어 있는 산문기록들이다. 향가는 작품마다 신이하고도 감동적인 삽화가 함께 전승된다. 이것은 고대가요가 지니고 있던 주술성의 잔재가 남아 있는 것이기도 하고, 아직 노래가 독자적인 양식으로 분화하지 못한 예술사적 한계를 말해주는 것이기도 하다. 하지만 이 삽화들을 통해 독자들은 향가와 관련된 다음과 같은 유명한 전언(傳言)의 의미를 한층 분명히 납득할 수 있을 터이다.

신라 사람들이 향가를 숭상한 지가 오래 되었는데, 그것은 대개 『시경(詩經)』의 송(頌)과 같은 종류이다. 그러므로 천지귀신을 감동시킨 것이 한두 번이 아니었나(羅人尚鄉歌者尚矣 盖詩頌之類歟 故往往能感動天地鬼神者非一).
——『삼국유사』 감통(感通) '월명사 도솔가' 조

고려인의 낭만과 비애, 그 생생한 울림——고려가요

고려시대의 시가양식으로는 속요·경기체가·소악부 등이 있다. 향가가 모든 계층이 두루 즐길 수 있는 양식이었던 데 비해 경기체가를 제외한 속요와 소악부는 철저히 민중의 노래로 생성되었다. 그것은 고려시대로 접어들자 한문학이 번성하면서 향찰과 같은 우리식 표기체계가 현저히 위축되었고, 그로 인해 우리말로 된 노래는 오로지 민중의 전유물이 되어버렸기 때문이다. 고려속요가 지닌 형식적 다채로움, 예컨대 3

음보의 율동적 리듬, 분련(分聯)을 통한 노랫말의 자유로운 확장, "아으 다롱디리" "얄리얄리 얄라셩 얄라리 얄라" 등과 같은 감칠맛 나는 여음구 등은 바로 민간가요가 지닌 역동성과 깊은 관련이 있다.

'고려속요' 하면 누구나 가장 먼저 '남녀상열지사(男女相悅之詞)'를 떠올릴 것이다. 다시 말해 속요는 '남자와 여자가 어울려 서로 즐기는 노래'라는 고정관념이 널리 퍼져 있다. 물론 이러한 통념은 조선초 고려 음악을 정리했던 사대부들에 의해 유포된 것이다. 속요가 실린 문헌은 『악장가사(樂章歌詞)』 『악학궤범(樂學軌範)』 『시용향악보(時用鄕樂譜)』 등으로 이 악보들은 훈민정음이 창제된 이후 조선초까지의 구악을 정리하는 과정에서 편찬되었다. 이때 유교적 이념으로 무장된 사대부의 눈에 진솔하고 자유분방한 고려의 노래들은 그야말로 부도덕한 통속가요로밖에는 여겨지지 않았던 것이다. 그리하여 많은 노래들이 이른바 '사리부재(詞俚不載)'의 원칙에 의거하여 역사의 뒤편으로 사라져갔다. 그러니까 지금 우리가 접할 수 있는 노래들은 그 엄격한 검열의 장벽을 뚫고 운좋게(!) 살아남은 것들인 셈이다. 그리고 이 과정에서 유포된 '야한(?) 노래'라는 이미지가 굳어져 오늘날까지 이어지고 있는 것이다.

물론 고려속요에 에로틱한 열정의 노래가 많은 것은 사실이다. 그것은 속요 자체의 생성 기반, 즉 주로 원나라 복속기 이후 도시문화가 번성하면서 형성된 난만한 시정(市井)문화에 기인하기도 하지만 특히 속요가 민간가요에서 궁중의 음악으로 편입되는 과정에서 더욱 강화된 측면이 없지 않다. 즉, 고려 후기에 궁중악이 번성하면서 수많은 민간가요가 채집되었고, 이때 선택된 노래들은 상류문화의 유흥적 요구에 맞게 그 퇴폐성이 한층 도드라지게 되었던 것이다. 그럼에도 속요가 포괄하는 내용이 거기에 한정되는 것은 아니다. 「만전춘별사(滿殿春別詞)」나 「쌍화점(雙花店)」과 같이 질탕한 애욕의 현장을 노래한 작품 이외에도 유랑민의 정처없는 비애를 노래한 「청산별곡(靑山別曲)」이나 애절한 별리의 서글픔을 진솔하게 표출한 「가시리」와 「서경별곡(西京別曲)」, 민중의 소박한 소망과 꿈을 노래한 「엇노래」나 「상저가(相杵歌)」 등, 고려가요가 분출하는 정서의 스펙트럼은 실로 다기하다. 그리고 그 점을 뒷받침해주는 것이 바로 소악부의 존재이다.

소악부는 민요를 칠언 절구의 한시 형식으로 기록한 것으로 이제현(李齊賢)의 『익재난고(益齋亂藁)』에 11편이, 민사평(閔思平)의 『급암시집(及菴詩集)』에 6편이 전해진다. 일종의 민요의 한시화인 셈인데, 이 노래들은 궁중악으로 편입된 속요에 비해 민요 본연의 성격에 좀더 가깝다. 예컨대, 「사리화(沙里花)」처럼 세금포탈에 시달리는 농민의 분노를 노래하거나 「거사련(居士戀)」처럼 집 나간 남편을 기다리는 여인의 심정을 표현하거나, 「월정화(月精花)」와 같이 기생에게 빠져 조강지처를 구박한 남자를 비난하는 등 구체적 생활에 토대한 생생한 울림을 전달하고 있어, 속요가 지닌 세련된 감각이나 질탕한 분위기와는 사뭇 다르다. 게다가 『고려사(高麗史)』 '악지(樂志)'에 실린 관련기록은 민중의 고난과 분노의 현장을 좀더 생생하게 전달해준다. 흥미로운 것은 그 기록들 가운데는 민요가 지닌 민중적 생동성을 지배계급의 이데올로기로 덧칠한 것도 적지 않다는 점이다. 예컨대, 「안동자청(安東紫靑)」이라는 작품은 숫처녀, 숫총각이 서로를 부르는 구애의 노래인데도,

관련기록에는 여성의 정절을 강조한 노래로 해석해놓았고, 「제위보(濟危寶)」라는 작품에서는 낯선 남자에게 손을 잡힌 여인이 '백마 탄 낭군의 향기를 잊을 수 없다'고 토로하는 애 틋한 목소리를, '정절을 잃은 치욕은 석달 열흘의 비로도 씻을 길 없으리라'는 푸념으로 바꾸어놓기도 했다. 짧은 노래 안에 민중적 감수성과 지배계급의 이데올로기가 어떻게 서로 충돌 하는지를 이보다 생생하게 보여주는 예는 흔치 않을 것이다.

경기체가는 넓은 의미의 고려가요에 포함되지만, 미적 질감 의 면에서는 속요와 크게 구별된다. 물론 형식적 측면에서는 경기체가 역시 3음보를 위주로 하고 분련체인데다, '위 경(景) 그 어떠하니잇고'라는 후렴구가 출현한다는 점에서 속요와 흡 사하다. 그러나 대표적인 작품인 「한림별곡(翰林別曲)」이 보 여주듯, 경기체가는 여러 사물들을 죽 나열한 뒤, 그에 대한 시적 화자의 감탄을 간단히 제시하는 식으로 구성되어 있다. 경기체가의 갈래를 '객관적 세계를 시적 자아의 개입 없이 나 열하는 교술'(조동일)이라고도 하고, '교술과 서정의 중간혼합 적 갈래'(김홍규)라고도 하는 등 논란이 끊이지 않는 것도 그때 문이다. 그러나 이처럼 경기체가가 대부분의 서정적 장르들과 구별되는 미적 자질을 지니고 있다고는 해도, 이 양식 역시 상 층 문인지식인들의 자유분방한 오락적 분위기를 반영하고 있 다는 점을 간파해야 한다. 경기체가를 관통하는 기본 정조는 객관세계의 조화로운 질서와 그에 대한 넉넉한 긍정, 그리고 그것이 불러일으키는 흥취이다. 뒷날 이황이 「도산십이곡(陶 山十二曲)」 발문에서 '한림별곡지류'를 '호긍방탕한' 도취의 노래라고 질타한 것도 바로 이 점을 지적한 것이다. 그러한 기 반에서 도출된 고조된 흥취가 경기체가에 질탕한 유흥성을 불어넣었으니, 유명한 「한림별곡」의 마지막 장(章) '추천(鞦韆)하는 장면'의 에로틱한 분위기가 그 뚜렷한 예이다. 그리고 이러한 경쾌한 정조야말로 제한된 향유층과 까다로운 작법에도 불구하고 경기체가를 고려가 몰락한 이후에도 상당기간 존속시킨 저력이 되었다. 그런 점에서 본다면 경기체가 역시 생동하는 열정의 파노라마인 속요의 세계와 그리 멀리 있다고 보기는 어려울 터이다.

조선왕조 건국의 찬미가──악장

조선이 건국되면서 시가는 여러가지 변모를 겪게 된다. 앞에서도 언급했듯이, 고려의 노래들이 국가적 차원에서 정리되었을 뿐 아니라, 새로운 시대의 흐름에 걸맞은 노래양식들이 생성되기 시작했기 때문이나.

악장도 그 가운데 하나이다. 악장은 시대의 변화 속에서 자연스럽게 생성된 여타의 양식들과 달리 조선왕조 건국을 예산하려는 뚜렷한 정치적 의도 아래 창출된 것이다. 따라서 왕조의 건국이 천명(天命)임을 설파하거나 새로운 제도나 문물을 예찬하거나 혹은 건국되기까지의 극적 순간들을 재현하는 등이 주내용이다.

작품을 규정하는 내용적 규정성이 이처럼 분명한 반면, 형식적 요건은 매우 유연한 편이다. 「상대별곡(霜臺別曲)」처럼 경기체가 형식을 빌리거나, 「신도가(新都歌)」나 「감군은(感君恩)」처럼 고려속요의 틀을 지닌 것이 있는가 하면, 「용비어천가(龍飛御天歌)」처럼 아주 새로운 형식으로 만들어진 것도 있다. 형식적 측면에서만 본다면 악장은 온갖 양식의 실험장으로 여겨질 정도로 다채롭다. 물론 작품을 규정하는 정치적 목적의식이 뚜렷하기 때문에 그같은 유연함이 미적 풍부함으로 이어지지는 못하고 있다. 지배계급의 이데올로기가 전면에 등장하면서 예술적 성취를 이루기란 결코 쉽지 않은 법인바, 장르적 생명력이나 향유의 폭이 지극히 제한적이었던 것도 거기에 기인한다.

그러나 악장의 존재를 통해 우리가 확인할 수 있는 중요한 사실은 음악 혹은 노래가 정치적 흐름과 얼마나 밀접한가 하는 점이다. 말하자면 악장은 시가를 개인적 정서의 토로로만 보는 고정관념이 얼마나 편협한 것인가를, 또 어떤 음악도 궁극적으로 정치적 자장에서 자유로울 수 없다는 보편적 상식을 단적으로 보여주고 있는 것이다. 아울러 「용비어천가」는 문학성에서 보더라도 그 높이가 결코 만만치 않다. 전체 125장으로 이루어진 방대한 스케일도 그러하거니와 장면 장면을 압축하는 표현의 의장 또한 빼어나다. 물론 그것이 전형적인 서사시로서의 요건을 갖추고 있다고 말하기는 어렵지만, 훈민정음의 잠재력을 실험하기 위한 첫 작품으로서는 손색이 없다 할 것이다.

사대부적 사유의 미적 발로——시조

시조는 고려 후기에 등장한 노래양식으로, 그 산출의 주역은 당시 새롭게 부상하고 있던 사대부계층이었다. 사대부계층은 당시 시조와 더불어 가사도 함께 창출했는데, 시조는 단형시가로서 가사에 비해 심성과 내면적 지향을 드러내는 데 특장을 발휘하였다.

그것은 무엇보다 시조가 가장 평이하면서도 고도의 서정적 긴장을 담을 수 있는 단아한 틀을 갖추고 있기 때문이다. 우선 형식의 기저를 이루고 있는 4음보 율격은 안정되고 고른 호흡을 유지할 수 있는 장치로서, 고려가요에 자주 출현하는 3음보 율격의, 율동적이지만 다소 불안정한 리듬과는 구별된다. 그와 더불어 시상 전개방식이 3장 구성이라는 점 역시 시조에 독특한 완결장치를 부여해준다. 초·중장에서 시상을 개방적으로 전개시킨 다음 마지막 종장에서 그 이완된 흐름을 압축, 고조시킬 수 있도록 되어 있는 것이다. 특히 종장의 음보 구성에서, 첫 음보는 반드시 3음절로 고정시키면서 대체로 '아희야' '어즈버' 등과 같은 감탄사를 배치하여 정서를 고양시킨 다음, 둘째 음보는 5음절 이상으로 확장함으로써 정서를 효과적으로 집약할 수 있도록 하였다. 그리고 대개 '하노라' '하놋다' '하리라' 등의 감탄형이나 의지형으로 마무리하여 주체의 정서석 환기를 드러내는 구문적 특성을 지닌다. 이렇듯, 시조는 안정된 호흡과 세련된 시상 전개방식을 동시에 갖춘 고도로 정형화된 시양식이라 할 수 있다.

시조와 유사한 형식은 이미 백제의 노래인 「정읍사(井邑詞)」나 고려가요 「만전춘별사」, 민요의 '모 노래' 등에서 발견되지만, 그 양식적 기원은 무엇보다 10구체 향가에서 찾을 수 있다. 10구체 향가 역시 8구까지 시상을 평면적으로 전개시켰다가, 낙구 첫머리에 감탄사를 배치하여 정서를 고양시키고, 그 다음에 시상을 총괄적으로 마무리하는 방식을 취하고 있는데, 이것은 시조의 3장 구성방식과 거의 유사하다. 이렇게 볼 때, 시조는 10구체 향가의 전통을 이어받는 한편, 새로운 시대의 호흡에 맞게 구성을 더욱 간결하게 압축한 양식인바, 10구체 향가 이후 실로 오랜만에 또 하나의 단형서정시 양식이 탄생한 것이다.

고려 후기에 산발적으로 출현하던 시조는 조선왕조가 안정기에 접어들면서 가장 주류적인 양식으로 부상하게 된다. 당시 주담당층인 사대부들은 한시로써는 소화할 수 없는 가창적 욕구를 시조를 통해 해소하고자 하였다. 그 창법은 가야금이나 거문고 반주를 곁들인 가곡창으로, 매우 유장하고 고아한 것이 특징이다. 물론 그렇다고 시조가 단순히 즉흥적 오락물로 취급된 것은 아니다. 오히려 사대부들은 시조를 통해 성리학적 세계관에 부합되는 '온유돈후(溫柔敦厚)'한 심성을 수양한다는 철학적 효용성을 부여하고자 했으니, 전기 시조의 중심적 미학이 '강호자연'과 '훈민(訓民)'인 것은 이러한 맥락에서 이루어진 것이었다. 시조사의 고전적 계보를 형성하고 있는, 맹사성의 「강호사시가(江湖四時歌)」와 이현보의 「어부가(漁父歌)」, 이황의 「도산십이곡」을 거쳐 윤선도의 「어부사시사(漁父四時詞)」는 강호에서 심성을 수양하는 사대부의 심미적 인식을 형상화한다는 미적 기반을 공유하고 있다. 이것이 정치적 현실에서 물러나 있는 처사(處士)로서의 모습이라면, 훈민가 계열에는 관계에 진출하여 임금을 섬기고 아래로 백성을 다스리는 대부(大夫)로서의 삶이 투영되어 있다.

물론 이 두 가지 경향도 시대와 작가적 개성에 따라 변주를 거듭해왔다. 이를테면, 이황의 「도산십이곡」과 윤선도의 「어부사시사」 사이에는 성리학적 세계관과 심미의식의 동질성만큼이나 미적 질감의 차이가 존재한다. 전자가 현실과 강호의 이분법에 기반한 도학적 이념의 규정력에 견인된다면, 후자는 그같은 이분법을 기저에 깔되, 강호가 주는 심미적 흥취와 즉물적 감각체험이 강렬하게 표출되어 있다. 나아가 17세기 후반에 이르면 전가(田歌) 계열 작품들의 출현으로 강호자연은

더이상 도(道)의 구현체나 심미적 완상의 대상이 아니라 땀과 노동이 있는 현실적 공간으로 전환된다. 변화하는 현실이 작품 내부로 육박해 들어온 것이다. 그 점은 훈민가 계열도 마찬가지이다. 주세붕의 「오륜가(五倫歌)」가 지닌 직설적이고 고압적인 어조와 정철 「훈민가(訓民歌)」의 친근하고도 설득적인 어조 사이에는 작가의 개성의 차이를 넘는 시대적 변화가 자리하고 있다. 시조를 풍부하게 감상하려면, 유사해보이는 작품들 사이의 이같은 틈새를 파고들어야 할 터이다.

강호자연가와 훈민가류가 조선 전기 시조사의 주류를 형성하고 있기는 하지만, 시조의 미적 편폭이 이에 한정되는 것은 아니다. 탄로가(歎老歌) 계열이나 세태의 비루함에 대한 풍자, 취락(醉樂)적 풍류도 그 나름의 계보를 형성하면서 이어졌고, 무엇보다 기녀들과 무명씨로 기록된 애정시조의 경향은 광범하고도 이채롭다. 특히 후자의 계열들은 평시조가 어떻게 사대부적 미학적 자장에서 벗어나 본연적 정감의 미세한 파농을 생생하게 잡아내는지를 실감나게 보여주고 있다. 예컨대 "사랑이 어떻더냐 둥글더냐 모지더냐／길더냐 짜르더냐 발일러냐 자일러냐"나 "구만리 장공에 넌지러지고 남는 사랑"과 같은 표현들에는 사대부적 미학으로 수렴될 수 없는 '톡톡 튀는' 감수성이 흘러 넘치고 있다. 그리고 이러한 작품들이 보여주는 다채로운 경향은 조선 후기에 들어 사설시조와 서로 영향을 주고받으면서 시조의 경계를 한층 넓히는 데 기여한다.

뜨거운 열정과 생동하는 인정물태——사설시조

"랩의 원조는 사설시조다."

이 말은 반은 농담이고, 반은 진실이다. 1990년대 초반 대

중가요계에 급부상한 랩송은 다소 파격적인 노랫말들을 밑도
끝도 없이 주절댐으로써 가요계의 판도를 일거에 바꾸어놓았
다. 그런데 사실 사설시조도 이에 못지않다. 40음보를 넘나드
는 장황한 노랫말, 비어, 속어를 거침없이 퍼부어대는 언어 구
사, 수많은 변격과 비트. 이만하면 사설시조를 랩의 원조라고
할 만하지 않은가?

사설시조가 예술사에 처음으로 모습을 드러낸 것은 영조시
대의 가객 김천택이 편찬한 『청구영언(靑丘永言)』(1728)에서
부터이다. 김천택은 그 이전까지 구전으로만 전해오던 시조작
품들을 광범하게 채집하여 하나의 체계적인 가집(歌集)을 만
들면서, 그 마지막 항목에 '만횡청류(蔓橫淸類)'라는 곡조 아
래 사설시조 111수를 실어놓았다. 물론 꼼꼼히 따져보면, 이
작품들은 평시조와의 끈끈한 유대(?)를 지니고 있다. 예컨대,
아무리 길어지더라도 종장 첫음보의 3음절 규정은 지켜지고
있고, 전체 의미단위가 3장으로 구분된다든지, 또는 음절수의
가변성이 최대한 활용되면서도 4음보의 방향성을 지닌다든지
하는 점이 그러하다. 그러나 이는 내부를 깊이 파고들 때 포착
될 수 있는 것이고, 일단 현상적으로만 본다면 사설시조는 3
장 12음보라는 평시조의 단아한 형식과는 엄청나게 괴리되어
있다. 따라서 지극히 낯설고 이질적인 이 작품들이 당시의 가
악계에 몰고 온 파장은 아마 랩이 일으킨 충격에 버금가는 것
이었을 터이다.

그러면 도대체 어떤 경로를 거쳐 이러한 작품들이 시조사의
전면에 부상하게 된 것일까?

사설시조가 등장하게 된 직접적인 조건으로 우선 음악의 변
화를 꼽을 수 있다. 임·병양란을 전후하여 조선사회는 사상

사, 문화사, 경제사 등 전분야에 걸쳐 커다란 변화를 경험하게 되는데 음악도 여기서 예외일 수가 없었다. 그전까지만 해도 '만대엽(慢大葉)'이라고 하는 느리고 유장한 가락만으로 이루어졌던 것이 이제는 새로운 시대 호흡을 반영하기 위해 좀더 빠르고 변화가 강한 '삭대엽(數大葉)'이라는 곡조로 바뀐 것이다. 이러한 곡조의 변화가 여항에 광범하게 떠돌던 민간가요의 거칠고 역동적인 노랫말들을 적극 수용할 수 있게 한 원동력이 되었음은 물론이다.

그런데 하나의 양식이 역사의 무대에 새롭게 출현하는 데 있어 악곡의 변화가 유일한 동력이라고 할 수는 없다. 거기에는 반드시 그 양식을 향유, 지속해줄 사회적 기반이 필요하다. 일차적으로는 창작담당층이 있어야 하고 다음으로는 그들을 뒷받침해줄 패트런들이 존재해야 하는 것이다.

사설시조의 주담당층은 대개 평민일 것이라고 통념화되어 왔다. 그러나 이것은 당대의 역사적 정황을 면밀하게 고찰하지 않은 데서 온 피상적 견해일 따름이다. 당시 사회계층은 지배계급인 양반 사대부층과 피지배계급인 민중, 그리고 그 사이에 중간계급인 상인·부호·중인 등으로 구성되어 있었다. 이 가운데서 당대 여항예술계를 장악하고 사설시조의 존립에 결정적인 역할을 한 것은 바로 중간계급의 구성원들이었다. 이들은 서구의 부르즈와지와 일정하게 대응되는 계급이기도 한데, 임·병양란 이후 조선사회가 해체기적 징후를 보이는 틈바구니에서 부를 축적하여 자기 목소리를 내기 시작하였다. 이들은 지식이나 교양 면에서 사대부와 다르지 않았지만 신분적 장벽에 부딪쳐 정치적인 진로가 막혀버리자 대부분 음악이나 회화와 같은 예술 방면에 열정을 쏟게 된다. 최초로 사설시조를 수집한 김천택을 비롯하여 김수장, 안민영과 같은 가객들, 그리고 미술사의 전기를 마련한 김홍도, 신윤복 등도 바로 이 계층의 구성원들이다. 이들에게 있어 예술이란 일생을 투신할 만한 가치있는 것이었으니, 이들에 의해 조선 후기 예술은 화려한 르네쌍스를 맞이하게 된 것이다.

사설시조의 등장과 번성도 막연한 의미의 평민이 아닌 바로 이들에 의해 가능했다고 볼 수 있다. 이들은 사대부와 달리 중세적 이념으로부터 일정한 거리를 유지할 수 있었기 때문에 새로운 감성세계를 열어젖힐 수 있었고, 아울러 민중의 삶과 언어에 대해서도 눈을 돌릴 수 있었던 것이다. 결국 사설시조가 담고 있는 그 넓은 스펙트럼은 이들의 계급적 위상과 여러 층위에서 조응하고 있는 셈이다.

길거리의 노래에 이르러는 강조(腔調)가 비록 바르게 다듬어지지 못하였으나 무릇 그 기뻐하고 원망하고 미쳐 날뛰고 거칠게 질주하는 모습과 태깔은 각기 자연의 진기(眞機)로부터 나온 것이다.

—『청구영언』「후발後跋」

위의 글은 왕족 출신의 패트런인 이정섭의 것으로 여기서 길거리의 노래란 바로 사설시조를 지칭하는 것이다. 그는 이 글을 통해 사설시조 미학의 핵심인 감성의 자유분방한 분출과 시정세태의 다채로운 반영을 압축적으로 제시하고 있다.

감성의 자유로운 유로(流露)는 사설시조 미학의 중심 영역이다. 때로는 님을 향한 불타는 열망으로, 때로는 육체적 관능으로 구현되는 사설시조의 에로티시즘은 중세사회를 내리누리는 신분적·도덕적 억압에 대한 강렬한 저항의 표출이라는 의미를 지닌다. 이를테면, '왕십리 답십리는 얽어지고 틀어지는' 넝쿨 같은 것, '오리나무와 칡덩굴처럼 츤츤 감겨 있는 것' 등이 사설시조가 구현하는 사랑의 이미지이다. 즉, 용솟음 치는 에너지와 관능적 환희가 흘러 넘치고 있는 것이다. 사랑 이 이토록 지상적 색채를 지니고 있는 까닭에, 사랑을 향한 시 적 주인공들의 행동은 저돌적이고도 전투적이다. '바람도 쉬 어넘고 구름도 쉬어넘는 고봉 장성령 고개'를 오로지 님을 만 나기 위해 거침없이 달려가거나, '오뉴월 복더위에 달 밝은 평 상 위에서 목구멍이 탈 정도로 애욕을 불태우는' 장면들을 떠 올려보라. 어떤 교의도 통제할 수 없는 싱싱한 호흡이 느껴지 지 않는가? 물론 이러한 열정의 방향이 모두 동질적인 것은 아니다. 때로는 육체적 쾌락에 대한 맹목적 탐닉이나 '놀고 놀 고 놀아를 보세'라는 식의 퇴폐와 일탈로 나아가기도 하는 등 그 나아가는 바는 실로 다양하나. 하기야 일단 탈주를 시작한 욕망이 어디로 뻗어나갈지 누가 예측할 수 있으랴. 개개의 작 품들이 내포한 구체적 의미망이야 면밀히 따져보아야 하겠지 만, 이것이 중세 해체기 문학예술사의 혁신적 흐름과 맞닿아 있음은 의심할 여지가 없다.

사설시조의 또다른 특장인 인정물태의 묘사는 사실주의 경 향의 발전과 연관되어 있다. 사설시조에는 온갖 종류의 인물 들이 등장한다. '삼밭에 들어가서 외간 남자와 정을 통하는 아 낙네' '각시들에게 온갖 희한한 물품을 파는 장사꾼' '두꺼비 같이 민중을 수탈하는 관리들' '젊은 서방과 놀아나기 위해 흰머리를 검게 칠하고 태산준령을 넘어가는 늙은이' '온갖 감 언이설로 과부를 꼬드기는 땡중' 등등. 문학이 현실을 반영하는 거울이라면 사설시조는 '요지경'이라고나 할까.

흔히 사설시조는 봉건적 모순에 대한 적나라한 비판을 주내용으로 한다는 고정관념을 갖고 있다. 그러나 사실 사설시조에서 그 직접적 비판을 찾기는 힘들다. 오히려 위에서 보듯 온갖 인물군상 및 세태의 형상을 구체적으로, 그리고 다양한 목소리로 그려내는 것이 사설시조의 본령이라고 할 수 있다.

그리고 시가사의 흐름에서 볼 때 이는 혁신적인 것이다. 평시조는 탄생 이후 주로 사대부들의 도학적 이상과 관조의 세계를 담아냈다. 그 때문에 개체적 경험과 감성을 형상화할 때조차도 관념과 추상의 그림자를 벗어던질 수 없었다. 그런데 사설시조는 인물군상과 정서를 포착할 때 관념의 거추장스런 틀을 완전히 거두어버리고 인간의 근원적 욕망과 지상적 삶을 있는 그대로 담아냈던 것이다. 저 높은 추상에서 저 낮은 구체로의 하강! 그것이야말로 사설시조 리얼리즘의 진면목이다.

4음보 연속체의 개방성과 저력——가사

한국인이 가장 자연스럽게 익힐 수 있는 리듬이 4음보 연속체임은 누구나 인정할 것이다. 어릴 때 요람에서 듣던 자장가에서부터 초·중등학교 도덕시간에 짓던 표어, 그리고 대학에서 주먹을 불끈 쥐고 부르짖던 시위 구호에 이르기까지 4음보 아닌 것이 있던가? 어찌 보면 한국인이 태생적으로 습득한 것이 바로 이 리듬일 터이다. 게다가 행의 제한이 없어, 짧게 쓰면 간결하고 힘찬 노래가 되고, 길게 쓰면 장편 다큐멘터리가 되기도 한다. 요컨대, 가사는 특별한 시적 재능이 없어도 누구나 지을 수 있을 뿐 아니라, 어떤 종류의 내용이라도 그 안에 포용해낼 수 있는 용광로 같은 양식인 셈이다. 그러한 흡인력이 일견 무미건조해 보이기도 하는 가사를 오랜 기간 지속시켜온 원동력이라 할 것이다.

가사는 고려 후기에 발생하여 개화기까지 존속된 시가양식이다. 최초의 작품으로 고려 후기의 승려인 나옹화상 혜근(1320~76)의 「승원가(僧元歌)」「서왕가(西往歌)」 등이 꼽히고 있다. 그러나 이 이전에도 고려 후기 선승들의 작품집에는 유사한 형식의 노래들이 전해지고 있어, 그같은 전통이 이미 상당히 축적되어 있었음을 짐작케 한다. 비슷한 전통은 그밖에도 '후렴구 없이 길게 이어지는 민요'에서도 광범하게 확인된다. 결국 이 두 가지 흐름이 어느 지점에선가 결합하여 4음보 연속체라는 가사형식을 만들어냈으리라는 점은 어렵지 않게 추정할 수 있다. 물론 이렇게 만들어진 형식이 역사석 장르로 떠오르게 된 깃은 고려 후기 사대부 집단과의 해후가 있었기에 가능했다.

이미 지적했듯이, 가사는 운문분학이면서노 시조를 비롯한 다른 서정시와 달리 매우 폭넓은 내용을 담아낸다는 특징을 지닌다. 개인적 내면정서를 토로하는 것에서부터 서사적 구조를 지니고 있는 것, 실제적 사실과 경험을 있는 그대로 기술하는 것 등에 이르기까지 매우 다양한 내용을 포괄한다. 가사의 장르 귀속문제가 아직도 학계의 쟁점이 되고 있는 것도 이처럼 경계를 확정하기가 어려울 정도로 열려 있는 성격에 기인한다.

그렇다고 가사가 지닌 이러한 개방성이 가사가 존속했던 전 시기에 걸쳐 동일하게 구현된 것은 아니다. 조선 전기의 경우에는 주담당층이 사대부들이었기 때문에 시조와 유사하게 강호자연과 연군지정이 주류를 이루었다. 조선시대 가사의 효시라고 불리는 정극인의 「상춘곡(賞春曲)」이나 송순의 「면앙정가(俛仰亭歌)」, 정철의 「성산별곡(星山別曲)」이 전자의 흐름을 대표하는 작품들이라면, 가사문학의 정점이라고 꼽히는 정철의 「사미인곡(思美人曲)」「속미인곡(續美人曲)」은 후자의 흐름을 대표한다. 그런데 이러한 작품들은 자연에서 느끼는 흥취나 임금에 대한 열렬한 충정을 토로하는 데 역점을 두었기 때문에 가사양식의 속성 가운데 서정적 성격이 좀더 두드러진다고 할 수 있다. 그리고 이러한 내용적 특성과 맞물려 전기 가사에는 독특한 결말장치가 존재한다. 즉, 아무리 길어지더라도 마지막 결구 4음보는 시조의 종장과 같이 소음보(3음절)·과음보(5음절 이상)라고 하는 독특한 마무리 방식을 취하는 것이다. 이런 경우를 흔히 정격가사(正格歌辭)라고 하는데, 이것은 조선 전기 가사가 지닌 서정적 경향과 깊이 접맥되어 있다.

그렇지만 가사는 그 율격적 개방성과 장르의 유연성으로 서정성에 갇히기 어려운 특징을 자체 안에 담지하고 있다. 특히 조선 후기에는 조선 전기처럼 가창을 통해 향유되는 것이 아니라 음영(吟詠)과 독서물로의 전환이 가속화됨에 따라 현실을 다양하게 반영하는 장르적 특성을 유감없이 발휘하게 되었다. 때문에 조선 후기 가사는 향유계층뿐만 아니라 그 내용에 있어서도 유형을 분류하기 어려울 만큼 다채롭다.

변화의 조짐은 이미 17세기 정훈이나 박인로와 같은 향반들의 작품에서 노정되기 시작했다. 향반이란 중앙정계에 진출하지 못한 지방의 한미한 사(士)계층으로, 물적 기반이 미약하여 스스로 자영농에 종사해야 하는 처지에 있는 이들을 말한다. 16세기말 이후 조선조는 양반관료제의 모순이 중첩되면서 지배계층 내에서도 정치현실에서 소외된 향반층이 광범하게 형성되었는데 이들은 임진왜란을 거치면서 몰락의 길을 걷게 되었다. 이들은 의식에서는 사대부적 관념을 지니고 있었지만, 현실적으로는 일반 농민들과 큰 차이가 없었던바, 이들의 가사작품에 임진왜란 이후의 사회변동이 투영될 수밖에 없었던 것은 지극히 당연한 현상이었다. 예컨대, 박인로의 「누항사(陋巷詞)」에는 유가로서의 이념적 당위와 궁핍한 현실 사이의 심각한 괴리가 리얼하게 포착되어 있다. 이 작품의 압권인 '쇠빌이' 대목의 생생한 묘사를 한번 음미해보라. 평민 부자의 굳게 닫힌 문밖에서 한참을 서성이다 겨우 말문은 열었으나, 결국 소를 빌리는데 실패하고, 개짖는 소리만 요란한 달밤에 허위허위 돌아오는 광경, 몰락한 양반층의 고단한 삶을 이보다 잘 보여주기는 어려울 것이다. 그리고 17세기 후반 시작된 이 같은 변동의 징후는 18세기 들면 이제 돌이킬 수 없는 대세를 이루게 된다.

먼저, 사대부층의 경우 체험적 구체성을 상조하는 방향으로 나아가 장편 기행가사·유배가사·풍물가사 등으로 그 영역이 확장되어간다. 그렇게 됨으로써 전기에 지니고 있었던 서정적 성격은 상당 부분 탈각되고 사실을 있는 그대로 기술하는 교술적 성격이 강화된다. 전기 가사가 지녔던 마지막 구의 종결방식이 해체되어 평범한 4음보로 전환된 것도 이런 경향과 맞닿아 있다. 그리고 지금까지 문학담당층에서 배제되었던 부녀자들이 가사 창작의 담당층으로 부상하여 규방가사라는 유형을 낳아 수많은 작품을 양산하기도 했다.

그러나 무엇보다 조선 후기 가사의 흐름에서 가장 획기적인 사실은 서민가사의 출현이라고 할 수 있다. 서민가사는 미적 특질이 사대부가사와는 질적으로 다를 뿐만 아니라 민중의 수

탈과 고난을 고발하는 민란가사(「갑민가甲民歌」), 추하고 탐욕스런 인물을 등장시켜 풍자를 가하면서 당시의 변환기적 세태를 묘사한 서사적 가사(「우부가愚夫歌」「용부가庸婦歌」), 남녀 간의 애정과 그리움을 절실하게 표출한 애정가사(「상사별곡相思別曲」「규수상사곡閨秀相思曲」) 등 다양한 유형을 창출하였던 바, 그 안에는 당대 서민들의 체험과 인식, 그리고 감성이 남김없이 포착되어 있다. 특히 페미니즘의 조선 후기적 성취라 할 만한 장편가사 「덴동어미 화전가」는 화전놀이라는 형식을 통해 덴동어미라는 한 여인의 기구한 생애를 펼쳐보이는 작품이다. 네 번에 걸친 결혼과 '발가락이 문드러지도록' 행한 온갖 노동에도 불구하고 불에 덴 아들 '덴동이'만을 데리고 과부의 몸으로 다시 고향에 돌아올 수밖에 없었던 덴동어미의 생애를 통해 우리는 조선 후기 여인네들의 고난에 찬 삶의 이면을 생생하게 체험할 수 있다.

종합해보면, 정철의 「사미인곡」「속미인곡」에서 박인로의 「누항사」를 거쳐 「덴동어미 화전가」에 이르는 이 긴 여로는 가사가 당대 현실과 열렬히 조응하는 과정이자 그 미학적 잠재력을 발현해가는 장쾌한 도정이기도 하다. 그리고 이러한 저력이 있었기에 20세기 초반 근대 전환기를 맞아 가사가 시대의 한가운데서 계몽적 열풍을 주도할 수 있었을 터이다.

전환기 대중의 참을 수 없는 유동감──잡가

19세기말 20세기초에 이르면 전통적인 양식들은 해체되어가고, 찬송가, 창가, 신체시와 같은 외래의 장르들이 유입됨으로써 고전시가사는 유래없는 혼돈의 국면을 맞이하게 된다. 이 와중에서 급부상하여 가장 대중적인 인기를 누린 양식이 바로 잡가이다.

　잡가는 그 명칭에 걸맞게 다양한 종류의 노래양식을 포괄하는데, 대체로 12잡가와 휘모리 잡가, 그리고 경기소리, 서도소리 등이 포함되는 것이 일반적이다. 12잡가는 가창가사인 12가사에 짝을 맞춰 만들어진 것으로 「유산가(遊山歌)」「선유가(船遊歌)」「소춘향가(小春香歌)」「제비가」 등이 있고, 주로 사설시조의 모티브를 확장한 휘모리잡가에는 「맹꽁이타령」「곰보타령」「바위타령」 등이 있다. 그리고 경·서도소리는 「아리랑타령」이나 「수심가(愁心歌)」 등과 같이 토착적 민요가 세련되고 복잡한 음악으로 상승한 것이다. 결국 잡가는 여러 시가 양식들로부터 다채롭게 자양분을 흡수하여 잡탕으로 버무려 낸 양식인 셈이다.

　잡가가 유행한 시기는 19세기말 20세기초, 그러니까 본격적인 트롯음악이 뿌리내리기 전인 1930년대까지라 할 수 있다. 19세기의 주도적 장르가 시조와 판소리라면, 잡가는 20세기 초반 근대식 극장과 유성기 음반의 보급으로 음악사의 수면 위로 떠오르게 된다. 그리고 그같은 열기가 일제 강점 이후 다른 종류의 계몽적 노래들이 완전 봉쇄된 환경 속에서 더욱 기세를 떨쳤음은 말할 것도 없다.

　잡가의 미학은 한마디로 근대 전환기를 살아가는 대중들의 근원적 유동감이라 할 것이다. 기존의 모든 가치와 제도가 한꺼번에 무너져 도무지 그 가는 바가 어디인지 알 수 없고, 그리하여 매일매일의 삶이 '살얼음을 디디는 듯한〔如履薄氷〕', 전환기의 대중들은 참을 수 없는 정서적 불안감을 잡가를 통해 분출했던 것이다. 「유산가」가 보여주는 감각적이고도 유흥적인 분위기나 「수심가」가 담고 있는 깊이를 가눌 수 없는 그리움과 원망 등에서 그 점을 확인할 수 있다. 어떤 그릇으로도 담을 수 없는 무정형적 율격구성, 밑도끝도 없이 퍼부어대는 말의 홍수, 황당할 정도로 과장된 제스처와 의미의 비약 등과 같은 언어적 자질 역시 같은 맥락 위에 있다. 다른 한편, 그러한 자질은 「맹꽁이타령」이나 「아리랑타령」에서 보듯 전환기적 세태를 만화경처럼 포착해내는 기반이 되기도 한다. 물론 이러한 속성들은 모든 대중적 장르들이 운명처럼 떠안게 되는 통속성으로 수렴될 수밖에 없지만, 잡가의 통속성에는 근대 전환기를 통과하는 대중들의 정서적 에너지가 함축되어 있다는 점을 주목할 필요가 있다. 예컨대, 일제 강점 이후 잡가가 공연되는 극장에는 항시 서민들이 구름처럼 몰려들었고, 당대 최고의 슈퍼스타인 박춘재(朴春載)의 무대에는 눈물과 웃음이 뒤범벅된 관중들의 박수갈채가 끊이지 않았다는 기록이 바로 그 점을 뒷받침해준다. 요컨대, 잡가는 항일투쟁가나 계몽창 가처럼 대중을 선도하지는 못했지만, 억압과 수탈로 시름에 젖은 대중들의 가슴을 따뜻하게 어루만져줄 수는 있었던 것이다. 30년대 들어 트롯음악이 본격적으로 유입되어 급속하게 확산된 것도 잡가가 마련해놓은 광범한 토양이 있었기에 가능했다고 할 수 있다.

민중적 삶의 진솔성과 애환——조선 후기 민요

우리 시대에는 숱한 노래들이 나타났다가 순식간에 사라져 가곤 한다. 그러나 이렇게 무수히 많은 노래가 범람한다 해도 한국인의 정서를 대변하는 노래를 들라고 하면, 대부분의 사람들은 주저없이 아리랑을 꼽을 것이다. 그리고 무국적(?)의 외래문화에 젖은 X세대라 해도 아리랑을 모르는 이는 아마 없

을 것이다. 그만큼 아리랑은 시대와 세대의 장벽을 넘어 한국
인의 원형적 체험으로 자리잡고 있다. 이것은 아리랑의 힘이
기도 하지만, 더 넓게는 민요 자체가 지닌 저력이기도 하다.

민요는 농경사회의 공동체 문화에 바탕을 두고 산출된 노래
양식으로서, 아주 오랫동안 우리 문화의 토대를 이루어왔다.
그에 비한다면 나머지 장르들의 생성과 소멸은 그야말로 찰나
에 불과하다고 할 수 있다. 그러니 농경사회가 뿌리째 뽑히고,
싸이버 문화가 횡행하는 지금까지도 민요가 지닌 보편적 감동
은 쉬이 사라지지 않는 것이다.

민요는 워낙 오랜 시간 동안 구연을 통해 전승되어왔기 때
문에 시대적 경계를 구분짓는 것이 무리라면 무리다. 실제로
대부분의 노래들은 특별한 시대와 밀착되기보다 전통사회 서
민들의 애환과 정서가 두루 포괄되어 있다. 그럼에도 굳이 조
선 후기 민요를 구획짓고 주목하는 이유는 바로 이 시기에 들
어 민요의 주담당층인 민중들의 삶에 큰 변화가 일어났기 때
문이다. 임ㆍ병양란 이후 상업과 도시문화의 발달로 조선 후
기 민중들의 삶의 기반이 심각하게 동요하기 시작했고, 따라
서 이 시대의 민요에는 이러한 변화에 직면한 당대 민중들의
생활 및 정서가 다채롭게 투영되어 있다. 그리고 조선후기에
형성된 그같은 조짐들은 단지 그 시대에 한정되는 것이 아니
라, 20세기초까지 이어져 계속 변주되었기 때문에 오늘날까지
도 적지 않은 공감을 불러일으킨다.

민요는 말 그대로 민중의 노래인 까닭에 어떤 단일한 갈래
로 규정하기란 쉽지 않다. 우선 기록문학 양식처럼 장르적 구
분법에 따라 서정민요ㆍ서사민요ㆍ교술민요ㆍ희곡민요 등으
로 나누는 방식이 있다. 이 가운데 교술민요나 희곡민요는 극

히 그 수가 한정되어 있기 때문에 자연스레 서정민요와 서사민요가 중심이 된다. 서정민요란 대개 3음보, 4음보로 구성된 짧은 형식 안에 생활감정이나 세태를 응축하는 것으로, 민요의 가장 중심적인 부분을 차지한다. 그에 비해 서사민요란 긴 사설에 일정한 이야기 구조를 지니고 있는 노래들을 뜻하는데, 대개 시집살이의 고단함을 한탄하는 여인들의 노래가 주류를 이루고 있다.

이밖에도 민요는 그 기능과 가창방식에 따라 나누기도 한다. 전자의 구분법에 따를 경우, 특별한 기능, 예를 들어 노동이나 의식, 유희 등과 결부되어 불리는 기능요와 특별한 기능과 관계없이 불리는 비기능요로 나눌 수 있다. 이 가운데 오락적 성격이 강한 비기능요가 음악적으로나 문학적으로나 훨씬 더 세련되게 다듬어져 있다. 가장 많이 알려진 「아리랑」이나 「도라지타령」 「정선아리랑」 등이 여기에 속한다. 그리고 후자의 구분법에 따르면, 혼자서 부르는 일인창과 집단적 가창방식을 취하는 선후창이나 교환창으로 나누어진다. 선후창은 한 사람의 선창자가 의미있는 앞 소절을 부르면 후창자들이 반복적인 후렴으로 받아주는 방식이고, 이에 비해 교환창은 선창자나 후창자가 모두 의미있는 노랫말을 번갈아 부르는 방식을 의미한다. '모 노래'나 '논매기 노래' 같은 노동요가 주로 여기에 속한다.

이처럼 민요의 구분법이 갈래 · 기능 · 가창방식에 따라 다양하다는 점은 그만큼 민요가 생활 속에서 차지하는 역할이 풍부했음을 뜻한다. 고급문화로부터 소외되었던 봉건제 하의 민중들에게 민요는 생활 그 자체이자 오락이요, 예술이었던 것이다. 이러한 저력으로 인해 민요는 장구한 기간 동안 존속하면서 상층의 양식들, 예를 들면 향가나 고려속요, 시조나 가사 등에 직간접으로 영향을 미치기도 하고, 역으로 그 양식들로부터 자양분을 흡수하는 등 능동적인 교섭을 모색하기도 하였다.

그리고 이런 민요의 생명력이 가장 눈부신 광채를 발한 시기가 다름아닌 조선 후기이다. 이 시기에 들면, 봉건적 질서가 전반적으로 흔들리기 시작하면서 민중의 문화적 영향력이 급격하게 부상하게 된다. 실제로 상층의 사대부문학은 경직된 이념에 사로잡혀 탄력성을 잃어갔고, 이런 한계를 타파하기 위해 의식있는 지식인들은 민요를 통해 활력을 되찾고자 시도하였다. 예컨대, 조선 후기 비평론의 새로운 기류를 형성하였던 '정감의 자유로운 발현'이라는 명제도 민요가 지닌 역동적 힘을 주목한 것이고, 유명한 실학파 지식인 다산 정약용이 말한 바, "나는 조선사람이므로 즐겨 조선시를 짓겠노라(我是朝鮮人 甘作朝鮮詩)"라는 선언 또한 민요를 염두에 두고 제출된 것이었다.

그와 더불어 19세기 들어 민란이 들불처럼 번져나갈 때 그같은 조짐을 가장 앞서서 예견하고 추동하고 20세기 들어 새로운 세태의 변화를 민감하게 포착한 것도 민요였다. 이렇듯, 민요에는 생활의 터전에서 솟아나온 진솔한 정감의 토로에서부터 변혁을 꿈꾸는 열망에 이르기까지 다양한 내용들이 담겨 있으니, 한마디로 민요는 민중의 웃음과 눈물, 땀과 피가 모여드는 거대한 저수지였던 셈이다.

한국고전시가선

초판 1쇄 발행 / 1997년 11월 15일
초판 19쇄 발행 / 2025년 10월 14일

지은이 / 임형택·고미숙
펴낸이 / 염종선
펴낸곳 / (주)창비
등록 / 1986년 8월 5일 제85호
주소 / 10881 경기도 파주시 회동길 184
전화 / 031-955-3333
팩시밀리 / 영업 031-955-3399 편집 031-955-3400
홈페이지 / www.changbi.com
전자우편 / lit@changbi.com

ⓒ 창비 1997
ISBN 978-89-364-7043-2 03810

* 이 책 내용의 전부 또는 일부를 재사용하려면
  반드시 저작권자와 창비 양측의 동의를 받아야 합니다.
* 책값은 뒤표지에 표시되어 있습니다.